作者简介

赵　丽　文学博士。2014年毕业于中国人民大学文学院，比较文学与世界文学专业，主要研究方向为美国文学与美国文化，现就职于中国人民大学外学语学院博士后流动站。近年来，作者先后在国内核心期刊上发表数篇关于美国土著文学和后现代文学的学术论文，并参与完成了数项国家级、省部级项目。

赵 丽◎著

西尔科小说研究

人民日报出版社

图书在版编目（CIP）数据

西尔科小说研究 / 赵丽著 . —北京：人民日报
出版社，2017.5
ISBN 978 - 7 - 5115 - 4164 - 2

Ⅰ.①西… Ⅱ.①赵… Ⅲ.①西尔科—小说研究
Ⅳ.①I712.074

中国版本图书馆 CIP 数据核字（2017）第 118835 号

书　　　名：西尔科小说研究
著　　　者：赵　丽

出 版 人：董　伟
责任编辑：马苏娜
封面设计：中联学林

出版发行 人民日报 出版社
社　　　址：北京金台西路 2 号
邮政编码：100733
发行热线：（010）65369527　65369846　65369509　65369510
邮购热线：（010）65369530　65363527
编辑热线：（010）65369522
网　　　址：www. peopledailypress. com
经　　　销：新华书店
印　　　刷：北京欣睿虹彩印刷有限公司

开　　　本：710mm×1000mm　1/16
字　　　数：238 千字
印　　　张：15
印　　　次：2017 年 6 月第 1 版　　2017 年 6 月第 1 次印刷

书　　　号：ISBN 978 - 7 - 5115 - 4164 - 2
定　　　价：68. 00 元

目 录
CONTENTS

引　言

　　美国印第安女作家莱斯利·马蒙·西尔科（Leslie Marmon Silko）的创作范围十分广泛。除了3部长篇小说以外，她的作品还包括自传、回忆录、诗歌、短篇小说以及散文等不同文体与文学形式。十分有趣的是，孩提时代的西尔科，其志趣并非意于文学创作。西尔科的童年时期正值印第安族群在美国遭受着极为严重的不公正待遇，这使年幼的西尔科便立志成为一名律师，希冀于借助法律和自己的专业知识，为印第安人赢得相对公平与公正的待遇。较为幸运的是，成年后的西尔科成功地考取了新墨西哥大学法学院。但在随后不到两年的时间里，她便对美国的司法制度彻底地感到了失望，随即退学。退学后的西尔科转学英文专业，并开始尝试文学创作。深受传统印第安文化熏陶的她，相信土著文化中的讲故事传统是将公正还予美国土著民族的最好方式。但遗憾的是，就在她接受了一段时期的正规教育之后，西尔科发现自己很难接受刻板的大学教育，她再次选择放弃。至此，西尔科决心尝试以自己的方式进行创作。

　　1974年，西尔科的7篇短篇小说被罗森·肯尼斯（Kenneth Rosen）收录到了《送雨云的男人：当代美国印第安短篇故事集》（*The Man to Send Rain Clouds: Contemporary Stories by American Indians*）。同年，她发表了第一部诗集《拉古纳女人》（*Laguna Woman*）。从严格意义上讲，这部诗集并不完全符合西方诗歌创作的规范，但西尔科却凭借此部诗集赢得了学术界的肯定，分别于1974年与1977年获得了《芝加哥评论》授予的诗歌奖与普什卡特诗歌奖。西尔科于1975年出版的短篇小说《摇篮曲》（"Lullaby"）被评为当年美国最佳20篇短篇小说之一。1977年，西尔科的第一部长篇小说《仪典》（*Ceremony*）问世，这部小说的出版标志着作者在文学领域取得了巨大的成功。这部小说的出现使美国土著文化再次走入了美国文学评论界的视野，也推进了美国土著文艺复兴的展开。此外西尔科的短篇小说亦获得了学界的肯定。1981年，作者的短篇小说集《讲故事的人》（Storyteller）得到出版。在这部小说集中，作者首次尝试将图片和照片引入到了文本创作之中。西尔科在这部书中插入许多其部族的真实相片，从而带给读者强烈的视觉冲击和亦真亦幻的阅读体验。其中，较为著名的短篇小说是《黄女人》《讲故事的人》和《摇篮曲》。该书的最大贡献在于，西尔科完美展现了土著文化中的口述文化传统，是对口述文化的传承与发扬。在《讲故事的人》出版之后不久，西尔科便获得了麦克阿瑟奖，并拿到了一笔为期5年、近18万美元的奖金。这使西尔科不再为生计发愁，可以全身心地投入到文学创作之中。1991年，西尔科出版了她的第二部长篇小说《死者年鉴》（Almanac of the Dead）。这是一部被誉为美国印第安民族史诗的巨作，篇幅长达700余页。它将美国社会中的丑陋与堕落的一面描写得淋漓尽致。在小说结尾处，西尔科大胆地预言了印第安人将推翻美国的殖民统治，重新获得原本属于他们的土地。1996年，西尔科的一部非小说文集《黄女人与美丽心灵》（Yellow Woman and a Beauty of Spirit）得到出版。在这部文集中，西尔科主要记录了拉古纳的文化、马蒙家族的历史以及作者创作时的感想。时隔8年后，在1999年，西尔科的第三部长篇小说《沙丘花园》（Gardens in the Dunes）如期而至。小说以一对土著姐妹的归家之旅为线索，作者通过描写姐姐和妹妹为躲避政府的同化政策而逃亡后的不同遭遇并经过种种磨难最终回到了自己的家乡——沙丘花园——这一故事线索，实现了西尔科融合观的构想。2010年，西尔科的一部回忆录《青岩：回忆录》（The Turquoise Ledge：A Memoir）得以出版。这部回忆录沿袭了《讲故事的人》与《黄女人与美丽心灵》中的自传风格。但与其说它是一部自传，还不如说它是一部专注于探索人与自然世界、人与精神世界关系的沉思录。书中仍延续了土著民族讲故事的文化传统，作者以马蒙家族的历史为故事线索，编织了一个一个的故事，并以青岩为主线将各个故事串起。《青岩：回忆录》明确表达了作者的世界观，以及对她需要关切的人和物的思考，并再次重申作者与自然和精神世界之间的紧密关系，主张人类应当与所有动物和植物建构一个有序、和谐共存的世界。

虽然，较之同时期的美国土著作家，西尔科算不上是一位多产者，但作者的每部作品都植根于美国土著文化传统，深刻反映出印第安部落民族性与现代化进程之间的张力，并在与主流文化的不断碰撞中，寻找重新建构印第安文化身份的可行性。这便使印第安身份话语成为了西尔科作品的中心论题，作者的创作关切之处也始终围绕着民族性与现代性之间的张力展开。在其笔下，美国印第安文化重新被赋予了生命力。然而，随着历史与政治环境的不断更迭，美国土著身份话语逐渐呈现出其自身的复杂性。作者三部长篇小说的相继出版，更渐次清晰地勾勒出美国印第安身份话语的复杂谱系。笔者以此为本书的切入点，旨在还原西尔科小说中关于身份话语演进的"潜在文本"，并铺陈一条关于身份演进的清晰历史脉络以及作者对美国土著文化身份建构的理论思考。

笔者认为，西尔科小说中的美国印第安身份的复杂性缘于，美国殖民政策的变更和当今的印第安裔学者内部的派系纷争，这些都对西尔科创作理念与思想主题产生了巨大的冲击，并导致西尔科创作思想成为一个不断演进的过程，从而引发作者笔下的印第安身份话语显得尤为复杂。总体而言，如下的几方面因素是我们在阅读西尔科小说时无法忽视的。首先，西尔科的三部小说无一例外地深刻反映出在美国土著身份话语演进过程中，美国联邦政府印第安政策的变化对作者创作的影响。从早期殖民时期的武力征服辅之同化政策，到建国后的经济同化与文化同化双管齐下，再到 20 世纪 60 年代美国政府出台的自决政策，白人政府变动不居的印第安政策，直接导致印第安人身份问题的复杂性。其次，当代土著学界内部的派系之争也对西尔科的创作影响颇深。随着 20 世纪 60 年代美国土著文艺复兴帷幕被缓缓拉开，悬而未决的印第安身份问题变得更加复杂。由于印第安学者内部关于土著文学的性质与功用的讨论充满了歧义与纷争，这也使土著知识分子内部在如何看待主流文化这一问题时，出现两种截然相反的声音：民族主义和世界主义。民族主义者以身份政治和主权诉求为创作宗旨，固守传统，坚持美国土著文学创作应回归部落传统；相较而言，世界主义者为得到主流社会的认可，作品能够跻身文学经典之列，提出以文化杂糅与跨民族政治为创作基调，并坚持在殖民历史的语境下考察印第安身份问题。这一纷争造成了美国土著文化创作与批评出现了两大主要阵营，并对印第安学术评判与知识建构产生了极大影响。再次，西尔科作品中的主题思想与创作理念也并非一成不变。作者笔下的印第安身份话语的复杂性也缘于作者自身思想主题与创作理念的转变——历经民族主义向融合观的转变。其作品主题也随之不断深化，由此打造出的文本世界身份谱系极为复杂。在民族主义和世界主义之外，西尔科寻求解决印第安人的身份诉求的第三条道路。在她已出版的三部小说中，清楚地展现了这种创作主题的嬗变过程。作者最终在第三部长篇小说《沙丘花园》中找到了路径，即以融合观——一种超越民族主义和世界主义的方式，重新构建土著身份话语。通过西尔科的这三部小说，读者见证了作者对身份诉求方式的转变——从最初的民族主义到最后的融合观，她的思想经历了一次变革，而把握这种变革是一个循序渐进的过程，又成为研究西尔科小说创作的关键之处。这种转变同小说所承载的对美国历史与政治话语的考问，以及在全球化背景下提出以融合观解决印第安身份问题的可行性，构成西尔科小说研究的意义所在。

　　具体言之，上述三种因素的前两个对西尔科的影响可以直接反映出美国印第安文学研究的历史进程，从单一的身份建构逐步改变为对历史与政治身份的考问。这导致西尔科的小说创作始终囿于美学与政治之间的关系，也使小说中的人物对身份诉求的这一过程又无法摆脱与历史、主权、自治等问题的纠葛。从武力征服到同化政策再到自决政策，这些变动不居的印第安政策的相继颁布，对土著作家的创作也产生了不可小觑的影响。而作为美国土著文艺复兴的领军人物的西尔科，自然无法摆脱陷入印第安文化的派系之争中。在民族主义和世界主义之外，西尔科寻求解决印第安人的身份诉求的第三条道路，即超越民族主义和世界主义的融合观。事实上，印第安身份话语一直是西尔科作品的中心论题。作者先后出版的三部长篇小说，生动地折射出她对印第安身份话语的思考轨迹。第一部小说《仪典》出版后，西尔科即被贴上"民族主义者"的标签。小说的故事线索和文章主题主要集中在作者的部族——拉古纳（Laguna）。围绕拉古纳部族发生的故事、部族传统以及部族人与人之间的关系为西尔科的早期作品提供了源源不断的素材。在这一时期的创作中，西尔科还是主要依靠恢复其民族自身文化来重建身份话语。小说中，作者从多个层面彰显了土著传统文化的优势，从拉古纳神话到部族仪式再到口述文化传统，西尔科希望以土著文化的本土特色抵制主流文化的侵袭。但到第二部小说《死者年鉴》时，西尔科转变了其民族主义视角，作者将土著身份话语书写放置于多元文化的视域下来思考，她的目光也不再只聚焦于拉古纳部族的生存问题。在多元文化视域下，作者将其他少数族裔同印第安人并置，寻找在白人垄断的文化中印第安文化生存的可能。西尔科认为印第安文化生存的意义不仅在于揭露美国政治话语中的虚伪性和西方社会中存在的各种弊病,更是要瓦解西方的殖民话语体系,在全球化的背景下寻找出印第安文化存在的价值和意义,并意在为一众被压迫的群体构建一个公正、平等的第四世界。在第三部小说《沙丘花园》中,西尔科仍然执着于对印第安文化身份的不断考问,并最终提出了融合观的构想。该小说也因此成为作者融合观的宣言书。西尔科以主人公樱迪歌在旅行中遇见的形形色色的花园为主要线索,以花园意象为主题,用不同的花园隐喻不同的文化,并将创作关切引至对不同民族、文化相互碰撞所引发的矛盾的思考。在比较土著文化和西方文化的过程中,西尔科不仅注意到不同民族和文化在融合过程中所引发的矛盾,还探讨了印第安文化与白人世界以及其他文化建立平等、和谐关系的可能性,这种关系的基础即是以包容和大同为核心内容、强调人与人之间没有边界存在的融合观。至此,《沙丘花园》的完成是西尔科对印第安身份话语问题长期思索的结果,作者开始走出狭隘民族主义的局限,最终以包容的心态吸收和接纳其他民族的文化养料,并为的确复杂的印第安身份话语找到新的理论支持。

可见,美国白人殖民政策的转变和当代印第安学者派系之争成为小说中印第安身份话语复杂性的成因。同时,西尔科在三部小说中创作理念的改变也着实增添了其笔下土著身份话语的复杂性。

然而,长期以来,西尔科笔下的美国印第安身份话语的复杂性却未能引起国内外学者的足够关注。尤其是对国内学者而言,直至 20 世纪 80 年代中期,美国土著文学的相关研究才开始引起国内极少数学者的兴趣。而此时的研究也主要集中在印第安民族文化中的神话故事,分析印第安文化的独特性以及殖民统治对印第安文化造成的伤害(周柏冬,1984;陈众议,1985)。到了 20 世纪90 年代,美国印第安文学研究正式走进了国内学者的视野。这一时期主要学者有王家湘、郭洋生。他们的研究集中在,从不同角度阐释美国土著文艺复兴对印第安学者产生的影响以及肯定美国土著文学在美国文坛上的地位。[1] 而有关美国土著文学批评的部分也被首次写入了这一时期出版的美国文学史（张子清，1995；杨仁敬，1999）。进入新世纪后，美国印第安文学与文化的研究引起了越来越多国内学者的关注。学者们不约而同地认为土著文学是美国文学史上不可或缺的一部分，因此他们在编辑美国文学史时也将印第安文学收入到其编撰的作品中（刘海平、王守仁，2000；童明，2002；常耀信，2003；董衡巽，2003；何木英、杜平，2004）。同一时期，学者们对土著作家文学作品的研究热情也越发高涨。种族主义、女性主义、生态主义、后殖民主义则普遍成为这一时期土著文学研究的切入点。[2] 无疑，上述学者的研究在一定程度上拓展了对美国土著文学批评的范围，也推进和加深了国内学界对于这一领域的探索。不过，他们的研究却忽略了美国土著话语的复杂性。由于特殊的历史和政治原因，印第安身份话语与政治、宗教、法律、文化、历史等因素相互交织，导致了美国土著文学中政治话语与文化话语的无法分割现象，也导致了重构土著身份话语的过程就是主权诉求的过程，从而凸显印第安身份话语的复杂性。对于土著身份

---

[1]　郭洋生分别于1993年和1996年发表了《当代美国印第安诗歌：背景与现状》《当代美国印第安小说》两篇文章，它们分别载入了《外国文学研究》和《西南民族学院学报（哲学社会科学版）》。在后殖民的语境下，作者分别从诗歌和小说的视角对美国土著文学在美国文学史上的重要地位进行阐释。王家湘在1996年第6期的《外国文学》上发表了《美国文坛上的一支新军——印第安文学》《黎明之屋》《不同的世界》三篇文章。作者以土著作家斯哥特·莫马戴为切入点，系统地阐述了美国土著文艺复兴对美国印第安学者产生的影响。

[2]　这一时期的学者主要有邹惠玲（2005）、王建平（2005，2008）、刘玉（2009）、刘克东（2009，2011）、李靓（2010，2011）、陈靓（2011）等人。

话语的复杂性，国内学者王建平进行了系统的阐述。①

　　相对而言，随着印第安文学创作的日益成熟，国外已经建立起一套完整的美国土著文学批评体系。肇始于 20 世纪 60 年代的美国土著文艺复兴，使印第安文学批评在美国学术界内异军突起，成为一个崭新的学术领域。从 60 年代的初始期，到八九十年代的成熟繁盛期，美国土著文学研究的演进之路可谓是美国印第安族裔的民族文化复兴的见证。当美国印第安人的种族生存问题引起各界越来越多的关注时，土著文学则恰恰成为这些问题的有效表述媒介。对土著文学关切度的不断深化，也成为种族问题得到重新审视的一种表现。在土著文学的批评范式上，大多学者都集中在土著文学中独特的民族性及其反映出的政治和社会问题上，即批评家们所言及的无法规避的"土著民族身份问题的政治性"。正如王建平所言："围绕印第安文学界批评而展开的论战无一例外地都与民族主义政治有关，从最深刻的意义上反映了部落民族性与现代性的矛盾，制约着该领域的走向。"② 这一点也使美国土著文学批评派系明显，学者之间的态度可谓是泾渭分明。对于印第安身份政治以及土著文学的功用和性质的不同见解，促生了土著文学批评中的"民族主义"和"世界主义"两大派系。而在两大派系的论战中，以土著作家莱斯利·马蒙·西尔科与路易丝·厄德里奇（Louise Erdrich）之争，以及土著批评家阿诺德·克鲁帕特（Arnold Krupat）与

---

①　从 2004 年起，王建平发表相关论文十余篇。尤其是从 2009 年起，其笔下的印第安文学研究已经不再拘泥于简单的文本分析，而是指出当下印第安文学是政治、宗教、法律、文化等因素相互交织的产物，这样也促成了印第安身份话语的复杂谱系。同时，王建平提出，印第安文学中政治话语与文化话语无法分割，并把印第安文学批评的身份话语和主权诉求放在多元化语境下来审视，提出印第安文学批评的历史向度。在近期发表的两篇关于印第安文学的学术论文中，（《美国印第安文学的性质与功用：从克鲁帕特与沃里亚之争说起》，《外国文学评论》2011 年第 4 期；《世界主义还是民族主义——美国印第安文学批评中的派系化问题》，《外国文学》2010 年第 5 期）作者更是进一步指出，印第安文学的功用及性质，它涉及部落传统与文学典律、土著文学批评的政治语境以及世界主义与民族主义的抉择三个基本面向。在评说印第安文学时，政治、文化、法律问题与文学评价往往盘根错节地交织在一起，这样便无法避免对于印第安文学以及文化的去从，不同学者会持有不同的观点，进而引申为"民族主义"与"世界主义"之争。因此作者认为，认真地审视这场论争将有助于澄清美国印第安文学创作和批评的一些关键性问题，把握土著文学研究策略的变化、视点的转移和未来走向。

②　王建平：《美国印第安文学与现代性研究》，北京：中国人民大学出版社，2014 年，第 1 页。

罗伯特·艾伦·沃里亚（Robert Allen Warrior）、伊丽莎白·库克琳（Elizabeth Cook‐Lynn）之间的论战最具代表性。其中，以西尔科、沃里亚和库克琳为代表的民族主义学者一再强调，第二次世界大战后的西方世界是完全笼罩在"新殖民主义"语境下的，因此，此时土著文学的功用和性质应集中在以"土著文化的承袭"为策略来抵制新一轮的殖民。相对而言，另一方的学者则认为，印第安文学的性质不应是本质主义，应采用文化杂糅的策略，以跨民族政治为基调，探求一种以文化大同为原则的种族批评模式。

显然，无论是民族主义抑或是世界主义，其理论都有存在意义及缺陷。尤其在进入新世纪后，土著文学如何在全球化现象不断氤氲扩散的氛围中彰显其独特价值，以及如何在民族主义与世界主义之间寻求一个平衡点，已成为众多土著学者致力探寻之处。具体论及西尔科三部小说的相关研究时，我们不难发现学者们对土著文学走向及态度也在不断地发生着变化。

1977 年出版的《仪典》是西尔科的第一部小说。由于正值印第安文艺复兴之际，加之 20 世纪 60 年代开展的民权运动，使美国土著文化身份问题得到了广泛的关注。小说的主人公塔尤（Tayo）无疑成为当时美国印第安人生存现状的一个缩影。小说所描写的塔尤归家范式也引起了众多印第安人的共鸣。因此，《仪典》问世后便立即引起了美国学术界的广泛关注，成为批评界的热点。

由于小说中过于浓重的民族主义情结，批评家们主要集中于批评小说所描绘的土著传统文化，以及由此引发的作者对印第安文化身份建构的诉求。尽管部分学者质疑小说中表现出相对狭隘的民族主义情结，但大多数的评论家对西尔科笔下的传统文化还是持以肯定的态度。在《莱斯利·马蒙·西尔科的〈仪典〉：重获传统》（*Leslie Marmon Silko's Ceremony*：*The Recovery of Tradition*，2008）一书中，罗伯特·尼尔森（Robert M. Nelson）从宏观视角出发，比较全面地论述了《仪典》中出现的普韦布洛与纳瓦霍族的传统文化，如仪式（ceremony）、药人（medicine man）、巫术（witchery）、箭童（arrowboy），等等。尼尔森意在论证西尔科在《仪典》中，如何将拉古纳的传统故事以"口述文化的印刷形式"予以呈现。同时，他也将这部论著作为对保拉·岗·艾伦（Paula Gunn Allen）批判《仪典》的有力回应。艾伦认为，《仪典》中用来作为嵌入文本的诗或句子是印第安传统文化的精髓，如此使用会导致"泄露印第安部族文化的秘密"。她认为，西尔科的这部小说明显有利用土著传统文化进行哗众取宠之嫌。① 针对艾伦的这一质疑，尼尔森予以反驳并指出，西尔科将印第安传统文化与诗歌作为嵌入文本（embedded text）并未违背美国土著文化的本质，反而是将印第安文化从无形转向有形的有效方式。同时，尼尔森认为，西尔科将各种传统故事与现实故事交织，赋予了印第安传统文化以新的生命和张力。除此之外，这部论著的主要贡献在于，尼尔森对小说文本与嵌入的拉古纳诗歌之间同源性进行了研究。他认为，小说文本与嵌入的拉古纳诗歌出自同源，它们都衍生自土著民族世代相传的故事。所以，在尼尔森看来，嵌入文本现象是小说得以展开的支柱，帮助西尔科有效地完成小说叙事并恢复民族传统文化。尼尔森在此提及的嵌入文本，是指出现在每个片断前的一个词、一句话或一首诗，② 而这个词或诗是被放置于一页的中心处、独立存在，它的周围没有其他文字。③ 无论是在土著文化抑或是文学研究层面，尼尔森对《仪典》的研究开拓了对此部小说研究的新视域。这部论著敏锐地触及《仪典》中嵌入文本的来源——这一颇具争议之处。尼尔森旨在继续宣扬小说中所强调的拉古纳传统文化之重要性，并为恢复拉古纳的口述传统文化尽以绵薄之力。

另一部由艾伦·查夫金（Allan Chavkin）编辑的《莱斯利·马蒙·西尔科的〈仪典〉：个案研究》（*Leslie Marmon Silko's "Ceremony": A Case Book*, 2002）也是一部对小说中的民族元素进行深度剖析的著作。该书共收录了17篇有关《仪典》的论文。这些文章分别从不同视角对小说中的民族文化进行分析。无论是从哪一层面，文章的作者均表露出对小说中传统文化的肯定态度。例如，在约翰·珀迪（John Purdy）所写的《转变：〈仪典〉中塔尤的身份谱系》一文中，作者分析了西尔科笔下的印第安传统文化在主人公塔尤身份建构中的重要性。珀迪指出西尔科通过将塔尤的归家经历逐一展现给读者，使身份丢失到身份重建成为一个正在发生的动作，而印第安文化在这个过程中起到了至关重要的作用。在一篇名为《〈我们生命的本质〉：莱斯利·马蒙·西尔科笔下的身份

---

① 参见：Robert M. Nelson, *Leslie Marmon Silko's Ceremony: The Recovery of Tradition*, Bern: Peter Lang Publishing, 2008, p. 20.
② 《仪典》这部小说共由53个片断组成，在这些片断中穿插着古老的印第安歌谣，同时又以嵌入文本作为大的片断的开端，使整部小说像一张蜘蛛网一样散开，彼此分开又相互联系、相互依存，无论破损掉哪一部分，整体都会受到影响。这一点恰恰反映了印第安文化的特质——整体性。
③ 参见：Robert M. Nelson, *Leslie Marmon Silko's Ceremony: The Recovery of Tradition*, p. 13.

之网》的文章中，作者路易斯·欧文斯（Louise Owens）指出，西尔科在小说中将过去、现在与未来注入到了印第安永恒不变的身份话语之中。虽然在这个过程中会有诸如身份杂糅等遗憾存在，但其中所蕴含的世代承袭的土著文化却是印第安人生活的实质。在肯尼斯·林肯（Kenneth Lincoln）撰写的《蓝药》一文中，作者论述了西尔科是如何将印第安文化中特有的神话传说融入小说中，并通过详细讨论以印第安神话为基础的仪式与药师传统，以加深读者对印第安传统文化的了解。彼得·贝德勒（by Peter G. Beidler）在《〈仪典〉中的动物与主题》一文中指出，如果读者可以理解西尔科把动物视为拯救塔尤的关键因素之一，那么他们便可以更好地了解印第安传统文化在塔尤的治疗过程所起的作用。贝德勒评述道，白人对自然的态度是毁灭性的。由于受到白人文化的影响，塔尤最初远离了植物与动物，这也是他生病的原因。只有重燃印第安文化传统中对自然尊崇的信念，塔尤才得以痊愈。此外，该书还从多个不同角度对《仪典》中传统文化进行了论述，在此不再赘述。

　　不难看出，此时学者们对西尔科的民族主义情结是肯定的。在《仪典》中，西尔科认为土著身份建构的途径，就是恢复传统文化、重归部落族群，这恰好迎合了美国土著文艺复兴之后的时代需求。总之，西尔科早期创作的特点即为固守民族文化、拒绝多元文化，因此当时的西尔科被评论界普遍定义为"民族主义者"。

　　与《仪典》受到了各界的一致好评相较，对于1991年出版的《死者年鉴》，学界的评论则十分两极化。截至目前，据不完全统计，《死者年鉴》的评论文章大约有50篇左右，批评家的态度不尽相同。或极度赞许、或勉强欣赏、或恶意批判，《死者年鉴》因此也成为西尔科最受争议的一部小说。对这部小说的否定之声或是缘于小说的情节过于黄色暴力，或是因为小说的文辞艰涩、结构复杂，抑或因作者蓄意丑化了美国社会。但一些评论家却十分认可这部小说，认为《死者年鉴》是当之无愧的佳作。土著评论家琳达·尼曼（Linda Niemann）在她的一篇题为《新世界的骚乱》（"New World Disorder"）的文章中这样评价《死者年鉴》："这是我读到过最精彩的一部小说，……它仿似一叶轻舟，载满故事与声音，上面还乘着许多人，他们将要在旧世界的废墟中重建一个新世界。"① 巴奈特与索尔森认为《死者年鉴》之所以被一些评论家所诟病，其原因主要是它描写了美国社会中"文化的衰败、种族的冲突，以及诅咒被应验后的惩罚等情节，带给了读者强烈的视觉冲击，的确使人不舒服……由此遮蔽了该小说所取得的成绩"。②

然而，无论这部小说面临多少质疑和批评，都无法改变它被视为一部印第安文化史诗的事实。一些评论家肯定了作者在《死者年鉴》中勇于揭露美国政治虚伪性以及挖掘印第安人历史真相的行为。莎伦·帕特丽夏·霍兰德（Sharon Patricia Holland）在 2000 年撰写的《亡灵复活：解读死亡与（黑色）主体》（*Raising the Dead: Readings of Death and (Black) Subjectivity*, 2000）一书中指出，西尔科的《死者年鉴》直指美国历史的记述中存在着诸多不真实之处。美国政府通过美化白人对印第安人所犯下的种族灭杀这一罪行，企图掩盖这段不光彩的历史。同时，霍兰德也认为，在《死者年鉴》中西尔科创作主题思想发生了转变。霍兰德提出，在《仪典》中，西尔科描写的故事情节集中发生在拉古纳地区，西尔科此时的创作关切之处也只局限于土著民族自身。但到了撰写《死者年鉴》之时，作者的创作主题已经超越了单一的拉古纳部族，并将小说的视角聚焦在印第安与其他少数民族的生存问题之上。这表明西尔科的创作已经开始摆脱狭隘民族主义的影响。除此之外，在由丽贝卡·蒂利特（Rebecca Tillett）撰写的《"美洲大陆上的印第安战争不会结束"：莱斯利·马蒙·西尔科〈死者年鉴〉中的记忆与历史的政治性》（"'The Indian Wars Have Never Ended in the Americas': the Politics of Memory and History in Leslie Marmon Silko's *Almanac of the Dead*", 2007）文章中以及由马里尼·舒勒尔（Malini Johar Schueller）撰写的《种族定位：后殖民视角下公民身份的全球分布》（*Locating Race: Global Sites of Post - Colonial Citizenship*, 2009）一书中，两位学者分别从不同视角对持续数百年的殖民统治进行了剖析。其中，蒂利特将小说中所揭露的白人殖民的残暴性加以论证，直指美国政府企图通过美化历史，来掩盖他们在美洲大陆上所犯下

---

① Linda Niemann, "New World Disorder," *The Women's Review of Books*, Vol. 9, No. 6, 1992, p. 1.

② Louise K Barnett & James L Thorson, *Leslie Marmon Silko: A Collection of Critical Essays*, Albuquerque: University of New Mexico Press, 2001, p. 2.

的恶行。舒勒尔则着重分析了西尔科在《死者年鉴》中对历史公正性的诉求以及匡正美国历史的意图。

除了对历史公正性的诉求外，其他相关文章与书集还集中讨论了小说中对资本主义经济模式的批判。正如安·斯坦福（Ann Folwell Stanford）在其《"人类废墟"：西尔科〈死者年鉴〉中的边境政治、人体部位与领土收复》（"'Human Debris': Border Politics, Body Parts, and the Reclamation of the Americas in Leslie Marmon Silko's *Almanac of the Dead*", 1997）一文分别以空间和时间为维度，指出西尔科对资本主义社会的表面繁荣现象予以了彻底的否定。斯坦福认为，经济的进步最终意味着人类在自掘坟墓。由路易斯·巴奈特（Louise K. Barnett）编辑的《莱斯利·马蒙·西尔科：文学评论集》（*Leslie Marmon Silko: A Collection of Critical Essays*, 1999）一书中的一篇名为《西尔科的血祭》（"Silko's Blood Sacrifice"）的文章中，大卫·摩尔（David Moore）对年鉴的作用进行了分析。年鉴是西尔科笔下重书美国历史的工具，用以抵制美国官方历史在书写过程中存在的不公正性。同时，作者论证了西方拜物教与印第安拜物教之间的差异，并指出印第安拜物教在小说中有两种不同功用：一则用来表征印第安古老文化的特质；一则用来见证西方的殖民历史，从而使年鉴成为西尔科笔下用以反主流叙事、反西方话语的有效工具。

此外，西尔科对其他种族生存问题的关注也引起了评论家的注意。在路易斯·巴奈特编辑的《莱斯利·马蒙·西尔科：文学评论集》一书中，有一篇题为《自我与他者的物质交汇点》（"Material Meeting Points of Self and Other"）的文章。在此篇文章中，作者明确指出，西尔科将玛雅年鉴视为当代土著文学中纯真文化的表征，意在寻回湮没于美国白人历史中的文化与传统。同时，西尔科运用多重线索以及夸张的情节设置，描写人类在遭遇极大的生存危机时所采取的应对方式，从中揭露白人文化的问题所在。小说看似是为跨文化研究产生的问题进行一种负面的解读，但其中潜藏的话语却是在表述不同民族遭遇殖民后所承受的文化之殇，进而引申为探究各个民族的一系列生存危机之根源。

从上述对《死者年鉴》的评论中，我们不难发现，西尔科的这部小说涉及内容十分广泛。从某种程度而言，小说中的多元文化又体现了印第安身份话语的复杂性，而这一复杂性还将在西尔科的第三部小说中得到延续和发展。同时，在《死者年鉴》中，西尔科不仅密切关注如何解决自己民族生存困境，也把视角移向了其他民族和国家在被殖民过程中所遭遇的文化生存危机，因而，这部小说可被视为西尔科融合观的雏形。

1999 年西尔科出版了第三部小说《沙丘花园》。小说一经出版便在学术圈与读者群引起不小的轰动。正如劳拉·科尔泰利（Laura Coltelli）编辑的名为《解读莱斯利·马蒙·西尔科：〈沙丘花园〉中的批判之维》（*Reading Leslie Marmon Silko：Critical Perspectives through Gardens in the Dunes*，2007）一书中的《旧对比、新融合与〈沙丘花园〉》（"Old Comparisons，New Syncretisms and *Gardens in the Dunes*"）这篇文章中所论述的：西尔科在创作《仪典》时还未摆脱单一、狭隘拯救自己民族的局限，从《死者年鉴》起，西尔科便扩大了其民族视域，不再拘泥于只拯救土著民族自身，而是更多地涉及到如何消解其他民族或整个世界的生存危机。在《沙丘花园》中，这种普适的救赎观已经极为明确。小说几乎涵盖了整个西半球的文明与文化。在种种文明与文化的冲撞过程中，西尔科并没有单纯采取偏激地庇护自己本民族文化的方法，而是通过不同文化的比较，彰显出印第安文化的可贵之处，并为拯救物质化的白人世界道出了一己之见。

此外，许多评论家还将视角聚集在《沙丘花园》中"鬼舞"这一独特的印第安文化形式之上。在《解读莱斯利·马蒙·西尔科：〈沙丘花园〉中的批判之维》一书中题为《〈沙丘花园〉与〈死者年鉴〉中历史透视下的鬼舞》（"Ghost Dancing Through History in Silko's *Gardens in the dunes* and *Almanac of the Dead*"）一文中，作者指出，西尔科在小说中通过将书中虚构的鬼舞与史料中记载的真实鬼舞事件相结合，达到了质疑美国历史真实性的目的。同时，作者以鬼舞为切入点，结合了诺斯替主义，论证了西尔科在不断地与西方主流文化交锋中，如何为土著文化寻得了一条出路，即利用自身文化的优势来拯救西方社会商品拜物教下堕落的灵魂。但如何能在小说中更完善地实现西尔科的这种普适救赎理想呢？在构思《沙丘花园》之前，西尔科找到了将自己的融合观与西方文化和印第安文化相调和的方法——诺斯替主义。在创作过程中，诺斯替思想引领着西尔科，使其意识到应从精神层面了解世界，而非从现在西方世界所推崇的物质和科学的角度。同时，在诺斯替主义呼应下，鬼舞也呈现出一种普适的救赎情结。在这篇文章中，作者进一步指出，西尔科的《沙丘花园》重新诠释了人们对鬼舞的普遍认知——鬼舞中的米塞亚与全世界其他耶稣的化身并存。西尔科试图通过鬼舞描述一种无所不容的精神融合，这种融合可以包容不同的宗教思想。通过这种融合，西尔科希望人类可以进行一次无国度、无民族、无身份障碍的心灵沟通，并联结所有人的精神传统，形成一种综合、包容，而不是排他的信仰。它的目的旨在扩大人与人之间相互依存、相互帮助的关系，同时也把人与自然合二为一，让人与大地、与植物、与不同种族的人们之间形成一种积极的、互惠的关系。这样一来，宇宙中存在的多种不同耶稣基督化身而成的米塞亚就会属于全人类，均为了拯救堕落的人类而存在。根据西尔科的阐释，无论是《死者年鉴》还是《沙丘花园》中出现的米塞亚都并不只是属于某个特定族群或团体，相反它是一种全世界人民都可以共同拥有的精神历程，可以拯救被物化了的人们。在此，西尔科通过鬼舞向我们展示了印第安民族文化的精神实质是一种包容、同化的融合精神，并完美地阐明了她的融合观。

在对西尔科相关的研究资料进行了历时的梳理之后，不难发现，西尔科的创作过程体现出其世界观的演进。正是这一演进使西尔科的融合观最终得以完美呈现。虽然国外学者对西尔科作品单部研究比较详尽，但却未有相关研究比较系统地梳理西尔科三部小说体现出的印第安身份话语的复杂谱系，也未有一篇论文结合印第安文化的两派之争，以及西尔科在两派之争中所持立场来进行研究，这对理解西尔科的世界观与写作特点来说，未尝不是一种遗憾。本书基于对中外文献的梳理和总结，以文本细读为基础，分为十四章节对西尔科小说中印第安身份话语的复杂性进行研究。

第一章到第三章：笔者将西尔科的三部长篇小说《仪典》《死者年鉴》与《沙丘花园》置于共时的视角下，以横向比较为方法，探寻美国土著身份话语复杂性的外部原因。虽然三部小说处于不同的时间背景，却可从两方面体现出这种复杂性：一则是从历史层面分析，西方白人殖民过程中土著人的政策和法规的转变对印第安身份话语的改变起到了决定性作用。一则是从文化层面切入，土著知识分子内部对印第安文学的性质和功用产生两种截然不同的态度，加深了土著身份话语建构的复杂性。西尔科认为无论民族主义还是世界主义都会使土著文化身份的建构走向极端，因此她以文化包融为前提，开辟出第三条道路——融合观。

第四章到第六章：笔者以第一部小说《仪典》为主，分析西尔科小说中的民族主义情结。西尔科从多个层面彰显土著传统文化的优势，从拉古纳神话到部族仪式再到口述文化传统，她希望以土著文化的本土特色抵制主流文化的侵袭，并因此被冠以"民族主义者"的头衔。此外，她将杂糅身份作为一种身份话语抗争的武器，努力帮助美国印第安文化摆脱封闭的现状，展现其强大的活力与适应力，并不断地包容其他异质文化，为作者的第二部小说《死者年鉴》中的多元文化共存埋下了伏笔。

第七章到第十章：笔者以第二部小说《死者年鉴》为主，分析西尔科逐渐摆脱了民族主义的过程。小说被置于多元文化的语境下，描写了西方社会将死的状态。作者从不同角度指出了西方社会中存在的各种弊病以及美国政治话语中的虚伪性，从而将土著话语的抵抗上升到历史、政治话语层面，试图建构一个属于各族被压迫民众的第四世界。

第十一章到第十四章：笔者以第三部小说《沙丘花园》为主，主要分析了西尔科融合观构想的实现。在执着于对印第安文化和身份话语的不断追问和深入思考，西尔科最终提出融合观，该小说也因此成为西尔科融合观的宣言书。小说以花园意象为主题，借女主人公樱迪歌跟随白人养父母在旅行中所见的各色花园，作者不仅注意到不同民族和文化在融合过程中所引发的矛盾，更是挖掘印第安文化与白人世界以及其他文化建立关系的可行性，这种关系是以包容、大同为核心的融合观为基础。《沙丘花园》的完成，是西尔科对印第安身份话语问题长期思索的结果。至此，西尔科已经彻底摆脱狭隘的民族主义情结，最终以接纳、包容的心态汲取其他民族的文化养料，为书写复杂的印第安身份话语找到新的理论依据。

纵观西尔科的三部小说，其锋芒无一不指向印第安民族身份诉求的复杂性。当我们在考察这种诉求方式的转变过程时，我们无法忽视其作品中所承载的对美国历史与政治话语的考问，以及她在全球化背景下提出的以融合观来解决印第安身份问题的可行性。这也导致西尔科小说研究已经趋向多维度、多样化的研究范式。总而言之，从理论和实践层面廓清身份话语与历史、政治和文化之间复杂的关系谱系构成了西尔科小说研究的意义所在。

第一章

谁是印第安人？

　　20 世纪 60 年代的"美国土著文艺复兴"（Native American Renaissance）使印第安人的身份问题受到了前所未有的关注。在美国印第安作家的创作中，身份困境始终是一个萦绕左右、悬而未决的问题。作为土著文艺复兴代表人物的西尔科，其创作更是难以逾越身份问题的藩篱。在西尔科看来，由于近 500 年经济、政治、文化与军事的侵略，今天的土著身份话语早已与历史、政治、宗教、文化盘根错节地相互交织在一起，因此其笔下的土著身份话语亦显得尤为复杂。造成这一困境的原因则是，当谈及印第安人身份时，由于殖民思想的深入人们不免会出现一系列的疑问："谁是印第安人？难道就是那些有着十六分之一血统的奥塞奇人、八分之一血统的彻罗基族人、四分之一血统的黑脚族人，还是纯正血统的苏族人吗？或是那些生长在印第安传统文化中、操着本族语言的人吗？"① 一直以来，西方主流文化以及美国政府不断颁布的各种政策正在逐步吞噬着土著民族的文化身份，造成绝大多数的人认为印第安人只是文学和艺术作品的产物。更令人尴尬的是，即便是土著知识分子自身，当面对"谁是印第安人"这一问题时也不免心存疑惑，一不小心便会陷入身份话语缺失的僵局中。话语缺失问题虽是老生常谈，但却仍旧清晰地阐明土著身份话语所面临的尴尬局面。在一次访谈中，西尔科抱怨道，"分辨谁是印第安人，谁不是印第安人，这基本上是不可能的。"② 西尔科一语中的，土著身份问题无论是对普通的印第安人，抑或是对美国土著学者，都是难以确定却又无法规避的尴尬问题。

---

① Louis Owens, *The Other Destinies*, Norman and London: University of Oklahoma Press, 1992, p. 1.

② Leslie Marmon Silko, "Here's an Odd Artifact for the Fairy – Tale Shelf," *Impact Magazine Review of Books*, *Albuquerque Journal*, Oct. 1986, p. 179.

这种尴尬直接投射到了西尔科的创作之中,不仅影响到其作品的思想主题,而且也改变了她的文学理念。不同于其他少数族裔,土著身份话语有其自身的复杂性。这种复杂性除了体现在其身份话语的在演进过程中受到美国政府政策变更的影响之外,更体现在此过程中土著学者内部出现了两种截然不同的声音。这种分歧导致印第安身份问题更加错综复杂、难分云雾。因此,要研究西尔科的小说创作如何受到印第安身份话语之影响,梳理印第安身份话语的复杂性及其嬗变过程,就成为无法绕开的前提。

乍看之下,"谁是印第安人"这个问题似乎很容易回答。在许多人眼中,印第安人无非就是教科书中,那群在美洲大陆生活已逾万年的土著人;或是美国西部电影中,那些手持长矛、身披兽皮、茹毛饮血的野蛮人;或是政治课本中,那些生活在保留地、终日无所事事、只会卖醉的无业游民。在西尔科的三部小说中,作者也勾勒出许多这样的形象,如《仪典》中整日卖醉街头的纳瓦霍族人、《死者年鉴》中身陷毒品、难以自持的泽塔(Zeta),等等。然而,当我们进一步探讨这个问题时,不难发现,小说中所描述的主人公对身份的质疑不仅仅存在于文学领域,更交错于政治与历史层面。美国土著学者伊丽莎白·库克琳认为,"当美国印第安人开始书写自身时,身份问题责无旁贷地成为这一时代最重要的文学讨论议题之一,这一话语围绕着现代小说在现代部族生活中的功用和在部族中的地位展开。"① 然而,当土著学者在文学领域中探究这一问题时,他们这种行为更多地会被指责成一种僭越,僭越到政治范畴来对"身份政治"进行探求。② 许多非印第安学者认为,这种探究并不在文学批评的合理范畴之内。因为在西方话语体系中过多地表达对身份话语的诉求,会令一些学者对这一行为进行控诉,认为他们的诉求无非是种"无理的、心生咒怨的、狭隘种族主义的"思想的一种表现。③ 西尔科曾说道,白人批评家之所以排斥美国印第安学者过多地干预政治与历史话语的书写,缘于"那些掌控美国政府的势

---

① Elizabeth Cook – Lynn, *Anti – Indianism in Modern America: A Voice from Tatekeya's Earth*, Urbana: University of Illinois Press, 2007, p. 41.

② Elizabeth Cook – Lynn, *Anti – Indianism in Modern America: A Voice from Tatekeya's Earth*, p. 37.

③ Elizabeth Cook – Lynn, *Anti – Indianism in Modern America: A Voice from Tatekeya's Earth*, p. 37.

力不想让（印第安人）了解他们的历史。一旦他们了解了历史的真相，那么，这些印第安人就会意识到他们必须要反抗。"① 的确如此，在西尔科的前两部小说《仪典》与《死者年鉴》中，由于历史和文化的缺失，在面对身份问题时，两位主人公不约而同地对自己的身份产生了质疑——"到底谁才是印第安人"？西尔科通过描写两位主人公身份缺失的这一困境，直指美国殖民统治使美国印第安人身份话语陷入了前所未有的危机之中，从而引发对印第安人是否真实存在的质疑。土著学者库克琳直言道出"谁是印第安人"这一问题所隐含的政治意义正如下文所述：

> 之所以提出"谁是印第安人？"这个问题，是缘于美国土著民族一直被视作被殖民的种族。具体言之，作为美洲大陆上最早存在的民族，其自治与主权却一直被看作是种偶然性的存在，即作为偶然事件或小概率事件出现。原因在于印第安人和印第安民族很快便会消亡，因此他们作为公民的权利也会随之消失。自美洲大陆殖民时期开始，那些学者们，如历史学家或政治学家，就是以这种"偶发的"（incidental）方式来界定和描述土著部族。②

所以，只有将土著部族的存在从"偶发性"的泥泽中解救出来，在历史纵向的发展中找寻美国土著人身份话语缺失的原因，才可以正确认识美国印第安人存在的必然性，从而在历史和政治视域下重新界定土著身份话语，并解答"谁是印第安人"这一问题。

一、偶发事件与必然存在

西尔科在创作《仪典》时，恰逢美国土著文艺复兴的蓬勃开展时期，但作者对于土著身份的困惑和诉求却并未因此而得到有效解决。小说中主人公塔尤还是被主流社会视作一种"偶发事件"的存在。《仪典》中的塔尤，恰如千千万万的普通土著民众一样，在面对主流文化的冲击所造成的身份危机时，他们

---

① Leslie Marmon Silko, *Almanac of the Dead*, New York: Penguin Books, 1992, p. 431.

② Elizabeth Cook – Lynn, *Anti – Indianism in Modern America: A Voice from Tatekeya's Earth*, p. 37.

极为渴望以自身的文化体系来书写身份话语。但遗憾的是，在白人文化的强大攻势下，印第安身份话语的处境却始终命若悬丝。小说的主人公和许许多多的印第安人一样，始终游离于社会的边缘，他们的存在似乎没有任何必然的理由，活着也成了一种"偶发事件"。

西尔科在小说中所描述的作为"偶发事件"的塔尤的生活，并非源于作者的臆想。事实上，美国主流意识群体的确将土著民族的存在定义为偶发事件，这不仅意味着"偶发事件"这一定义已"否定印第安人的公民权"，而且也预示着"这个民族的存在不会长久"。① 他们企图通过灌输这一理念，击溃土著身份赖以维系的文化传统。作为美利坚合众国的一部分，印第安人和其他少数民族一样，一直以来被"我是谁"的问题深深困扰。但较之其他少数族裔，美国印第安人作为这片大陆上最早的居民，特殊的历史和政治背景以及对民族意识更多的诉求，使得他们在建国伊始就与联邦政府之间存在着某种"独特的关系"。正是由于这种独特关系的存在，导致了印第安人在身份界定时，总是处于一种模糊的概念中。透过西尔科笔下的人物遭遇，我们可以清楚地看到这一点。

印第安人与联邦政府之间究竟存在着何种独特关系？我们还需从美洲大陆被发现时谈起。"印第安人"（Indian）这一名称并非源自居住在这片土地上的土著民族，而是由发现这片大陆的欧洲探险者命名，当地的原住民只是在不断地与欧洲移民者接触之后才知晓自己的种族原来被唤作"印第安族"，慢慢地他们才接受自己被命名为"印第安人"这一事实。因此这一名称与土著人自身的文化与语言并无任何关联，这一点恰恰表明他们身份构建的被动性以及复杂性，同时也表明欧洲殖民者为土著人确定的这种身份，是以西方意识形态而非以土著文化传统为依据，它抹杀了印第安人最初的身份和原初的声音。就像《仪典》中的塔尤与《死者年鉴》中的斯特林一样，身份的不确定性恰恰源于他们的身份构建脱离了本民族的文化。因此他们要耗费更长的时间、更多的努力来建构自我，使自身的存在从白人眼中的"偶然事件"变成见证美国历史的"必然存在"，而这一转变的过程首先要求更正美国历史现有的书写方式。

西尔科在第二部小说《死者年鉴》和第三部小说《沙丘花园》中对历史题

---

① Elizabeth Cook – Lynn, *Anti – Indianism in Modern America*：*A Voice from Tatekeya's Earth*, p. 37.

材的处理方式，是分别以不同的视角直指美洲大陆的历史话语中存在的裂隙，这也是作者的一种叙事策略。在《死者年鉴》中，作者以破译小说中的玛雅年鉴为切入点，将真实的历史事件和历史人物与小说中虚构的事件混合，暗示读者所谓真实的历史在本质上就具有虚构性。整部小说可以称得上是一部美国土著民族的史诗，书中处处暗指白人曾经多次篡改历史这一事实。不妨戏谑一点说，在美洲大陆被发现的400余年后，恐怕就连哥伦布本人也始料未及的是，在1892年，时任印第安事务委员会理事的托马斯·杰弗逊（Thomas Jefferson）在其《印第安事务委员会第61年度报告》中对居住在这块新大陆上已逾数万年、被哥伦布误称为印第安人的土著居民提出了一个十分荒谬的质疑——"印第安人是谁？"（What is an Indian?）① 这一问题的提出正式拉开了美国官方对印第安身份界定的帷幕。从另一层面来讲，这一问题也指出了美国官方的意识形态在书写历史话语时，明显带有的历史排他性："如果不算印第安人遇到白人这一段，美国的土著人是没有历史可讲的，而实际上恰恰是白人'创造'了历史。"② 建国伊始，那些功勋卓著的建国英雄们在书写美国历史和制定美国宪法时，几乎绝口不提印第安人的存在。他们对于印第安人没有一个合法的定义，在处理印第安相关事宜也从最初是美国陆军部过渡到接下来的内政部，却都未对土著身份给予一个明确的解答。到了19世纪下半叶，尤其是在美国内战打响之后，内战的两派为了聚拢更多的力量，他们对印第安人的态度也有了明显的转变。一些部族开始与主流社会频繁接触，而与印第安比较大的部落进行生意往来更促使一批有胆略的非印第安裔们加入到土著部族之中，其中也不乏一些试图拥有部落身份者，从而引起政府对土著身份问题进行新一轮的考证。然而，那些希望成为土著部族一员的非印第安人，并非是对这个古老的民族有着某种的痴迷或情有独钟，而是希望通过对这一身份的获得，以觊觎更多的土地资源。即便是在这个过程中，对于如何界定印第安人的身份始终是处于一种模棱两可的状态之中，并充满了歧视。如1869年，新墨西哥最高法院裁定普韦布洛的居民不应被视为印第安人，部分原因在于他们"爱好和平、生活勤勉、聪明能干、

---

① http：//digicoll. library. wisc. edu/cgi – bin/History/History – idx？type = header&id = History. AnnRep93&isize = M.

② Calvin Martin, *The American Indian and the Problem of History*, New York：Oxford University Press, 1987, p. 46.

诚实守信、善良正直"，相反，如果他们"好战、懒散、愚蠢、奸诈、淫荡"，那么他们便会被认定是印第安人。① 到了1890年，美国印第安的前五大部族中的非印第安裔竟然高达70%，② 其中大部分是内战前部族成员的黑人奴隶。内战过后，美国政府批准一些奴隶成为正式的印第安人。③ 到了20世纪初，印第安人的身份界定权基本交予其部族的发言人。这一现象正如美国学者哈泽尔·赫兹伯格（Hazel W. Hertzberg）在有关印第安人身份的论著中提到的那样，它标志着一种"改革泛印第安主义"（reform Pan - Indianism）④ 运动的兴起。赫兹伯格认为，当代的泛印第安主义面临着严峻的考验，这种考验是指："如何在美国新的社会秩序下重新定义印第安人的文化身份，从而使其既要符合当下的社会大环境，又不丢掉印第安传统文化和习俗。"⑤ 1945年，由菲力克斯·科恩（Felix S. Cohen）编著的《联邦印第安法规手册》（*Handbook of Federal Indian Law*）一书对如何定义印第安人的身份及社会地位问题提出了在当时最为重要的两点原则：第一，当事人必须拥有印第安血统；第二，印第安人必须接受那些与其关系亲密的人作为部落成员。⑥ 科恩的这一原则似乎对定义土著身份有着

---

① William T. Hagan, "Full Blood, Mixed Blood, Generic, and Ersatz: The Problem of Indian Identity," *Arizona and the West*, Vol. 27, No. 4, 1985, p. 310.

② 这五大部族分别是指：彻罗基族（Cherokees）、乔克托族（Choctaws）、契卡索族（Chickasaws）、克里克族（Creeks）以及塞米诺尔族（Seminoles）。

③ William T. Hagan, "Full Blood, Mixed Blood, Generic, and Ersatz: The Problem of Indian Identity," p. 311.

④ "泛印第安主义"（Pan - Indianism）源自于"泛印第安运动"（The Pan - Indian movement）。这一运动最早出现在1912年，旨在团结美国本土上不同部族的印第安人，摒弃部族间的差异，共同维护土著人自身的利益、构建完整的印第安身份话语。1912年，四个土著部族——克里克族、乔克托族、彻罗基族以及契卡索族——联合起来共同反对《土地分配法》（Indian General Allotment Act）或称之《道斯法案》（Dawes General Allotment Act）。同年，居住在阿拉斯加的各个土著部族也加入进来，目的为保护土著自然资源。这一运动促使了美国政府在1934年通过了《印第安重组法案》（The Indian Reorganization Act），该法案的出台暂缓了美国政府对土著土地的分割以及对土著文化的侵蚀、保全了印第安人对土地的所有权、促进了部族制度以及司法系统的重构、增加了印第安人受教育以及就业的机会，并使原本分散的土著部族凝为一体，共同抵抗主流文化的侵略。所以，这一运动可以称得上是美国印第安人身份斗争上阶段性的胜利。

⑤ Hazel W. Hertzberg, *The Search for an American Indian Identity: Modern Pan - Indian Movements*, New York: Syracuse University Press, 1982, p. ⅷ.

⑥ Felix S. Cohen, *Handbook of Federal Indian Law*, Washington: United States Government Printing Office, 1945, p. 3.

很强的指导性，但本质上并没有改变印第安人身份无法界定的事实。到了1980年，美国教育部斥资90000美金，目的只为给"印第安"这个名词创建一个精准的定义。1984年，美国政府联邦公证处的一个分支更是计划投入数百万美金进行调查，以决定在近百个申请联邦政府承认其合法性的印第安部族中，哪一个才可以被获准代表整个美国土著民族。① 尽管美国政府比较官方地对印第安人身份问题进行了考究，却始终未能给予一个准确的定义。这一点不仅仅表明"印第安人没有过去，更可预知他们没有现在和未来。"② 事实上，"Indian"这一概念界定的模糊性恰恰表明了美国政府企图用此种委婉的方式来宣布其建国的合法性以及印第安文化与民族存在的边缘性和偶然性。

然而，美国印第安人的存在是否真如美国政府所述，只是一种偶发事件？西尔科以其小说为中心探寻答案。在西尔科看来，印第安人的身份并不像一些学者认定的那样，只关乎土著族群（native nation）是否拥有合法的公民身份。土著性、主权与身份之间的关系不是简单地对公民身份的诉求，而是对历史的一种重新审视，重新在历史的纬度中为土著身份的存在探求一种合理性和必需性。在被喻为印第安民族史诗的《死者年鉴》中，西尔科力证美国土著民族的存在并非偶然。作者在《死者年鉴》的扉页上，以美国土著文化中的口述故事为基准，绘制了一张记载着美国土著民族历史的地图，西尔科试图从历史角度切入，探求在美洲大陆上印第安民族存在的必然性。从历史层面上说，美国土著人无论从落族名称上还是从更广义的身份诉求上，一直致力于抵制外族文化的侵入与渗透，而印第安学者更是肩负着为其民族发声的重任。然而，无论是印第安人的历史，抑或是印第安人的文化，通常都是最容易被美国主流社会所忽略的部分，而其根源则在于土著民族"无法打破基于神话的历史模式"。③ 在一次访谈中，西尔科直言道：对于一个土著作家来讲，最重要的事情莫过于牢记"他或她来自何处"以及"（他们）所使用的语言……是来自于他们的先

---

① 参见：William T. Hagan, "Full Blood, Mixed Blood, Generic, and Ersatz: The Problem of Indian Identity," pp. 309 – 326.
② Calvin Martin, *The American Indian and the Problem of History*, p. 46.
③ Calvin Martin, *The American Indian and the Problem of History*, p. 46.

祖。"① 以土著文化身份建构为创作基准是西尔科在写作的过程中一以贯之的主题。因此，在其作品中，我们无法忽视作者对印第安特有的文化传统的执着，以及作者试图用文学作品来重书美国历史的坚持。

为了更加深入地论证土著民族和印第安文化在美国历史上存在的必然性，在第二部和第三部小说中，西尔科的创作关切不再只拘泥于自身文化的重构之中，而是把视域逐步引申到美国"历史、神学、经济、物理、生物与心理"知识话语的书写之上，以图力证印第安人并非只是理论上的存在。② 以《死者年鉴》为例，西尔科用其独特的视角重新阐述了美洲大陆近五百年的历史，其中不乏那些鲜被提及的历史片段，如白人对美洲大陆上土著人进行的屠杀与镇压，从而直指美国政府对于美洲历史的篡改行为。小说以"Dead"（死者/死亡）与"Almanac"（年鉴）为题，"Almanac"一词的原义为："汇集截至出版年为止的各个方面或某一方面的情况、统计资料的参考书，一般逐年出版。"而在美洲大陆的原始文化中，年鉴是玛雅与拉古纳民族传统的文化形式之一，年鉴辅之印第安传统仪式与口述文学，使印第安的历史得以记载和流传，使土著民族文化得以延续。③ 同时，在土著文化中，年鉴所采用的记载方式并非像西方社会对历史所采用的线性时间记叙方法，而是使用象征着土著文化重要特点的循环性时间来记载。小说的题目加之小说的目录以及首页上的地图，促成了小说如散文般的历史叙述模式，更加凸显"小说本身的叙述与历史编撰的相似"。④ 与此同时，西尔科在小说中塑造了若干个"历史编撰者"的人物形象，来增强小说中所描述的历史事件的真实可靠性。例如，齐亚帕斯动乱的政治领袖安吉丽塔（Angelita）、守护并编译记载着美洲历史的羊皮手稿的莱卡（Lecha）、越南战争的亲历者黑人克林顿（Clinton）。而这些作者虚构的历史编撰者又与真实的历史事件相交错，如阿帕切战争、海湾战争、桑多罗·卢米诺索、土著人自治问题、1992 年安式大游行、1997 年齐亚帕斯种族暴乱、互联网的兴起，等等，从而不

---

① Ellen L. Arnold, *Conversations with Leslie Marmon Silko*, Jackson: University Press of Mississippi, 2000, p. ix.

② Ellen L. Arnold, *Conversations with Leslie Marmon Silko*, p. x.

③ http://www.ldoce-online.cn/dictionary/almanac.

④ Virginia E. Bell, "Counter-Chronicling and Alternative Mapping in Memoria del fuego and Almanac of the Dead," *MELUS*, Vol. 25, 2000, p. 7.

免引起小说的读者们重新思考官方历史的真实性。这也正是西尔科之所以将小说命名为"Almanac of the Dead"（死者年鉴）的初衷。一方面，作者想要以"死亡"为主题来揭露当代美国社会的一些弊病；另一方面，西尔科意在以古老印第安文化中的年鉴形式将读者引向土著人的思考模式，从而将被疏漏的以及被故意遗忘的美国历史重新书写出来。除此之外，小说还有一个主要的线索，那就是 1979 年在拉古纳普布罗部落铀矿发现的巨石蛇像。巨石蛇像的出现牵涉着许多真实的历史事件，西尔科借助这一印第安古老神明形象，将小说中虚构的场景与许多真实的历史事件相交错，并从土著民族的角度来重新审视这些事件，暗指美洲历史的不确定性，从而质疑白人书写历史的权威性。小说中，莱卡和泽塔这对土著孪生姐妹，是书中古老年鉴的守护者。那本由她们的奶奶传下来的宝典，是土著传统与文化的象征，承载部族文化身份，因此更具有启示的作用，西尔科借助此年鉴来预示着美洲大陆的未来走向。

在《死者年鉴》中，西尔科做出了大胆的政治预言，正如小说首页上写道："通过对美洲古老部落所遗留下来的文本进行解译，死者年鉴将预示美洲大陆的未来。"① 虽然这部小说创作于美苏两大阵营的冷战时期，但两大阵营在外交、经济、政治上相互遏制的局面并未对这部小说的创作造成任何影响或冲击。恰恰相反，西尔科大胆地预言了在不久的将来，整个世界将会目睹国际贸易合作的增加、美墨两国关系的逐渐强化、危害性科技的研制、跨国军火与毒品的走私，以及由此造成的土著人民被迫迁移，是西尔科后来小说中所描绘的战后全球跨国资本主义或资本主义全球化的出现的先声。除此之外，西尔科在小说中描写的一场战争竟然十分巧合地在小说出版的 3 年后得到了应验，这场战争便是于 1994 年发生在墨西哥南部恰帕斯州的萨帕塔起义。西尔科本人也曾提到过，她的这部于 1991 年出版的小说与萨帕塔起义之间的确存在着某种联系。在西尔科的《黄女人与美丽心灵》中的一篇题为《向 1994 年 1 月 1 日的马雅萨帕塔主义者致谢》（"An Expression of Profound Gratitude to the Maya Zapatistas, January 1"，1994）的随笔中，西尔科诚挚地表达了她对萨帕塔主义者实现了其小说中预言的感激之情。尽管作者认为这次革命有很多的局限性，并未取得如小说中所描

---

① Leslie Marmon Silko, *Almanac of the Dead*, p. 1.

写的完全胜利，但其主旨却与小说中革命目的几乎一致。① 通过对种种历史事件的重书以及对未来的大胆预言，西尔科使土著文学摆脱了"常常被误解为一种理想化的、向前科技时代社会的回归"的宿命，② 也使印第安人身份在史书的记载中从"偶然存在"逐步走向了"必然存在"。

二、身份杂糅与话语重构

如果在学术话语体系中继续探究"谁是印第安人"这一问题，不难发现，当今的土著学者大抵都是混血儿（mixed-bloodedness）。事实上，土著身份问题不仅关乎历史事实，更被牵入到一种社会现象与社会问题之中。随着殖民入侵的不断加剧、白人文化的不断渗透，印第安族群的自身构成也由在发现新大陆之前的纯正土著血统逐步变为后来的混血儿，使越来越多的混血儿成为部族中的主要成员，这一点进一步加深了界定印第安人身份问题的复杂性。混血儿，或可称之杂糅身份，是印第安族群发展到今天难以规避的问题之一。就连许多土著学者也面临着身份问题的尴尬，因为他们中的大多数都不再是血统纯正的印第安人，西尔科自己也承认到，她只有1/4的拉古纳·普韦布洛的血统，余下3/4的血统则来自英国盎格鲁人与美国墨西哥人，而西尔科在小说中塑造的主人公也无一不是混血儿，从《仪典》中的塔尤，到《死者年鉴》中的孪生姊妹莱卡和泽塔以及斯特林（Sterling），再到《沙丘花园》中的小姐妹绍特姐姐（Sister Salt）与樱迪歌（Indigo），作者似乎希望通过这些人物角色来传递这样一个概念：在当今的美国社会中，整个土著族群正面临着血统纯正的印第安人越来越少的局面。所以，当谈及土著身份混杂性时，印第安学者路易斯·欧文斯（Louis Owens）也颇为无奈地表示："我认为（土著民族身份界定）最难之处，莫过于我们都是被虚构出来的印第安人。"而始作俑者则是西方的殖民者。③

由于长时间的殖民入侵以及相应的文化侵蚀，尤其是在建国后各种印第安人政策和法规的相继出台，使土著身份的界定不再是印第安人的自主行为，而

---

① Leslie Marmon Silko, *Yellow Woman and a Beauty of the Spirit*, New York: Simon & Schuster, 1996, pp. 152–154.

② 王建平：《死者年鉴：印第安文学中的拜物教话语》，《外国文学评论》2007 年第 2 期，第 52 页。

③ Louis Owens, *The Other Destinies*, p. 4.

更多地是交由立法决定。以血统来界定印第安人的身份也有不同的标准，一些部族要求有 1/2 以上土著血统，方可被视为印第安人，另外一些部族则要求有 1/4 或 1/6 以上的血统，而还有少许部族，对于身份的认定是不需要血统要求的，这便造成了印第安人身份界定的复杂性。同时，这也就表明，在当前的学术环境下，几乎任何人都可将自己称之为纯正的印第安人。"对于白人来讲，血统这种东西要么就意味着种族纯正，要么就意味着种族不纯。毫无疑问，黑人会玷污白人的血统，所以，在这种极端的逻辑下，一滴黑人的血则会使一个白人变成一个黑人……而关于'印第安人血统'这一问题，白人对此所持的概念却似乎没那么正式与精准。一滴黑人的血就可使一个人成为一名黑人，但却需要好多印第安的血统才可使一个人成为'真正的'印第安人。"① 在这种情形下，人们不禁要问："一个印第安作家又需要有多少血统才能是印第安人呢？"② 诸如西尔科一类的作家，其作品中又有多少印第安性可以表达呢？"在过去 500 年里，对于（土著）民族以及他们的生活方式的瓦解与破坏，使原本就残存不多的土著人无法拥有印第安人的身份，"③ 而过多的身份杂糅使得越来越多所谓的"印第安人"对"土著性（nativeness）、主权与身份"这些问题的实质所在缺乏最基本的了解和兴趣，这也进一步加剧了土著身份的不确定性。

然而，美国印第安学者伊丽莎白·库克琳指出，"学术界从未在现存的土著族群的范畴内来思考印第安人的合法公民身份。"④ 由于印第安人身份界定的困难，致使越来越多的人开始质疑土著知识分子的身份，"到底一名印第安作家有多少印第安血统？"⑤ 这一问题的提出给了白人批评家以可乘之机——依土著学者血统的纯正程度为他们作品中所表达的印第安性来定等级，而又因为小说这种文学创作形式被认定是从西方文学中借鉴而来，那么如果在印第安作家的作品中追溯这种艺术形式的起源，这些作品势必会被视作在最开始便缺乏了土著

---

① Louis Owens, *The Other Destinies*, pp. 3 – 4.

② Elizabeth Cook – Lynn, *Anti – Indianism in Modern America: A Voice from Tatekeya's Earth*, p. 39.

③ Calvin Martin, *The American Indian and the Problem of History*, p. 51.

④ Elizabeth Cook – Lynn, *Anti – Indianism in Modern America: A Voice from Tatekeya's Earth*, p. 38.

⑤ Elizabeth Cook – Lynn, *Anti – Indianism in Modern America: A Voice from Tatekeya's Earth*, p. 39.

性。从西尔科到保拉·岗·爱伦再到路易丝·厄德里奇，被质疑的土著知识分子则不占少数，血统问题成为他们作品难以摆脱的枷锁，从而使他们作品中所含的土著特质备受争议。学界对身份纯正性的不断质疑，无疑使人们的注意力由土著文学中所表现出的美国社会和历史中存在的问题上转移开来，使印第安人的生存困境受到了忽略。被质疑血统是否纯正这一点，似乎是也只有美国印第安人才"享有"的特殊待遇，正如库克琳所言，"这好像只是美国独有的一种现象，因为没有人会质疑纳吉布·马哈福兹（Naguib Mahfouz）有多少埃及血统，除了 J. M. 库切（J. M. Coetzee）的公民身份外，更不会有人要求他提供材料来证明他的身份。"① 这足已证明，当代美国白人学者在面对土著文学研究或土著历史和文化时，从未秉持一种客观、平等的态度。

正是因为身份的备受质疑，迫使土著学者必须另觅他法来重塑身份话语，而以英语为书写语言又使得西尔科的小说与其他土著作家和学者一样，都有着相同的共性——那便是作家身份和小说都具有的"杂糅性"（hybridity）。② "我们必须重构（reinvent）自己"，这是西尔科在小说中所做出的宣言，而"彻底改造敌人的语言"则是西尔科采取的重构身份的手段。③ 对于以英语作为写作

---

① Elizabeth Cook - Lynn, *Anti - Indianism in Modern America*：*A Voice from Tatekeya's Earth*, p. 39.

② "杂糅性"（hybridity）："杂糅"这一词源自生物学，在 19 世纪时才逐步被引入到语言学与种族研究之中，而此时的杂糅多半是被欧洲殖民者用作标识社会阶级，以凸显欧洲人血统的高贵性。随着后殖民话语以及对文化资本主义批判的出现，杂糅开始进入到文学和文学理论的研究中，其主要研究对象为杂糅对文化和身份的影响。杂糅理论的主要代表人物有：霍米·巴巴（Homi Bhabha）、斯图亚特·霍尔（Stuart Hall）、斯皮瓦克（Gayatri Spivak），保罗·吉尔洛伊（Paul Gilroy）等等。在 19 世纪 90 年代初期，他们的作品便对多重文化意象进行了回应。霍米·巴巴在其著作《文化定位》（*The Location of Culture*, 1994）中，对杂糅性进行了深度的剖析，巴巴认为杂糅性的阈限正是殖民焦虑的一种范式，而殖民身份的杂糅性是一种文化形式，而非如此前西方学者所述，是种族低微的一种表现。尽管杂糅性这一理论的起源与发展都是围绕着文化帝国主义的叙事手法而展开的，但巴巴认为，在当代的大都市中，杂糅不应仅仅被理解为移民者生存状况的文化政治，现今它更多地可被应用到文化的流通以及不同文化间的相互作用和相互交流。同时，巴巴认为杂糅可以使文化统治者陷入身份矛盾当中，并逐步撼动统治者的权威性。更多参见：http：//en. wikipedia. org/wiki/Hybridity 以及 Homi K. Bhabha, *The Location of Culture*, New York：London and New York, 1994, pp. 58 - 94.

③ Joy Harjo and Gloria Bird, eds., *Reinventing the Enemy's Language*：*Contemporary Native Women's Writing of North America*, New York：Norton, 1977, p. 21.

工具的土著作家而言，西尔科将西方文化的表现形式之一——小说——成功地引入到印第安的文化传递之中，使其成为土著人民有效表达自身的工具。西尔科将文本的杂糅性与身份的混杂性视为与西方殖民主义进行斗争的有力武器。作者在《黄女人与美丽心灵》一书中提到："我真的没有打算要写一篇有条理的论文，因为我想让你们听到，并体验到以（印第安人）传统的口述文学为模式的英语结构是什么样子……也许对于白人来讲，这种结构在某种程度上是难以接受的。"① 所以，在以西方为主导的技术、思想和语言面前，西尔科试图以英语为书写语言，通过其作品将主流文化中的技术、思想和语言全部转换成一种可为印第安人所用、可以重构其身份的资源。西尔科坦言，在她的创作过程中最为重要之处是"努力使你所用的语言可以真正地为你代言"。② 显然，在此作者所指涉的语言是英语。细读西尔科已出版的三部小说，我们不难发现，她在写作过程中所使用的语言虽为英语，但小说中各个章节无一不渗透着印第安古老的语言模式、穿插着印第安古老的文化元素。这种在英语的模式下，运用非西方的文化元素，其本身的目的即是对土著民族文化身份的一种重构。西尔科巧妙地将土著仪典、图腾、神话、传说等元素穿插于小说文本之中，并以传统的讲故事形式作为叙述方式，这些土著民族古老的文化元素彼此之间相关联，构成了独特的印第安网状文化。西尔科曾说，"当我提及'讲故事'这个名词时，我其实是在谈论一些源于部族经验的事情，以及对于创世最初的观点——我们是整体的一部分，我们不会将故事和经验区别开或碎片化。"③ 通过很好地整合这些土著民族文化元素，西尔科完美地诠释出印第安文化中天人合一的宇宙观，并进一步将西方资本主义社会中的科技产品和多元文化因素纳入印第安整一性文化观的概念范畴之内，从而使部族文化身份的建构更加具有时代性。在此，西尔科在小说中传达了这样的一个理念： "传统讲故事的形式必须中止。"④

---

① Leslie Marmon Silko, *Yellow Woman and a Beauty of Spirit*, p. 48.
② Laura Coltelli, *Winged Words：American Indian Writers Speak*, Lincoln：University of Nebraska Press, 1990, p. 144.
③ Leslie Marmon Silko, *Yellow Woman and a Beauty of Spirit*, p. 52.
④ Elizabeth Cook - Lynn. *Anti - Indianism in Modern America：A Voice from Tatekeya's Earth*, p. 41.

　　西尔科还试图通过小说中的人物塑造来打破传统杂糅身份的局限。"我虽为混血血统，但我的知识却是拉古纳部族（赋予的）。作为一名作家或作为一个人，我所出生的地方尽可代表我的全部。"① 无论是在《仪典》还是在《死者年鉴》中，作者都在重复地诠释同样的观点：美国印第安人拥有比白人更久远的历史，因为在拉古纳部族的传说中，是拉古纳人在记载西方白人的起源和历史。在《死者年鉴》中，西尔科通过描写一次空难来重新恢复印第安古老知识的权威性。在她的笔下，看似一场由咒语引起的空难实则却是对印第安文化的肯定。作者是这样描述这场空难的过程：

　　　　尤皮克族（Yupik）老女人将她的鼬鼠皮草在电视机的屏幕上迅速地摩擦了几下，并且越擦越快。伴之火花的爆炸声变得更加振聋发聩、更加刺眼。与此同时，出现在电视屏幕上的气象图伴随着一团团乌云开始打旋，并在皮草不断加速拍打下旋转得更快。接着，那个老女人闭上了眼睛来聚集所有的能量，此时，所有灵魂都变得狂躁不安，并要开始复仇。……白色的水蒸气从河面上升起，但是灰色的海雾向它冲来，以迅雷不及掩耳之势攻占了整个河道。……河水由于压力越涨越高，直逼河堤。飞行开始降落，接着又上升，然后又降落……在虚虚实实的磁场的干扰下，罗盘上的指针不断地旋转着、颤动着。②

　　乍看之下，上面这段文字是在描述这位尤皮克族老女人通过电视来施展法术，从而引发了一次空难的场景。但在仔细推敲之后，我们却不难发现，这短短的几行文字隐含着两种不同的文化和技术的碰撞与交锋。与古老的尤皮克族文化相较衡的是现代西方文化和技术，当面对现代的高科技时，这位老妇人并未感到任何的惊诧。即使西方社会迅猛的科技发展的确会让人惊奇，但古老的印第安文化却是无法取代、独一无二的。虽然西尔科在此处只是用一段虚构的情节来对比两种文化和技术，但不可否认的是，这位老妇人的出现，在某种意义上，充当了对当代资本主义制度下物化社会进行批判并拯救土著民族的角色。

---

　　① Per Seyersted, *Leslie Marmon Silko*, Boise: Boise State University Press, 1980, p. 15.

　　② Leslie Marmon Silko, *Almanac of the Dead*, p. 157.

由于受到利益的驱使，使越来越多的人前往原本属于印第安人的土地上开采矿藏，使生态遭到了前所未有的破坏。所以，这位老妇人在印第安部族尊崇的神灵的感召下，预言了这架飞机是来摧毁他们的土地的，她借助了部族的仪式保护了她的土地和族人。西尔科在对这一场景进行描写时，有意地强调许多元素的杂糅。因为使老妇人魔咒生效的元素并非单单来自印第安文化，还掺杂着工业社会的产物。其中，老妇人在实施咒语之时不断地摩擦着、象征着土著文化的鼬鼠皮草与象征着白人文化的电视机屏幕，两者的碰撞使老妇人的魔咒成功地击毁了象征着白人文化的飞机，而整个过程的实施又是建构在印第安文化的传统仪式中。借此，西尔科把杂糅转化为一种武器，捍卫印第安人的主权和领土。以土著文化中的世界秩序将历史重书，这便意味着作者在小说中不再只拘泥于对过去种种不公待遇的控诉，以博取人们的同情，而是更多地把视域扩展到如何唤起美国土著人已沉睡许久的文化意识、重建民族自豪感，并以印第安人的视角重新书写历史，从而打破主流社会对土著人的固化印象——正在"消失的美国人"。①

正如另一位美国印第安作家保拉·岗·爱伦曾说道，土著作家的作品本身即为"保护他们文化的一种有效方法"，而文化又与身份建构息息相关。② 在西尔科看来，对土著文化的保护、对印第安杂糅身份的肯定不得不涉及政治层面，那么写作则成为她手中的"最有效的政治声明"。然而，这种政治声明在许多非印第安人的眼中却被视为一种"颠覆"（subversion），③ 因而这些人无法全然接受作品中所隐含的政治意图。当白人批评家指责西尔科的作品过于政治化时，他们似乎忽略掉了西尔科小说中所隐含的大多数美国土著作家写作的共同目的——他们希望找到一份历史与社会的真相。在美国印第安学者们看来，"（文学）会告诉我们是谁、我们的历史是怎样、我们是怎样的人、在人类群落中我们的生命承担着怎样的重要责任。（文学）使我们摆脱被遗忘的宿命，而过去我们一

① Lori Burlingame, "Empowerment through 'Retroactive Prophecy' in D'Arcy McNickle's 'Runner in the Sun: A Story of Indian Maize,' James Welch's 'Fools Crow,' and Leslie Marmon Silko's 'Ceremony'," *American Indian Quarterly*, Vol. 24, No. 1, 2000, p. 2.

② Laura Coltelli, *Winged Words: American Indian Writers Speak*, p. 18.

③ Laura Coltelli, *Winged Words: American Indian Writers Speak*, pp. 147 - 148.

直都被忽略、被遗忘。"① 因此西尔科认为,"如果身份问题不被视为政治问题,而是文学问题;不被视为道德问题,而是经济问题;不被视为法律问题,而是社会问题,那么关于印第安身份问题的争论将不会停歇,也没有什么实质性问题将被解决,美国土著知识分子的(身份)将继续被无视、被削弱、被窃取。"② 西尔科所做的努力是在探寻如何在杂糅的身份状态下为印第安文化身份找到一条生存之路。"一如往昔,'谁是印第安人'这一问题的最终答案只可出自那个美洲大陆上最早存在的民族,而非那些学者、代言人、出版商抑或是发言人。"③

---

① Laura Coltelli, *Winged Words: American Indian Writers Speak*, p. 10.
② Elizabeth Cook - Lynn, *Anti - Indianism in Modern America: A Voice from Tatekeya's Earth*, p. 41.
③ Elizabeth Cook - Lynn, *Anti - Indianism in Modern America: A Voice from Tatekeya's Earth*, p. 39.

第二章

政策变化与身份演进

在梳理西尔科小说中美国印第安人身份演进的过程时，白人政府不断颁布的政策对土著人身份建构造成的影响亦是无法忽略的。西尔科与其祖先以及小说中主人公们，同其他的印第安人一样，在近 500 年的时间里，他们或是亲历了白人殖民、独立战争、美利坚合众国的成立；或是目睹了西进运动、南北战争；或是经历了民权运动、冷战等重大历史事件的发生。作为美国历史的见证者，在这片土地上繁衍已逾万年印第安人的命运和身份也随着美洲大陆大批新居民的迁入、新国家的建立、新政策的颁布等重大举措或事件的发生而改变。西尔科在已出版的三部小说中，分别以不同的历史时期为背景，横跨 19、20 两个世纪。作者虽未能把整个殖民过程涵盖于作品之中，但却从一个个历史的截面生动地诠释了美国政府多变的政策是如何影响到小说中人物命运的。其中，《沙丘花园》以 19 世纪末为历史背景，展现了西进运动后，美国政府开展同化政策，以及随后出台的《道斯法案》对土著民族的生活和身份认同造成的负面影响。《仪典》以 20 世纪的第二次世界大战为背景，反映了在世界政治与经济秩序的变革时期，美国政府对印第安民族所采取的新策略及其作用。《死者年鉴》以 20 世纪末为时代背景，讲述了在美国政府对印第安人政策的不断变更下，当代印第安人所面临的身份困境。可以看出，西尔科的三部小说，选取印第安人三个关键的历史节点，环环相扣、循序渐进地讲述了印第安人寻找身份认同的漫长轨迹，揭开被美国政府变化不定的政策绑架下的印第安人追问自己、认识自我的艰难历程。

一、身份同化与《道斯法案》

美国政府的"同化"政策无论是对西尔科本人的成长，还是对后来她的作

品创作都造成了无法摆脱的政治影响。同化政策最早出现于殖民之初，其目的
是使帝国主义能在美洲大陆名正言顺地扩张。在白人的殖民过程中，同化政策
是其对印第安人进行殖民的有效手段。这种殖民手段的有效性体现在，使土著
民族在潜移默化中逐步忘却自己的文化和自己的身份。相较武装侵略而言，同
化政策虽看似相对温和，但却比武装侵略更像是一把无形的利剑，直插入印第
安文化薄弱之处，将其身份逐步撕碎，从根本上改造了印第安人。具体言之，
美国政府主要从文化和经济两个方面进行同化。

对西尔科而言，"文化同化"给土著民族留下了一块无法愈合的伤疤，无论
在其哪一部作品中，作者所诠释的美国政府的文化同化政策都如同鬼影一般，
出没在印第安人身份建构的每一个角落。当殖民开始后，正如小说《仪典》与
《沙丘花园》所述，塔尤与小樱迪歌以及他们的族人所经受的不仅仅是土地被霸
占、财产被抢夺，以及随之被逐入荒埂的保留地之中。而对于古老的土著文化
造成致命重创的却是白人政府的文化置换（cultural displacement）策略，或称之
为文化同化政策。大规模的文化同化政策肇始于 1879 年，目的是为更好地贯彻
"美国化政策"（the Policy of Americanization）。

文化同化的首要方式便是从教育入手。在白人看来，文化同化是使"落后
的"印第安人尽早走向"文明"的必经之路，而它的首要任务便是通过教育彻
底改造土著人的文化与思想。1887 年，美国政府颁布了《道斯土地分配法》，
其中除了对印第安人的土地进行征收外，还提出了为印第安儿童建立寄宿学校
的方案。通过对《沙丘花园》中的小主人公樱迪歌（Indigo）成长历程的描写，
西尔科揭露文化同化，尤其是寄宿学校，对土著文化造成永久的伤害。自出生
于保留地后，印第安人原始的生活和生产方式让小樱迪歌与姐姐、祖母过着虽
贫瘠，但却幸福、自在的生活，然而文化同化政策却打碎了她们生活的这份祥
和与宁静。在保留地中，所有的孩子都难以逃脱"警察和福利人员进行的搜
捕……并把他们带到'家园'中"的这一宿命。① 当然，这里被政府描述为
"家园"的地方指的便是白人为了进行文化同化而为印第安儿童专门设立的寄宿
学校，其目的是让这些孩子从小便远离他们的家人、他们的文化。小樱迪歌被
美国政府以"拯救"为由抓到了寄宿学校。此时，印第安人"深知，将孩子送

---

① Leslie Marmon Silko, *Ceremony*, New York：Penguin Books, 1986, p. 108.

往寄宿学校是（印第安文化迅速消亡）的主要原因。"① 然而，美国政府却坚信，"只要印第安人还生活在部落里，许多'古老、恶俗的习惯'势必就会残留下来，"只有让他们从小远离部族，并接受白人的教育才可以让他们过上"文明"的生活，他们的种族才不会"灭绝"。② 小樱迪歌与其他强行抓来的孩子一样，在寄宿学校过着悲惨的生活。"被禁食"是这些孩子经常遭受的惩罚。很多印第安儿童最终的命运还是难逃"僵直地躺在床上死去，临死前还咳着血。"由于不服从文化同化，小樱迪歌经常"整晚地被锁在拖把间里。"③ 更可怕的是，他们不再允许讲本民族语言，要忘记自己的文化，因为"从进入寄宿学校的那一刻起，他们就要学着去成为一名虔诚的基督徒。"④ 剥夺言说本民族语言的权利是文化同化的第一步策略。由于缺少书面文字，印第安部落间的语言又有极大差异，印第安人的语言是其文化中最薄弱之处，而美国政府专为印第安儿童设立的寄宿学校更加快了印第安语言的消逝。英语成了他们"母语"，目的是让印第安的传统与文化成为他们昨天的记忆。德里达的一句，"我只有一种语言，但它却不是我的，"贴切地表达出印第安人的境遇。⑤ 在此，西尔科一语道出文化同化的实质：它恰似一场的无声战争，虽然不见刀光血影，但却更加残酷。这种同化没有使印第安人转化为文明人，只不过是逐步向印第安人灌输了文化是分等级的这一概念，而像美国土著文化只能是处于文化的最下层，属于尚未开化、野蛮的文化。同时，文化同化也毁掉了他们数代传承的文化遗产和文化自豪感，从而使印第安人在其历史身份和主流文化中逐步迷失了自我，变成了像《仪典》与《死者年鉴》中的主人公塔尤和斯特林那样"没有生命的人"，目的只是为经济同化奠下基石。⑥ 然而，美国政府却宣称，文化同化是为了让印第安人能够继续生存的有效方法之一，"从 1879 年起，联邦印第安政策不断地被修正，以迎合美国政府当下最重要的职责——将印第安人美国化，政府也

---

① Leslie Marmon Silko, *Almanac of the Dead*, p. 87.

② Philip Weeks, *Farewell, My Nation: The American Indian and the United States in the Nineteenth Century*, Illinois: Harlan Davidson, 2000, p. 228.

③ Leslie Marmon Silko, *Gardens in the Dunes*, New York: Scribner, 2000, p. 68.

④ Leslie Marmon Silko, *Gardens in the Dunes*, p. 67.

⑤ Jacques Derrida, *Monolingualism of the Other or, the Prosthesis of Origin*, Trans. Patrick Mensah, Stanford: Stanford University Press, 1998, p. 1.

⑥ Leslie Marmon Silko, *Ceremony*, p. 15.

因此向印第安人提供必要的资助，目的是为了将（印第安人）吸纳到美国主流生活和文化中。似乎只有这样，才可以保证印第安人真正地幸存下来。"①

然而，于土著民族而言，所谓的美国化进程，其实质是基于把西方的文化和价值观全部灌输给印第安人的基础之上。"印第安的教育系统成功地实现了（美国政府）一半的既定目标：它摧毁了印第安民族的社会凝聚力以及部落身份认同。"② 对权力和物欲的贪求正是以商品拜物教为价值观的资本主义社会在对印第安民族进行文化同化后所遗留下的弊病。文化同化的过程不仅仅是简单地消灭印第安语言的过程，更是不断地侵蚀着土著人的价值观，白人政府企图通过这一方法彻底将有着自身独特文化属性的土著人改造成为"白种印第安人"。同化之后，西方社会所鼓吹的价值观不仅成为摧毁土著部族的力量，也成为了白人社会中一枚隐形的定时炸弹。西尔科在为她的第二部小说《死者年鉴》选定题目时，以"死者"作为题目的一部分，其主旨则是要表明西方资本主义价值观下的人性扭曲、道德沦丧，无论是亲情、爱情，还是友情都败在了纸醉金迷、物欲横流的社会价值观下，而正是这一点也击溃了土著民族的道德体系，使原本尊崇天人合一价值观的印第安人再度沦陷在美国政府同化政策的长枪短炮之下。在《死者年鉴》中，由于极端个人主义和拜金主义的盛行，文化同化成为摧毁部族传统和文化的有力武器。个人主义不断地渗入到土著民族传统的思想中，加之以私有制为基础的商品拜物教，都成为使以公有制为所有制的土著族群身份瓦解的间接原因。在传统的印第安文化中，一如西尔科所讲，土著人将自然视为神明。在他们看来，自然是神圣不可侵犯的，人只有与之和谐共处，才能风调雨顺，人类才能世代繁衍。然而，将物与金钱奉若神明，进行偶像崇拜的白人世界，却为我们展示了物质如何支配、统治人，并控制人的精神和思想。两种本不相融的价值观，却在文化同化的作用下，出现了统一与让步，结果就是土著族群的价值观作为弱者，败下阵来。

除此之外，宗教的传播也成为西方文化在美洲大陆迅速扩散的巨大推动力之一。在此必须提及的是，宗教传播"不仅致力于毁灭土著文化，而且协助白

① Philip Weeks, *Farewell, My Nation：The American Indian and the United States in the Nineteenth Century*, p. 235.
② Philip Weeks, *Farewell, My Nation：The American Indian and the United States in the Nineteenth Century*, p. 234.

人社会争夺资源。"① 在基督教徒的眼中，有着自己宗教的印第安人无疑是群异教徒，而改变他们的信仰便成为基督徒们当之无愧的责任。传教士们希望皈依基督教的印第安人可能"像白人那样生活：住欧洲式样的房子，穿欧洲人的衣服，从事农业，遵守安息日，用基督教的仪式结婚。"② 在他们看来，这是使印第安人文明化的必要途径之一。同时，美国政府也意识到，"'文明化'必须与基督教化携手并进，否则二者都将一事无成。"③ 然而，在印第安人的眼中，皈依基督教不单单意味着宗教信仰的改变，它所危及的更是土著部族个体与部族整体之间整一性的关系。正如小说《仪典》中所描述的那样，塔尤的姨妈西尔玛（Auntie Thelma）是一个基督徒，通过她，西尔科评述了基督教的问题所在——使印第安人脱离部族，从而做到个体脱离整体。作者在小说中写道，"基督教试图击毁每个部族，将人类与他们的整体剥离，鼓励个人独立地存在，因为耶稣只会拯救单独的灵魂。耶稣不像我们的神那样爱我们，照顾我们，就像爱自己的孩子与家人。"④ 自塔尤记事起，他便发现西尔玛姨妈总是在周日一个人去做礼拜。望着她远去的背影，小塔尤不禁好奇到，在以部族为整体的印第安文化中，为什么西尔玛姨妈总是独自一人？同样，在西尔玛姨妈的内心深处，由于两种文化的对峙，姨妈并没有获得传教士所许诺的幸福生活。西尔玛姨妈生活在一个完全私人的世界里，既与真正的白人世界不同，也与传统的土著世界相异，她也曾为此而苦恼，但却无处倾诉，这便是活生生的"夹缝人"（in-between）。所以，从某种程度上来讲，尽管宗教信仰的改变使印第安人的生活习惯也发生了改变，但这并不意味着他们可以完全接受主流社会的习俗，即使有少数完全被同化，但也会深深地感到自己同时被部族与白人世界所孤立。西尔玛姨妈心中所思则本就代表着一批印第安人的心态，当他们感受到白人文化的步步紧逼与本族文化的危机四伏的双重压力时，他们心中产生强烈的不安和不稳定情绪，于是决定改信白人的宗教，企图在白人文化中寻求片刻安慰和一丝寄托。但事实却是，"基督教最多只能帮助印第安人接受白人世界给予他们的贫

---

① 李剑鸣：《文化的边疆》，天津：天津人民出版社，1994 年，第 196 页。
② 威尔科姆·沃什拍恩：《美国印第安人》，陆毅译，北京：商务印书馆，1997 年，第 127 页。
③ 威尔科姆·沃什拍恩：《美国印第安人》，第 127 页。
④ Leslie Marmon Silko, *Ceremony*, p. 68.

穷地位，帮助他们克服不能在那个世界富裕起来，而本应产生的愤懑和绝望情绪。"① 在西尔科的笔下，西尔玛姨妈除了成为两种文化对峙下的牺牲品之外，在外来思想的侵袭下，她变得自私自利。在她看来，塔尤的出现是她们家族血统上的一迹污尘，因而西尔玛姨妈无论是内心深处，还是在行动方面都十分排斥塔尤的存在，目的以维系部族的纯正性。但十分讽刺的是，姨妈在思想上却早已背弃了她的部族。她从不让家人去教堂，也从不为家人祈祷，在姨妈的心中，上帝似乎只应该保佑她一个人，因为她是个"虔诚"的基督徒，不像她的家人那样，都是异教徒。所以她总是很不放心地重复着，"不要保佑错了人啊！"② 通过姨妈这个角色，西尔科生动地描述了两种文化的不相融性。姨妈最终的悲剧性结局，也再度证明白人对印第安人信仰的同化是不可行的，但同时也表明它对土著文化还是具有一定的破坏力。

经济同化，或可称之经济掠夺，是美国政府彻底击毁印第安人的利器。美国建国后，在处理与印第安各部落的关系时，虽然还称较大的部族为"nation"，③ 但此时白人的狼子野心却已昭然若揭。他们通过欺诈、掠夺等工具，

---

① 威尔科姆·沃什拍恩：《美国印第安人》，第 132 页。
② Leslie Marmon Silko, *Ceremony*, p. 77.
③ "nation" 这一词当涉及印第安种族时，一般译为"族群"或"族体"。"nation"一词在朱伦的《西方的"族体"概念系统——从"族群"概念在中国的应用错位说起》（《中国社会科学》2005 年第 4 期，第 86 页）一文中被译为"国族"、"nationality"被译为"民族"、"ethnic group"则被译为"族群"。据该文，民族与族群的差异为："'族群'主要是指散居在主体社会中的外来群体，而'民族'则是指聚居在传统地域上的当地人民。'族群'通常被视为文化人类学的概念，而'民族'则一定是政治学的概念"。由于 nationality 一词派生于 nation，所以 nation 一词也可以指繁衍在传统地域上的当地居民。然而，对于印第安人与白人来说，在使用 nation 这个词时，却有不同的含义。印第安人认为自己拥有合法的主权，希望与白人间的关系是国与国之间，或不同人民与人民间的关系；而白人称印第安部落为 nation，在不同时期也有不同的含义。建国初期，这一词仍隐含着白人对印第安人主权的尊重，认为彼此间的往来属于国与国间的事宜。然而，从内战时期起，印第安部落对美国来说，既不是"国"，所以不再是拥有特定地域和独立主权的"nation"。马歇尔把"nation"界定为"与其他人相区别的人民"，即"nation"用于印第安人时，仅是一个人群单位，而非"国家"的意思。随着强制同化的加深，印第安部落在美国演变成了既非独立又非从属的特殊"nation"，它们在与美国的关系中，属于"国内依附族群"（domestic dependent nations），类似"被监护者与监护人"的关系。这样便逐渐消去了印第安人的主权。参见 Francis P. Prucha, ed., *Documents of United States Indian Policy*, University of Nebraska Press, 1990, pp. 58 – 62.

并辅之军事、政治压力，导致印第安人蒙受巨大的经济损失。然而，对印第安人古老的自给型经济致命一击的却是 1887 年 2 月 8 日出台的《道斯法案》。① 内战加之大幅展开的西进运动，使白人需要大量自然资源来弥补资源短缺，对印第安人的土地进行无情掠夺是资源补给的唯一行之有效的方法。《道斯法案》的出台确立了印第安人土地分配的三条原则："一、印第安人土地必须私有化，必须经历由联邦托管个人所有的过渡；二、土地私有化和政治上的公民权利直接挂钩；三、一个部落是否实施土地分配，须按具体情况而定。"② 也就是说，"在美国领土范围内出生的印第安人，按《道斯法案》规定，即自动成为美国公民"，而法案进一步规定，兹成为美国公民起，印第安人的土地则被美国政府托管，托管期为"25 年"，③ 同时，规定土地的使用及最终利益的获取者为美国政府。毫无疑问，《道斯法案》的颁布给予了那些觊觎印第安人土地的投机者蓄谋已久的阴谋终可得逞的机会。西尔科在小说中将这一阴谋描写到了极致，"无论印第安人走到哪里，美国政府……都会杀光他们的族人、烧掉他们的农场，直到他们被迫西迁。"④ 虽然只有寥寥数语，但西尔科却在我们的脑海中绘制出一幅幅生动的图画，而这些图画的主色调是血腥与愤怒。在这片土地上繁衍生息已逾万年的土著民族，如今所要面对的却是美国政府如此的侃侃而谈，"对于印第安人来说，我们有优先权；对于所有其他民族来说，我们对这片领土拥有主权。"⑤

从某种意义上讲，《道斯法案》最基本的原则即为坚持其"改革论"，坚持把印第安人吸纳进白人政府对于美国所有权的理想中，其最终实施使"美国化"的进程更上了一个台阶，从而进一步巩固了他们一贯奉行的个人主义。《道斯法

---

① 1887 年 2 月 8 号颁布的《道斯法案》（Dawes General Allotment Act）是白人与印第安人关系的一个重要转折点。自此，白人以此为据对印第安人采取强迫脱离其部落体制和部落文化，并强制灌输白人的社会经济价值观念，力图把印第安人纳入资本主义轨道，以实现其促使印第安人个体化、美国化的目标。这一法案实施了长达半个世纪之久，并且对随后的印第安相关法案的生成都造成了极大的影响，同时，也被看作是美国历史上对印第安人强制同化运动进入了高潮的标志，也是印第安文化身份彻底丢失的起点。

② 李剑鸣：《文化的边疆》，第 158 页。

③ Francis Paul Prucha, *Documents of United States Indian Policy*, Lincoln：University of Nebraska Press, 2000, p. 171.

④ Leslie Marmon Silko, *Gardens in the Dunes*, p. 44.

⑤ 威尔科姆·沃什拍恩：《美国印第安人》，第 171 页。

案》不但将土著民族的土地私有化，打破了印第安人历代传承的公有制度，实现了政府进一步同化印第安人的意图。此外，此法案还帮助白人对土著民族的财富进行了又一次大规模的掠夺。《道斯法案》的实施无疑给印第安文化和身份造成了致命的打击，它将印第安人集体拥有土地的制度转变为私有制，从而彻底打破了印第安人数代相传的部落制度。众所周知，"部落是印第安人核心的社会和文化单位，"是土著身份建构的基础，没有了土地的印第安人过着流离失所的生活。① 小说《沙丘花园》以 19 世纪末的美国西部为背景，作者虽在小说中没有直接提及《道斯法案》的出台，但通过描述小说中主人公的生活境遇，西尔科间接地控诉了《道斯法案》实施后对土著民族的身份与文化造成的永久性伤害。"失去土地和部落保护的人们，如同沧海中的小舟，任由风吹浪打，情状至为艰辛悲惨。"② 在《道斯法案》实施之后，被同化了的印第安人不但没能顺利走进文明的白人社会，反而进一步加大了他们与主流社会之间的距离，使他们的处境更加恶化。

1872 年 11 月 1 日颁布的《印第安事务委员年度报告》(the Annual Report of the Commissioner of Indian Affairs) 中提出："（同化）政策是合理、明智、有益的，因为它可以让边疆的人员伤亡与财产损失降到最低，并可以最大幅度开展西进人员安置和铁路铺设工作。"③ 然而，对土著人来讲，土地被掠夺后的他们一如小说中描写的那样，"……（他们）住在由旧锡片、破纸板或碎木板搭成的窝棚中……"④《仪典》中的主人公塔尤从童年起就要每日为食物发愁，经常饿肚子，并需要从垃圾堆里翻找食物充饥。经济同化的后果是部落土地所有制遭到废除，部落主权遭受沉重打击，印第安身份已沦为名存实亡的状态。

众所周知，虽然美国政府没有在任何一项出台的法令、政策中明文宣布废除部落制度，但其政策中隐含的实际措施，却对部落制度逐步造成了毁灭性破坏。因为土著民族身份建构的一个重要基点便是基于部族整体性的存在，对于印第安人来说，这种整体性意味着政治上的保护和精神、文化上的依托，是文化认同的标志和身份的表征。实际上，部落已经成为土著社会演进连续性的历

---

① 李剑鸣：《文化的边疆》，第 17 页。
② 李剑鸣：《文化的边疆》，第 163 页。
③ Francis Paul Prucha, *Documents of United States Indian Policy*, p. 136.
④ Leslie Marmon Silko, *Ceremony*, p. 108.

史载体,它是土著民族传统文化的象征。然而,美国政府本着自我文化为优、他者文化为劣为原则,将在印第安人历史和文化中的极其重要部族制度毁灭。如果部落不复存在,那么也就意味着土著文化身份的逐渐消亡。

二、文艺复兴与自决政策

从 20 世纪 20 年代起,美国政府对印第安的政策开始有所调整。1928 年公布的《马里安报告》揭露了与《道斯法案》有关联的欺诈和腐败行为,指出了美国对印第安人政策的失败之处。① 到了 1924 年,美国国会通过了《印第安人公民权法》,其中宣布称:"在美国境内出生的非公民印第安人,就此宣布为美国公民:兹规定,授予这种公民权不得以任何形式损害或影响任何印第安人对部落或其他财产的权利。"② 最令土著民族欢心鼓舞的时刻莫过于在 1934 年美国政府终止实施了《道斯法案》。但已草木皆兵的印第安人却对这些法案的动机心怀疑惧,担心这又是美国政府摧毁其传统价值、篡改其身份话语的新措施。因为在过去的近百年中,强大军事、经济和政治力量早已促成白人社会强烈的种族优越感与文化偏见,并且要按照自身的模式改造土著社会和文化的存在形式,用自身的话语体系来为印第安人的身份定位,否则印第安人便会横遭灭绝。1968 年 3 月 6 日,林登·约翰逊总统在一份名为《被遗忘的美国人》的致国会特别咨文中,明确提出美国政府需要帮助土著民族,同时提出将"自决"(self – determination)作为印第安人政策的新目标。③ 根据土著民族自决政策作为主导精神,1968 年美国政府通过的"印第安人民权法",它扩大了保留地内印第安人的权利,承认土著文化传统。从而使自决政策成为 20 世纪后期美国土著政策中最明显的特征,④ 这也使部落体制和部落文化得到了暂时的恢复,同时,

---

① Francis Paul Prucha, *Documents of United States Indian Policy*, p. 219.

② Francis Paul Prucha, *Documents of United States Indian Policy*, p. 218.

③ Francis Paul Prucha, *Documents of United States Indian Policy*, p. 250.

④ 自决(self – determination)政策是 20 世纪中后期美国政府对印第安人事宜所采取的主要策略。所谓自决,是指美国政府承认印第安人社会与美国主流社会之间在文化上存在差异,而印第安人无须改变这种差异,印第安人可以行使自决权继续生活在保留地上,具有治理自己事务和经济事业的权利。

也促成了同时期的"美国土著文艺复兴"。①

　　出生于 1948 年的西尔科，在其成长的过程中耳闻目睹的是同化政策的余波对印第安民族造成的影响，而从部族长辈那里习得的则是土著身份在历经 500余年的殖民洗劫后，其话语体系已如风中残叶，摇摇欲坠。当面对美国政府对印第安人政策的不断转型以及一些重大的历史事件对整个美国社会造成的冲击时，作为一名作家的本能反应则是以笔为刃，让沉默良久的土著声音重新回响于美国文坛的上空。《仪典》这部小说的创作始于 1973 至 1974 年之间，这段时期正值动荡的 20 世纪 60 年代刚刚过去，作为一名少数族裔作家，西尔科本人也觉察到美国少数民族的身份建构已经开始发生改变。随着《道斯法案》的废除，简单而粗暴的同化政策终于被画上了句点，一些其他相应的印第安法规政策的出台，加之民权运动的开展，都给予美国土著学者们一个契机，来重新思考土著文化与身份的去向问题。在这样的历史背景下，西尔科的创作必然与印第安身份话语体系重构密切相关。

　　此时，对西尔科影响最大的两件事宜莫过于美国土著文艺复兴的开展以及政府颁布的"自决"政策。这让已被同化政策压制的毫无喘息之机的印第安民众对于身份重构似乎看到了一丝曙光。小说《仪典》从某种程度上可以被诠释为西尔科本人的一本自传，主人公塔尤所经历的身份缺失到身份重建这一过程无疑是西尔科自身经历的一种影射。塔尤最终接受的仪式也是西尔科本人所希冀的，她希望从中可以重新恢复渐已熄灭的民族文化自豪感，从而对土著文化进行重新肯定。小说的主人公塔尤出征二战、战后归来正是作者父亲的亲身经历，而塔尤的战后创伤却是影射着千千万万的印第安士兵们，他们无论是心理还是身体都承受着与塔尤一样的伤痛。然而，这一切的发生却都是伴随着政府由同化向自决政策转变的这一过程。

　　经过文化和经济同化后，土著民族似乎迎来了春天——自决政策的实施。

---

① "印第安文艺复兴"，又被称为"美国土著文艺复兴"（The Native American Renaissance），一词得名于评论家肯尼思·林肯（Kenneth Lincoln）在 1983 年所著的书籍《美国土著文艺复兴》（*Native American Renaissance*）。1969 年，司哥特·莫马戴（N. Scott Momaday）的小说《曙光之屋》（*House Made of Dawn*）获得了美国普利策奖，自此开启了美国土著文学渐渐走入读者视线的大门，同时，随着越来越多优秀土著作家的出现，印第安的文化与身份问题也开始逐步引起公众的注意。

表面上看，这无疑为已深受殖民之苦的美国土著民众带来了期盼已久的自治机会。不过，在西尔科看来，自决政策的出台只不过是进一步决定了土著的文化遗产和社会结构还可以保存多少，而非要全面恢复业已逝去的印第安文化和原始的部族制度。因此，政府对于印第安保留地的控制以及主流社会对印第安人的排挤并没有得到有效的改善。原因在于，"美国政府并没有打算削减对印第安人的控制，"政府仍然充当着"印第安人的土地、资源以及权利的托管人，而这些权利是政府在各种条规的限制下才赠予印第安人的。"① 在这种情形下，印第安人企图改变生存条件可谓是难之又难。小说中所描写的印第安人之境遇与同化政策时期并无本质差别，他们仍旧处于社会的最底层，而这些正是来自西尔科亲身的所感所知。可以说，西尔科在创作这部小说时，并没有刻意地去构思，《仪典》可谓是"作者无意识下的作品"。② 正是这种无意识，使小说更加客观与真实地反映了美国土著人民的生活现状，同时也间接地暴露出美国政府政策的虚伪性。

　　……印第安人过的生活仍旧不受自己所控，这一点是绝对不被允许的。他所存在的每方每面都是受到他与联邦政府的关系所影响，也由这种关系所决定。……即使是政府做了什么不合法理的行为，它的绝对权利也是不容挑战与质疑的。相较普通的公民都有三种途径来纠正（政府的过错）——行政、立法与司法，但印第安人却什么都没有。……（结果便是）印第安人为了存活要永远处于依附着（美国政府）的状态，并且（政府）鼓励和提倡他们远离他们的族人和过去。③

可见，此时内忧外患的美国政府逐步改变对土著民族政策的初衷并非缘于民权和种族平等的考虑，完全是由于当时国家所处的情形所迫，而美国土著民众仍旧一如往昔，只是美国社会的边缘群体。印第安人在主流社会受到排挤这

---

① Vine Deloria Jr. , *American Indian Policy in the Twentieth Century*, Norman ：University of O-klahoma Press, 1985, p. 178.

② Allan Chavkin , eds. , *Leslie Marmon Silko's Ceremony*：*A Casebook*, New York：Oxford University Press, 2002, p. 6.

③ Vine Deloria Jr. , *American Indian Policy in the Twentieth Century*, pp. 178 – 179.

一点，西尔科将其一直延续到第二部小说《死者年鉴》中，因此这一现象在当今的美国可见一斑。西尔科在《仪典》与《死者年鉴》中，通过对两个主人公塔尤和斯特林试图跻身白人社会遇挫、又无法返回自己的部族这一遭遇的描写，揭露了印第安人如何遭受美国政治系统的排挤，在政治上居于极为尴尬地位的这一现实。塔尤和斯特林几乎有着相同的境遇：一位出征二战，一位进城做铁路工人；一个退伍后无法融入部族，一个被视为白人的奸细而被部族流放。他们都试图融入白人社会，自决政策似乎也给予了他们一线希望。但这个希望却如同泡沫一般，一触即破。小说中的这两个人虽处在不同时代、不同社会背景、不同情节之中，却同属社会底层。在塔尤看来，"要不是我穿上了军装，那些白种女人根本不会正眼看我。"① 只有在战争中，"印第安人会像其他人一样得到相同的待遇……他们也会得到相同的勋章来表彰他们的勇敢，相同的国旗来盖在他们的灵柩上。"② 同样，斯特林"很想努力地活在当下……但斯特林深知，他是那种守旧的人，很难忘掉过去，无论记忆有多么痛苦。"③ 斯特林和塔尤此刻的内心世界是一种矛盾和荒谬的"内心空洞"。④ 在失去了文化身份后，"（他们）已无法辨出镜子里的那个人，尽管（他们）知道那就是'（他们）自己'，而这又能意味着什么呢。"⑤ 无法融入主流社会，又无法忘却自己的文化，自决政策带给印第安人的只是新一轮的身份话语危机。

西尔科曾说，同化和自决政策无非是"那些掌控美国政府的势力不想让（印第安人）了解他们的历史。一旦了解，那么印第安人便会意识到他们必须要反抗。"⑥ 西尔科的前两部小说的共通之处则是刻画了在美国政府强劲的文化和经济的攻势下，作为印第安社会和文化核心的部落制度已节节败退，与此同时，印第安人的经济体系发生崩溃，印第安人陷入极度的贫困化，传统的生活习俗受到禁止，许多部落的语言竟至失传。所有这一切使印第安文化不能整合，其身份进程失去了连续性，身份话语完全丢失。

---

① Leslie Marmon Silko, *Ceremony*, p. 41.
② Leslie Marmon Silko, *Ceremony*, p. 42.
③ Leslie Marmon Silko, *Almanac of the Dead*, p. 24.
④ Leslie Marmon Silko, *Ceremony*, p. 15.
⑤ Leslie Marmon Silko, *Almanac of the Dead*, p.167.
⑥ Leslie Marmon Silko, *Almanac of the Dead*, p. 431.

虽然美国土著文艺复兴与自决政策的出台为重构印第安身份话语体系带来了一丝新的希望，但由于作为印第安社会和文化核心的部落制度已濒临瓦解，大部分印第安人已脱离部落而实行个体化，随之而来的是他们的经济生活的崩溃，陷入了极度的贫困化。同时，部落传统功能丧失殆尽，部落成员处于失控散漫状态，即使有少数印第安人试图要跻身白人社会，也遭到美国社会的排挤，从而在政治社会中居于极为尴尬的地位。因而在此种情形下，重新唤醒渐已沉寂的土著民族意识并非易事。所以，等待着土著知识分子的则是一份更为艰巨的任务，如何在新的世界秩序中、新的经济体制下重构土著民族文化身份话语，是需要西尔科等印第安作家们共同思考的问题。

三、全球化与全球本土化

到了 20 世纪末，世界的政治和经济格局发生了巨大的变动。全球化的趋势所牵涉和波及的不单单只有美国白人政府。对于被边缘化的土著民族来说，美国政府也借机调整了对印第安人的相关政策法规。虽然从 60 年代起，历届美国总统在任期间都一再公开承诺，彻底地贯彻对印第安人的自决政策，一再重申将"按政府与政府间的原则处理与印第安部落间的关系，并继续实行印第安部落自治的原则，"并明确表示"印第安人能够成为联邦管辖之下独立自主的人，而不会失去联邦的关心与资助，"使印第安人的政治和文化权利在自决政策的引导下似乎得到了越来越多的承认和保护。[①] 然而，随着全球化步伐的加快，新的一轮文化危机也随之而来。这种文化危机主要表现在，全球化下新的文化方式和理念与传统社会中的一些民族文化在意识形态上发生的冲突和冲撞。在此情形下，越来越多的土著民族知识分子改变了原有的创作关切角度，并迫使他们必须思考出某种积极的应对策略。此刻，老生常谈的身份话语问题所带来的民族矛盾和文化冲突需要印第安学者们更多地在全球化的视角下来审视。所以，如何在全球化的趋势下，来争取社会经济权益和政治、文化平等的权益，以及逐步摆脱全球化下的文化认同危机是包括西尔科在内的所有印第安知识分子共同思考的问题。

在构思及创作《死者年鉴》的过程中，世界政治和经济格局的变革无形中

---

① 参见：http://sspress.cass.cn/news/20124.htm.

影响着西尔科主题思想的变化。如果说，在创作《仪典》时，西尔科还只是单一地拘泥于对自身文化身份的重拾和建构，那么，到了《死者年鉴》时，冷战与经济全球化相互交替的局面，使西尔科的创作理念受到了不小的冲击，作者开始以全球化视角审视土著民族身份困境。西尔科意识到，随着全球化步伐的加快，与其相伴的是两种截然不同的趋势：一方面，它的确使一些地区无论是在经济、政治还是文化方面更加的整合与标准化；另一方面，它却使生产与权力更加的分散化，促使了一些民族的消亡，并导致了随之而来的"种族身份与次民族身份"（ethnic and sub – national entities）的出现。① 事实上，对于像西尔科这样的美国印第安人来说，全球化对其并不陌生，如果将全球化视作一个历史进程，那么，它最初的发轫地便是美洲大陆。从 1492 年哥伦布远涉重洋发现美洲新大陆之日起，西方资本主义便开始"从中心向边缘地带的扩展，也即开始了资本主义现代性的宏伟计划，在这一宏伟的计划下，许多经济不发达的弱小国家不是依循欧美的模式就是成为其现代性大计中的一个普通角色。"② 虽然，此时印第安人所面对的全球化与 500 年前第一次出现的全球化在过程和方法上颇有差异，但西尔科清楚地意识到，两者对经济和文化侵蚀的企图却为异曲同工，无疑可被视作新一轮的殖民，而西尔科所能及的却是在新一轮文化与经济殖民的攻势下，将全球化逆转成为全球本土化（glocalization）。③

　　全球化的影响或全球化波及的范围，正如詹姆逊总结的那样，可以从 5 个方面来进行讨论："第一，纯技术方面；第二，全球化的政治后果；第三，全球

---

① Marc Priewe, "Negotiating the Global and the Local: Leslie Marmon Silko's 'Almanac of the Dead' as 'glocal Fiction'," *American Studies*, Vol. 47, No. 2, 2002, p. 223.
② 王宁：《全球化理论与文学研究》，《外国文学》2003 年第 3 期，第 41 页。
③ 作为全球化（globalization）与本土化（localization）的合成词，全球本土化（glocalization）最早出现于 20 世纪 80 年代，由日本经济学家们在载在《哈佛商业评论》（*Harvard Business Review*）中的文章中首次提出，而将这一名词推广开来的则是社会学家罗兰·罗伯森（Roland Robertson）。在罗伯森看来，全球本土化是指在面对全球化的压力，所出现的新的地方文化。在 1997 年"全球化与土著文化"（Globalization and Indigenous Culture）的大会上，罗伯森发言道，全球本土化意味着一种普遍与特殊化的共存和融合，两者共同起着作用。也就是说，全球本土化最直接的表现形式是指全球化的产物被转换成为另一种形式来迎合地方人的口味。在《全球化：社会理论和全球文化》一书中，罗伯森认为，全球本土化是一种已经发生并正在的"过程和行动"，它会将普遍化与特殊化逐步改变成为世界一体化。

化的文化形式；第四，全球化的经济；第五，社会层面的全球化。"① 而西尔科在小说中所表现出最直观的层面就是"社会层面的全球化"。在全球化的框架下，西尔科描绘了美国土著文化的传统观念与西方的消费文化之间是如何相互依赖的。大多读者对《死者年鉴》的第一印象是，它完完全全是一张对颓废的美国社会的真实写真。小说中到处充斥着暴力、色情，人性的冷漠、扭曲与道德沦丧似乎成为大多数主人公的性格特点。小说中不断穿插着的死亡画面与镜头描写出美国社会中的畸形价值观和人生观。在西尔科看来，上述的一切都与全球化有着密不可分的联系。不可置否的是，随着全球化趋势的加强，一种新型的殖民方式正在不断地侵袭着整个美洲大陆，这种西方的新型殖民不单单是对土著民族，同时也包括其他种族及白人在内，进行着无论是心理、身体，还是精神的殖民统治。它过分强调资本积累的重要性，其后果便是人们对金钱和性的贪欲的不断膨胀，与之相随的则是人们对人性和自然的忽视。这些社会现象的出现，成为西尔科挑战主流社会话语权的有力武器。从而，小说构成了新一轮的对美国所谓"文明同化"政策的抨击。

　　西尔科对于全球化下的社会状态进行描写，除了是对当今社会中种种弊病进行批判外，其目的更是为了在小说中完成全球本土化这样的一个进程而进行铺垫。这部小说的出版时间正值哥伦布发现新大陆的第 500 周年，而在作者笔下，这部小说俨然被打造成了一部叙事史诗，西尔科也借此表明，她本人已逾越了狭隘的民族主义历史观。小说除了对当下的美国社会进行真实而客观的描写外，还讲述了美洲大陆上的被殖民者在过去近 500 年间的血泪史和抗争过程，以及对整个美洲大陆未来走势的预言。小说对美洲大陆的预言，是借助了贯穿全书的一条线索——巨石蛇像和与之相应的古老年鉴。小说通过描写巨石蛇像的出现，预言了在不久的将来，白人会退离美洲大陆，这片土地将重新归还给它原本的主人——印第安人。巨石蛇像和古老年鉴这两种印第安文化的表征，最终的指向都是在预示西方的文化和思想最终会从这片大陆上消失，而这恰恰开启了西尔科全球地方化的进程。因为全球化的进程一般可以分作两个方向，"其一是随着资本的由中心地带向边缘地带扩展，（殖民的）文化价值观念和风尚也渗透到这些地区；但随之便出现了第二个方向，即（被殖民的）边缘文化

---

① 王宁：《"后理论时代"西方理论思潮的走向》，《外国文学》2005 年第 3 期，第 35 页。

与主流文化的抗争和互动，这样便出现了边缘文化渗入到主流文化之主体并消解主流文化霸权的现象。"① 在《死者年鉴》中，全球化不仅仅将殖民的文化价值渗透给被殖民者，作为反击的方式，西尔科勾勒出被压抑数百年的地方文化的复苏与全球化趋势的不断分离和汇集。在这一点上，西尔科恰恰做到的是如何在一种庞大的、宏观的、国际的乃至全球的背景下，使其作品仍保持着其民族原有风格特色的。我们不难看出，作者在小说中尽量避免本土化与全球化之间成为二律背反式的关系，极力在全球化的框架下描绘出属于美国土著民族自身的文化与意识形态的存在价值和意义，马克思主义则成了作者笔下将全球化转化为全球本土化的一个媒介。早在 1848 年，当资本主义经济正处于蒸蒸日上、蓬勃发展的阶段之时，马克思与恩格斯便"窥见了其中隐含着的种种矛盾，分析了全球化在经济领域内的运作规律，并且结合其在文化生产中的后果。"② 他们在《共产党宣言》中十分具有前瞻性地指出，"各民族的精神产品成了公共的财产。民族的片面性和局限性日益成为不可能，于是由许多种民族的和地方的文学形成了一种世界的文学。"③ 这段出自马克思主义创始人的寥寥几行文字，却在全球化的今天，被西尔科视为能将本土文化与全球化相连接的纽带。在西尔科看来，全球化导致了空间和时间上同时出现了文化同化与异化的矛盾，从而使全球与地方之间相互依赖、普遍与个别之间相互指涉。全球化下的文化、政治、经济格式又会影响着地方，而地方又构成了全球化。如何调停地方与全球化之间的冲突，使地方与全球化相容，这是西尔科小说中所体现的中心思想之一，而使地方成为全球化中不可或缺的一部分，从另一方面讲，这也是对印第安文化价值的彰显。

在《死者年鉴》中，西尔科重新定义全球化这一趋势，故意打破地方与全球的壁垒，使二者交织一体，以此抵抗新一轮的殖民。在小说中，西尔科设计了安吉丽塔这一角色，安排她作为全球化过程中反抗新殖民主义的领袖。这位出生在墨西哥的一个小镇上印第安革命者，作为泛部族运动的领袖，建立了"正义与资源重分军"（Army of Justice and Redistribution），并且高呼："马克思

① 王宁：《全球化理论与文学研究》，第41页。
② 王宁：《全球化理论与文学研究》，第40页。
③ 马克思和恩格斯：《共产党宣言》，北京：人民出版社，1997年，第26－30页。

是从我们这里，从我们土著人民这里汲取了（共产主义）思想的灵感。"① 此处，显而易见的是，借安吉丽塔之口，西尔科将土著文化提升到了一个新的高度。作者试图在印第安文化与共产主义之间建立某种联系，并以故事的形式记述历史，将印第安民族意识提升到全球化视野之下。同时，西尔科在小说中将马克思关于生产与历史的理论从土著文化的角度进行了阐释，这恰恰是将全球化的知识反哺于地方，使其更加适应地方的特殊性。

此外，西尔科还将马克思主义与部族文化间建立起必然的联系。在"安吉丽塔·拉·伊斯卡皮亚眼中的恩格斯与马克思"（Angelita La Escapia Explains Engels and Marx）一节中，作者是这样解释马克思与印第安文化之间的关系的：

> 马克思知晓部族人们所知道的事情……马克思终于明白了任何事物的价值都来自于它的制造者。无论是犹太人马克思，还是来自沙漠的部族人民，他们都深知任何私人事件或个人事件都是无关紧要的，因为如果没有其他人的存在，那么个体也是无法生存的。一代又一代，个体出生，然后过那么80年，个体又消失化为尘埃，但是在故事中，人们存在于他们后辈的想象和心中。无论这个故事在哪里被讲述，先辈们的精神都是活在当下的，并且他们的力量是永存的。
>
> 马克思、部族的人以及讲故事的人，马克思与他对于工人身上的故事的那种原始的热忱。怪不得欧洲人讨厌他！马克思收集了关于英国工厂工人们悲惨生活的政府官方报告，而这正是部族的萨满师或许遭受过的，目的就是为了给工人们带来极具力量，甚至具有魔力的故事集。②

如上所述，西尔科成功地将土著文化与作为西方文化代表的马克思主义交汇在了一点。在此，作者借助安吉丽塔之口，肯定了马克思对于人类经验优先于物质的理念。同时，安吉丽塔认为拜物教所崇拜的物体并不仅仅只是历史的空洞记叙者，对于她而言，物体并不是空洞，无生命的，而是充满了记载着历史、拥有着神奇能量的故事。因此，西尔科将土著民族的拜物教与资本主义商

---

① Leslie Marmon Silko, *Almanac of the Dead*, p. 311.

② Leslie Marmon Silko, *Almanac of the Dead*, p. 520.

品拜物教进行了比较。正如马克思在《资本论》中深度剖析了商品拜物教的实质那样，商品拜物教主要目的是要消除制造商品的人工以及商品中所蕴含的历史，而西尔科正是利用了资本主义社会商品拜物教的这一特点，来与作为土著民族文化载体的拜物教做出对比。

在比较的过程中，通过对安吉丽塔这个人物的性格不断地深化，西尔科将马克思的思想与土著文化的交集点不断地扩大化，小说如此描写：

> ……接下来，懒惰的古巴人开始直接念《资本论》上的内容。拉·伊斯卡皮亚竟然（对这内容）有感觉。如同一道光在脑海中闪过。如同一枚炸弹在脑海中引爆！这个白人哲学家对于贪婪和凶残的确是很有真知灼见。这对于拉·伊斯卡皮亚来说，这是有生以来第一次觉得白人的话有道理。①

思想上的冲击使安吉丽塔更加坚信，她与这位白人哲学家有着太多的共同点，因为：

> 数百年来，白人一直在告诉美洲大陆上的人们去忘却历史，但是现在，白人马克思出现了，并告诉他们要牢记历史。过去的人们都坚信一个道理：他们必须认真地对待过去，因为在过去（的记忆）中蕴藏着现在与未来的种子。②

此时，安吉丽塔终于明白，在部族文化与马克思的思想之间所贯通的不仅仅是在于对拜物教阐释之间的联系，还在于两者间对历史重要性的坚持。"马克思所说的关于历史、关于改变是会来到的，没什么可以阻止。"③ 此时的西尔科已站在马克思主义文化批评的高度，通过对马克思主义进行土著式的诠释，作者"认识到人类与全球性主旨之间的亲密关系是十分重要的，"文化身份的重构必须摆脱狭隘的民族主义，以吸纳全球化下的各种优秀的理念和观点。

由全球化向全球本土化的演变更加体现了文化的包容性，这种演进不仅仅

---

① Leslie Marmon Silko, *Almanac of the Dead*, p. 311.
② Leslie Marmon Silko, *Almanac of the Dead*, p. 311.
③ Leslie Marmon Silko, *Almanac of the Dead*, p. 311.

源于西方学界内部对霸权中心主义话语的解构和去中心化努力，更多是由于处于第三世界国家和地区的知识分子对自身民族文化取得认同的那种锲而不舍的精神。最终，西尔科小说的目标是使人们逾越了种族、民族、性别、阶段的鸿沟，在不同社会文化现象之间创造联系，诸如，不同的身份、不同的地域以及不同社会关系，在全球化的趋势下都变得彼此相互交错、相互联系。所以说，从长远的观点来看，西尔科的小说具有某种启示性，在她的笔下，全球化与本土化的互动，或者说是一种"全球本土化"的发展趋向，已成为未来世界文化发展的可能。

第三章

土著身份话语的派系之辩

在历经 500 年的殖民洗劫后，除了美国政府政策的变更对土著身份话语的演进造成了诸多影响之外，印第安学者的内部就土著身份话语定位问题以及土著文学的性质和功用问题，也呈现出两种全然不同的态度。这两种截然相反的声音更为土著身份话语书写的复杂性增添了浓重的一笔。究竟是选择"民族主义"（nationalism）抑或是"世界主义"（cosmopolitanism），构成土著文学何去何从的方向标，形成了印第安学者间的派系之争，同时，也极大影响了印第安作家在进行文学创作时选取何种视角来表明其政治立场及价值观。在进行小说创作时，西尔科无法逃离同化和自决政策下印第安人身份话语的困境，更无法摆脱土著文学批评的派系之争。事实上，当今的土著作家在他们的作品中已很难只涉及本民族自身文化的叙述，而不去关注印第安人与白人之间关于领土、主权和文化保留之间的问题和冲突。从最初被定位为一位不折不扣的"民族主义者"起，尽管西尔科在小说中控诉了美国政府颁布的同化和自决政策对印第安人造成的伤害，但在历经数百年的文化洗劫后，作者本人也意识到他们已无法全然回归到原初的印第安文化之中。如何在新的历史文化语境下赋予印第安文化以新的内涵，走出派系化的困境，从而在全球化的今天开创属于印第安文化的新空间，这是西尔科等人所要面对的历史使命，也关系着该领域的未来走向。

一、文学典律与政治话语

"我似乎早就听过这些故事了……唯一不同的是，名字听起来不一样。"①

---

① Leslie Marmon Silko, *Ceremony*, p. 260.

这是西尔科小说《仪典》结尾处老祖母（Old Grandma）所说的一句话。"何为文学典律"这一问题正如老奶奶的这句话一般，几乎成为所有文学集中老生常谈的问题，只不过偶见形式不同罢了。由于文化和历史背景的差异以及所处的社会地位的不同，当看待何为文学典律这一问题时，老祖母的话可谓是力透纸背，道出了"文学经典"的本质。"何为文学经典?"恐怕是一个无法完全肯定的问题。如何去界定文学典律，标准也各有不同。到底是那些经典著作、代表著作、文艺复兴时期的著作应被视为典律? 还是曾经获得过诺贝尔文学奖、普利策奖、美国国家图书奖等的作品可以被归为典律一列? 同时，我们也发现，在当今美国文学选集中，越来越多印第安作家的作品得到了认可，并被收入其中。随着印第安文学的被接受度、受尊敬程度以及曝光程度的不断增长，的确是有更多的人注意到了土著文学中所蕴含的独特性。然而，这是否就意味着美国土著文学已经成功地被列入到文学典律的行列之中了呢? 或者说，印第安文学中的那些出色的、屡获各种殊荣的作家们所创作出的代表作品是否已经成为文学经典了呢?

印第安文学中所展现的特殊土著文化，例如印第安传统仪式、印第安拜物教、印第安尊崇的神明、独特的讲故事传统等，都成为白人批评家和读者们所为之好奇之处。尤其是在 1969 年，印第安作家司哥特·莫马戴的小说《曙光之屋》荣获了美国普利策文学奖，标志着土著文学正式进入了美国大众的视野。同年，这部小说得到了学界的认可，也标志着美国土著文艺复兴的帷幕也被缓缓地拉开。然而，纯正的土著文学作品获得白人批评家和读者的熟识与接受并非易事，因为大多数能被纳入经典作品的印第安小说或诗歌都在很大程度上受到了欧美文学的影响。这种影响不仅仅是存在于印第安作家的写作形式上，更多地影响了作家的写作观，以及对自身族群文化的态度。这种态度的差异，大体可分为民族主义和世界主义，将在下面小节具体讨论，故此处不再赘述。

那么，土著文学如何才可以被纳入所谓的文学典律呢? 在此，通过对印第安文化与文学典律的历史交集进行简短的梳理，我们便可以看出文学典律中所渗透出的政治话语。殖民初期，由于缺少书写文字，所以在当时的早期殖民者眼中，土著民族口述文学作品是被视作"代表邪恶和野蛮的呓语。这样的作品既无具象的字母，也无法归集成书，所以它们无法被视为真正的文学作品"。到了 19 世纪的浪漫主义时期，这时，"'自然'成为了定义文化的关键词。"此前一直被定义为"自然之子"的土著人，也因其文化质朴、纯真的自然本性而得到白人社会青睐。① 随着 1830 年 5 月 28 日，杰克逊政府《印第安人迁移法》（Indian Removal Act）的颁布，土著人被迫迁移到密西西比州的西部。此时，学者们对印第安人的关注更多地聚焦在如何保留印第安人的土地以及他们传承数十代的生活方式，这使得对于构建美国历史的诉求高过对于印第安诗歌文本的关注。在 1840 年至 1850 年之间，对印第安诗歌的翻译体现了译者的文化嗜好，原因只是由于印第安诗歌中所蕴含的特殊的民族文化。到了 19 世纪 50 年代，以印第安人为题材的文学作品开始不断涌现，并被人熟识，随之被列入经典文学作品中。对这一时期我们较为熟识的、关于美国土著文化的文学经典作品包括库珀、朗费罗等浪漫主义大家的作品。其中最著名的当属朗费罗的《海沙华之歌》（*the song of Hiawatha*，1855），它被认定是美国白人所创作的第一部关于印第安人的史诗巨著。将库珀与朗费罗等人关于描写印第安人的作品纳入到美国文学典律中，并不意味着土著文学得到了认可或肯定。通过阅读这些作品，我们不难发现，印第安文化在这些作品中的作用只是用来进一步巩固欧洲中心主义思想。到了美国土著文艺复兴时期，一些卓越的印第安作家开始在美国文坛上崭露头角，其作品也相应地被列入美国文学选集中。然而，这些作品几乎都是采用英语为媒介语言，以传统英国诗歌和小说的创作为模式。

　　是否是以西方文学的标准为创作准绳，就可以名正言顺地成为经典文学作品了呢？以西尔科的《仪典》为例，作者笔下的主人公塔尤的最初经历可谓坎坷不断，由于身份的杂糅性一直被族人孤立，从二战战场上回来后又面临着战后创伤综合征和生活窘迫的双重困境，这使他的精神与身体处于疾病状态中。《仪典》中对战争残酷性的描写以及对战后创作的刻画，恰好符合后现代主义小说经常以二战、大屠杀和原子弹等元素作为理性失败的隐喻而加以描述的这一特质。上述种种可见西尔科将小说定位已由现代小说向后现代小说过渡。不可否认，西尔科在小说中将部族的传统文化和世界观与西方的叙事方法和信仰巧妙地拼贴到了一起，而这两种相互排斥的文化使小说看起来更具备后现代小说中碎片化的特质。这种结合也使得读者在两种不同文化的强烈交锋中，更加深

---

① Arnold Krupat, "Native American Literature and the Canon," *Critical Inquiry*, Vol. 10, No. 1, 1983, p. 146.

切地体会到小说中人物遭到主流社会的边缘化和排挤，更容易被小说中的人物及其跌宕起伏的命运所牵动。这种创作手法，在某种程度上迎合了一批学者的想法，在他们看来只有这样的作品才可以被编撰进文学选集，被引入大学课堂，让学者或学生运用他们所学的文学理论来解读这部小说，使诸如此类的作品成为"真正的"经典文学。但是这恰恰暴露出土著文学"被经典化"的本质，乃是以白人的意识形态为转移。因此这些文学作品的受众群体往往只局限于主流读者，作品中口述传统背景、族群的诗歌朗诵形式都不可能受到应有的重视，作品本身的印第安民族的独特性经验亦不可能被读者身临其境地感知。这样的作品即使被列为典律文学，但因为主体读者不是印第安人，所以他们的作品也是被排除在土著文学之外的。

　　然而，当我们运用后现代的一些文学理论去诠释印第安文学时，我们发现，这时的土著文学作品又不完符合后现代小说的创作标准。因为土著小说中融会了太多的印第安元素在其中，以《仪典》为例，无论是小说的叙事方式，还是小说的整体结构都是以印第安文化中的整一性为基础。虽然，小说只有短短的261页，但作者却把小说建构成了一个完整的、如蜘蛛网般的结构。以印第安文化中的仪式为中心，人物和情节的发展都围绕着不同的仪式进行，彼此之间相互关联、相互依赖，从而很好地诠释了印第安文化中的整一性这一特质。小说中虽然主要是描写主人公塔尤从战后心理受创伤到伤愈的这样一个过程，而似乎在现代小说与现实小说中，这种故事题材比较常见。但在仔细分析下，我们不难发现，塔尤整个痊愈的过程是伴随着印第安古老的仪式与神话进行的，而其中又穿插着作者对印第安人曾经或正在遭受的殖民、种族屠杀等不公正待遇的控诉。除此之外，西尔科在小说中还书写了土著人民日常生活的琐事，让读者阅读到与当代印第安人真实生活息息相关的每一件事，目的是让读者感受到印第安人生存的真实境况。西尔科想要读者不单单了解印第安人的神秘之处、土著文化的独特之处，还要他们了解卖醉于酒吧中的印第安人、了解美国政府对于土著人的政策法规对印第安人造成的伤害、了解失去了土地和身份的印第安人的悲惨境遇。然而，这种对美国政府的控诉与20世纪美国许多被列入文学典律的小说极为相左，因为在那些文学作品中，针对白人在美洲大陆上殖民印第安人的这段历史的真实描述实在是少之又少。除此之外，小说中反复出现的印第安口述文化更加使其区别其他非土著文学，从而使批评家们在面对印第安文学的这种独特性时，无法只局限于对小说的文本性进行评论，而忽略作品自身所隐含的文化和政治蕴意。

如上所述，到目前为止，文学典律的界定还是属于主流文化的范畴。为了能够跻身文学经典，土著文学似乎只有"放弃身份"、迎合主流文学书写和创作范式，唯此一道，土著文学才可能被纳入经典文学之列。克鲁帕特认为，正如其他文化产物一样，文学典律从未单单选取被大众视为最好的作品，而是选取那些被制度化了的特殊语言作品的产物，而这些语言作品则是传达或维系主流社会秩序的最好方式。因为白人不仅仅在文学方面创造了典律，还将典律延伸至"事实、真理、信誉、构成事实的证据，以及在精神层面对一些参照的认定与解译等方面，以上种种都被定位成'社会科学'，从而被包装并供上了神坛。"①

然而，这些典律无一不是建构在西方一系列的文化思想或思潮之上的，例如亚里士多德、奥古斯丁、加尔文、培根、笛卡尔、牛顿、达尔文、黑格尔、马克思等人的思想，这些思想缺乏与印第安文化之间的关联性。所以在这样的范畴下来探究和界定美国土著文学是否应被归为美国经典文学行列之中首先就是犯了形而上的错误。虽然这些思想有其存在的合理性，对人类社会的某个阶段的进步的确起过至关重要的作用，但以它们为准则来界定美国印第安文学——这块从未被这些主流思想耕犁过的土地，这些准则只会表现出一定的破坏力。因为美国土著文学源自于对土著文化的尊崇，而在西方文化传统中，或是西方的科学发展史中，几乎完全没有涉及印第安文化的存在价值。两种完全不同的文化处于不同的哲学观中，印第安文化的发展是围绕着自然形成，总体来讲，主张人与自然和谐共存、天人合一的哲学理念；相反，从中古时期开始，西方的哲学思想围绕着人类学展开，更多地集中在"对欧洲以外的世界进行发现、探索、对未知的世界进行征服。"② 两种不同的哲学观导致两种文化的聚焦点截然不同，对于人类存在的本体论也有着不同的解答。所以，印第安文学在进行自我评定时，如果只是以主流文学范式为创作标准，势必会遗漏或忽略土著小说本身应有的特殊的历史和政治使命。这一点恰如萨义德所言，"……小说

---

① Calvin Martin, *The American Indian and the Problem of History*, p. 7.

② Calvin Martin, *The American Indian and the Problem of History*, p. 7.

对于形成帝国主义态度、参照系和生活经验极其重要……小说与英国和法国的扩张社会之间的联系是一个有趣的美学课题。"① 因此，在土著文学中，文学批评家们关切最多的问题莫过于"当今在维护和阐明部族主权的斗争中，美国印第安文学所起的作用是什么？"② 如何正视文学典律的问题也是土著学者正视自身的一个良好开端。

二、西尔科与土著文学派系化

到了20世纪后半叶，美国政府调整了种族政策，改善了种族问题，客观上促使印第安人对白人文化进行了新一轮的吸纳。但是，如何"吸纳"，印第安人内部发生分歧，分为"保守派"与"开化派"。两大派别的分歧与争执由于主要围绕着文化、主权和自治的问题，从而进一步被引申为"民族主义"与"世界主义"之争，反映出部落民族性与现代性之间的矛盾，一直制约着土著文学的发展及走向。民族主义者在文学创作中固守传统，以身份政治和主权诉求为写作的宗旨，坚持美国土著文学创作应回归部落传统；相较而言，世界主义者为得到主流社会的认可，作品能够挤进文学经典之列，提出以文化杂糅和跨民族政治为创作基调，并坚持在殖民历史的语境下考察印第安身份问题。

时至今日，这种争执除了在各大部落中存在外，更多的是体现在政治和文化上对印第安身份话语的一个定位问题。土著知识分子之间存在的分歧就更不可小觑，这也形成了印第安文学和文化批评研究的张力。无论是作家本身还是评论家，对印第安身份的未来走向都持有不同的观点和态度。"民族主义"一方强调印第安的文学创作要回归于部落传统，坚守自己的传统不动摇；另一方则认为印第安问题应放在殖民历史的语境下来考察，要将文学作品设法纳入经典文学之中，从而得到认可。对于持有哪种立场则反映出部落现代性以及印第安身份定位的矛盾性。这种矛盾的产生直接导致印第安文化的派系化争斗，最具代表性莫过于土著批评家阿诺德·克鲁帕特与罗伯特·艾伦·沃里亚、伊丽莎

---

① 爱德华·萨义德：《文化与帝国主义》，李琨译，北京：生活·读书·新知三联书店，2007年，第Ⅶ页。

② Elizabeth Cook - Lynn, *Why I Can't Read Wallace Stegner and Other Essays*, Madison: University of Wisconsin Press, 1996, p. 83.

白·库克琳之争,① 以及印第安作家莱斯利·马蒙·西尔科与路易丝·厄德里奇之间的论战。

　　"文化的权威存在于民族主义中,而不是世界主义中,"② 这是像沃里亚与库克琳等传统派印第安批评家们所持观点。简言概之,民族主义"囊括了(土著民族的)主权、文化、自决、历史与经验,它了解美国土著文学中创造性的表达以及这些表达所体现的社会和历史现实之间关系的重点。"③ 这一点表明,主权、民族主义以及自决政策应是美国土著文学密切关注的思想主题,而在部族身份的表述和重建过程中,土著文学应该发挥着积极的作用。然而,事实却并非是如他们所期盼那般,美国印第安小说"已经不幸地成为西方文学理论的俘虏,几乎没有一位学者、或作家、或研究者可以在小说中以严肃的口吻解决作为一个独立部族的土著民族所引发的相关问题。"相反,一些美国印第安作家"似乎在世界主义的阵营中已经为如何成为一名成功的作家找到了某种共识。每部(有关印第安人的)作品都是以殖民主义美学来进行审视的……"④ 库克琳的一席话道出了民族主义者看到的当下印第安文学的问题所在。她不禁叹息道:"当下那些颇受欢迎的美国印第安小说家们几乎写不出什么有意义的作品,因为他们是在 21 世纪的背景下审视土著文化和部落主权的意义。"⑤ 她的这句话直指当今绝大多数的印第安作家,为了将印第安文学纳入美国的正典文学中,而忽略土著文化中的特殊价值,并同时道出美国主流文学与印第安传统口述文学间的矛盾之处。这一矛盾主要集中在是否将印第安文学从属于美国主流文学,而"世界主义者"却坚持,"美国印第安文学首先属于美国的民族文学,然后才属于印第安自己和其他被殖民者的文学。"⑥ 在民族主义者看来,世界主义者对

---

① 参见王建平:《美国印第安文学的性质与功用:从克鲁帕特与沃里亚之争说起》,《外国文学评论》2011 年第 4 期,第 25 - 39 页。

② Elizabeth Cook - Lynn, "Literary and Political Questions of Transformation: American Indian Fiction Writer," *Wicazo Sa Review*. Vol. 11, No. 1, 1995, p. 50.

③ Jace Weaver, Craig S. Womack & Robert Warrior, *American Indian Literary Nationalism*. Albuquerque: University of New Mexico Press, 2006, p. xv.

④ Elizabeth Cook - Lynn, *Anti - Indianism in Modern America: A Voice from Tatekeya's Earth*, p. 43.

⑤ Elizabeth Cook - Lynn, *New Indians, Old Wars*, Urbana and Chicago: University of Illinois Press, 2007, p. 85.

⑥ 王建平:《美国印第安文学的性质与功用:从克鲁帕特与沃里亚之争说起》,第 27 页。

文学走向的这种指引，势必会"忽略了当代美国印第安人政治斗争的历史语境，"无疑更加混淆了"第三世界文学声音中的文化权威性"，从而有损于印第安文化的整体性建构。① 这一矛盾的交锋之处则是沃里亚直指克鲁帕特等世界主义者，在他们的文字中并未传达出作为一名土著学者应有的责任。克鲁帕特的作品，在沃里亚看来，过于执拗于自己作为印第安人或印第安评论家的身份，从而无法真正地为土著身份的何去何从提出有效的见解和方法，并将自身桎梏在最老套的论辩结构中。② 所以，对美国印第安作家而言，"小说是否可以被指控为背叛民族主义这一问题已不仅仅是调整土著文学使其适应美国文学环境的问题，更多地是去理解所有的艺术均无法摆脱传统、语言、神话与政治的框束。"③

民族主义者认为，简单地将自身纳入美国正典文学之中，并不能有效地改善"主流文化通过机构建制和大众传媒等方式对印第安文化采取排斥策略，"④并非使印第安文学和文化得以重生，而是加快了其消亡的速度。同时，一些民族主义者，如土著批评家福布斯（Forbes）认为，真正的印第安文学只存在于土著部族和民族的报纸中。⑤ 所以，沃里亚等人的观点则可被归结为，作家们不应该"机械地被意识形态、阶级或政治历史所驱使，"⑥ 只有固守自己本民族的文化不予动摇，才是印第安文化得以继续前行的出路。无论是对作为个体的印第安人来讲，还是对研究土著文学和文化的机构来说，民族主义者坚持着文学表述与文学研究是可以"有自身的自由。没有一个人可以认定推进以种族为中心的对话机制是对分离身份的诉求，或是希望冲突的发生，或是企图垄断思想与对学术探求。"⑦ 美国黑人学者罗恩·卡伦加（Ron Karenga）曾指出"所有

①　Robert Allen Warrior, " 'A Marginal Voice', Review of The Voice in the Margin: Native American Literature and the Canon by Arnold Krupat," *Native Nations*, No. 1, 1991, p. 29.

②　参见: Robert Allen Warrior, "New Voices in Native American Literary Criticism by Arnold Krupat," *World Literature Today*, Vol. 69, No. 1, 1995, pp. 201 – 202.

③　Elizabeth Cook – Lynn, *Anti – Indianism in Modern America: A Voice from Tatekeya's Earth*, p. 43.

④　王建平：《美国印第安文学的性质与功用：从克鲁帕特与沃里亚之争说起》，第 27 页。

⑤　Jack Forbes, "Colonialism and Native American Literature: Analysis," *Wicazo Sa Review*, Vol. 3, No. 2, 1987, pp. 17 – 23.

⑥　爱德华·萨义德著：《文化与帝国主义》，第 17 页。

⑦　爱德华·萨义德著：《文化与帝国主义》，第 231 页。

的艺术必须要为（社会的）革命性变革做出一定的贡献，否则它便是一个无用作品。"① 相较之下，针对文学作品的社会功用性，库克琳也在文中做了相应的表述，她认为："我们所有的艺术作品必须要对捍卫我们的领土和独立民族的地位做出贡献，如不能，那么它便毫无价值可言。"②

在这一点上，虽然西尔科在第一部小说《仪典》问世后便被不折不扣地冠以"民族主义者"的称号，但这并未阻止西尔科受到民族主义者的指责。被库克琳批评的土著作家还包括其他在文坛上取得了骄人成绩的印第安裔作家，如路易丝·厄德里奇、司哥特·莫马戴、詹姆斯·韦尔奇，等等。库克琳指责这些作家为了取悦主流文化的读者，而远离民族身份的关切问题。还有一些学者批判西尔科的小说毫无政治性可言。即便是在小说中，西尔科坚持主张土著传统文化的可贵之处与不可替代性，并让主人公通过仪式——印第安文化的传统表现形式——来治愈身心，也无法使她摆脱传统的民族主义批评家对其文学作品所做的评判。同时，小说中所出现各种仪式也成了众矢之的，是那些批评家认为小说无政治性、作者漠视已处于身份危机的同胞之缘由。然而，当面对这样的质疑时，当论及沃里亚等人的传统民族主义观时，她的态度与这些民族主义批评家还是不尽相同。在 1999 年的一次与埃伦·阿诺德（Ellen Arnold）的访谈中，西尔科强烈地反对库克琳等人过于强调美国印第安文化中的民族主义和地方主义，她说道："我们普韦布洛人是属于美国土著人民，但我们不仅仅是属于印第安民族、一个有着独立主权的民族，我们更是从属于这个世界。"③

西尔科从未坚信印第安文化可以一成不变，在其创作第一部小说《仪典》时，她已很清楚地意识到印第安文化的改变是不可避免的。书中写道，"许久前，当这些仪式在人们中出现时，改变就已经发生了。"④ 西尔科认为改变是可以让印第安文化得以延续的唯一方法。当面对"作为一名印第安学者，他们是否应该坚守自己的文化背景、部族的价值观、部族的语言以及印第安人的形

---

① Ron Karenga, "Black Cultural Nationalism," *Negro Digest*, Vol. 2, 1968, p. 6.

② Elizabeth Cook – Lynn, *Anti – Indianism in Modern America: A Voice from Tatekeya's Earth*, p. 43.

③ Ellen L. Arnold, *Conversation with Leslie Marmon Silko*, Jackson: University Press of Mississippi, 2000, p. 165.

④ Ellen L. Arnold, *Conversation with Leslie Marmon Silko*, p. 126.

象?"这样的一个问题时,西尔科给予的答案当然是否定的。这也表示,西尔科认为,随着时间的迁移,几乎所有的印第安人都无法全然回归到他们心中那种原初本真的文化状态之中。在这里,西尔科坚信,印第安人必须意识到,传统的真正意义则在于,面对事物飞速发展的今天,这些传统要如何来适应改变,而非单纯地宣扬或声明其文化的优越性。显然,西尔科在此指出那些固守传统的人为印第安文化所带来的只是一些极易幻灭的生存假象,非真正的可行之道,这些假象一不小心会成为土著文化被无情边缘化的缘由之一。可见固守传统文化所带来的后果只能是土著文化被无情地边缘化,而突破传统是印第安文化得以延续的法则之一。对于自由的诉求并不是简单地定义为穿着传统服式来高呼自由,那些把传统膜拜为圣像的人才是那些无法真正理解他们的传统文化所具有能量的人。西尔科的小说是为了塑造今天的印第安人,而非去追溯过去的印第安人是什么样子。在第二部小说《死者年鉴》和第三部《沙丘花园》中,西尔科更明确地表示了她并非狭隘的民族主义者。她的小说视角开始转变,已不再简单地拘泥于本民族自身,而是更多地关注在后殖民语境下其他民族的生存危机。

然而,这一点并不是表明西尔科本人是一位"世界主义者"。她的作品中流露出一种坚韧的民族情结以及为印第安民族身份定位的笃定信念。印第安传统文化中的精髓始终贯穿于作者每部作品的字里行间内,从而她以具体行动来反对克鲁帕特试图将印第安传统口述文学纳入西方主流文学作品这一企图。她认为,倾向于世界主义的学者们,其对于文学创作的评判标准也多数接近于西方文化的口味,以西方的美学标准为准绳。这些作家大都受制于"如何让你的故事更容易取悦于一般读者"的这类问题。在如何将土著文学纳入到文学典律中这一问题上,西尔科也不赞同克鲁帕特的观点。克鲁帕特认为应该从印第安文学的文本分析入手,将主流文化中的文本分析方法运用到对印第安文学文本的分析当中,例如,他十分赞同戴尔·海姆斯(Dell Hymes)的做法。在《美国土著文本研究方法》("An Approach to Native American Texts",1982)这篇文章中,他评述道,"通过提出土著文学叙述手法的概念结构来作为他们特殊的语言结构的一种功能,戴尔·海姆斯为印第安文学的研究做了很大的贡献,这样一来土著文学即能接受列维–斯特劳斯对于他们广泛意义的坚守,同时也可以拒绝他实际上对这些所陈述名称的漠然。"① 西尔科对于克鲁帕特将文本的生成视作一种生产过程，可以运用马克思的经济学原理加以分析，这一观点更是不与苟同。在西尔科的第二部小说《死者年鉴》中，作者将矛头直指西方的经济模式，并将马克思主义与印第安文化相联系。在西尔科看来，虽然生产方式被视作决定社会关系的主要因素，而社会关系又制约着意识形态及其物质表达方式，但是对于文学研究来讲，生产方式并不是决定着文学价值的唯一准则。虽然，当今的文本产生摆脱不了社会属性以及物质属性，可以被视作一种劳动力的产物，但文本并非一种商品，其价值也不应该仅仅存在于出版业的经济模式之中。

除此之外，西尔科对于另外一位杰出的印第安女作家路易丝·厄德里奇的文学创作观也持有保留意见，因为厄德里奇以"不能让土著文学与美国文学分离"为由，坚持以主流文学的标准来进行创作。在一次接受劳拉·克蒂莉（Laura Coltelli）的访谈中，当劳拉问道，"在美国的主流文学中，美国印第安文学的位置及其贡献是什么？"时，厄德里奇则回答道，"我并不把美国主流文学与印第安文学加以区分。我认为，美国印第安文学不应该从美国主流文学中区分开来，如果把土著文学与美国文学分离开来，或者声称只有持有特殊兴趣的人才来阅读土著文学的话，那么势必会造成土著文学被进一步孤立。"借此，厄德里奇表达了她对会产生新一轮种族隔离的担忧。西尔科在一篇写给同是印第安作家厄德里奇的文章中反驳了厄德里奇的这一观点。她认为厄德里奇的小说《甜菜皇后》（*The Beet Queen*）"理论上是受后现代小说或所谓实验小说影响的结果，"是按主流文学标准进行创作的作品。② 虽然小说很精彩，对人的潜意识进行了最深层次的探索，但却与印第安传统文化，如口述文学，并无太多关联。同时，西尔科也指责厄德里奇作为一位印第安作家，在其文本中却缺乏与自己的民族"在历史、政治或文化上的联系，"从而并未承担起美国土著作家应当承担的责任。③ 作为一名作家，西尔科一直想要"摆脱民族主义、界线这类概

① Arnold Krupat, "An Approach to Native American Texts," *Critical Inquiry*, Vol. 9, No. 2, 1982, p. 323.
② Leslie Marmon Silko, "Here's an Odd Artifact for the Fairy – Tale Shelf," *Albuquerque Journal*, Oct. 7, 1986, p. 179.
③ Leslie Marmon Silko, "Here's an Odd Artifact for the Fairy – Tale Shelf," p. 179.

念,"① 但这并不意味着在文学创作中完全背离自身宝贵的文化遗产,并脱离政治和历史语境进行创作,达到像克鲁帕特等世界主义者所提倡的"文学去政治化"。在完成了前两部被视为政治小说的《仪典》与《死者年鉴》后,西尔科本人也承认,"一些人抱怨道⋯⋯美国土著文学或美国黑人文学不应该是政治性的⋯⋯这些白人说来容易。因为他们已经拥有了全部,所以他们的作品可以与政治无关。"② 西尔科在此谴责了厄德里奇只为印第安文学纳入典范文学,却忽略了作为一名作家的真正职责。

诚如上述,西尔科不同于简单的民族主义者,更不完全赞同世界主义者所提出的观点,她试图在自己的文学创作中为印第安文化的未来走向找寻新的出路。印第安身份话语在她的小说中也并非一成不变,而是逐步向西尔科所提倡的融合观发展。

三、西尔科与融合观

作为美国印第安文坛上代表作家之一,西尔科显然无法摆脱印第安文化的派系之争。同时,作为一名当代的土著作家,她也无法在作品中只聚焦于本民族的文化和传统,而忽略数百年来印第安人与白人之间各种冲突,其中最主要的冲突便是关于领土、主权与文化保留问题的碰撞。土著学者伊丽莎白·库克琳指出:

> 只有在文学艺术中所表现出的某个民族的思想精髓不被看作为关于接受或拒绝殖民的根本相同点或不同点,也不被视为对美国显著、极为自主的权威思想的一种挑战、威胁或拥护,而被视为是这个民族凝聚力的一种体现时,这种弥漫在美国土著文学研究中,旷日持久的政治问题才能不被关注。③

的确,在完成了被视为政治小说的《仪典》与《死者年鉴》后,西尔科不

---

① Ellen L. Arnold, *Conversation with Leslie Marmon Silko*, p. 170.

② Ellen L. Arnold, *Conversation with Leslie Marmon Silko*, p. 163.

③ Elizabeth Cook - Lynn, "Literary and Political Questions of Transformation: American Indian Fiction Writer," p. 50.

得不承认，经受了数百年经济、政治、文化与军事殖民后的印第安人，在他们的声音中已无法完全地去政治化，"政治话语（political discourse）也成为印第安人之间最重要的交流话题，"① 从中他们试图找寻一种力量来为自己的民族文化身份定位。正如福柯所言，取得"这种力量必须首先要把其视为内在于一定权力范围内的多种力量关系。在这个权力范围内，多种力量关系开始运作并构成它们自己的组织；同时，这种力量还应该被视为一个经历无数斗争和对抗的过程，从而才可以转换、加强或反转多种力量关系。"② 换言之，在西方霸权话语的势力范围内，进行身份定位时，不要拘泥于单一的民族拯救，要逾越狭隘的民族情结，集合并利用多种内部或外部力量关系来拯救这个物质堕落的世界，进而为自己的种族寻求存在的合理性。从第二部小说《死者年鉴》起，西尔科便开始尝试运用多种民族与文化的集合力量来为印第安文化找到一种合理存在的可能。

在新的历史文化语境中为印第安文化寻求新的内涵与价值，这是西尔科等印第安裔作家们所面临的历史与现实的双重使命。因为印第安人是美国历史和文化不可或缺的一部分。一如印第安评论家瓦因·德劳瑞亚（Vine Deloria Jr.）所述，"这点十分简单，（你）根本无法想象在没有印第安人的情况下，美国人的身份是如何构成的。"③ 在西尔科的作品中，我们不难发现她在为印第安文化和身份开创一个新空间这个问题上的认知的不断演进。西尔科的早期作品，如《仪典》，其写作主题主要集中在西尔科的部族——拉古纳（Laguna）。拉古纳发生的故事、部族人之间的关系和部族传统为她提供了源源不断的素材。这一时期西尔科主要还是通过其民族自身文化恢复来重建身份话语。然而，在她的后期作品中，除了对拉古纳的描写外，西尔科更多的是在反复强调印第安文学与西方世界、其他种族传统以及文学之间的关系，这种关系体现为一种包容、大同的世界观，并成为《死者年鉴》《沙丘花园》等作品的核心思想之一。尤其在《死者年鉴》中，她以"一个世界，多个民族"（One World, Many Tribes）为小说最后一章的题目，表达作者对各民族可以相互融合的深切期盼。她坚信，

① Elizabeth Cook - Lynn, *New Indians, Old Wars*, p. Ⅶ.
② Michel Foucault, *The History of Sexuality: An Introduction*, Trans. Robert Hurley, New York: Vintage, 1978, p. 92.
③ Arnold Krupat, "Review: Red Matters," *College English*, Vol. 63, No. 5, 2001, p. 657.

虽然西方世界的殖民主义和资本主义是人类世界即将被摧毁的根源，但当今世界的秩序混乱不应只归咎于某个民族或某个国家，而是全世界都应承担起这份责任。西尔科认为，拯救人类和修缮这个满目疮痍的世界不仅仅依赖于单单的几个部族、几个民族或几种文化，更多要依赖个人与整个人类、世界关系的修复，以及整一性文化的重建。这是一种融合、包容的文化，因为我们的人性、我们的灵魂不需要边界。西尔科说道，"我们不相信界线，不相信边界。世界上根本没有这类东西……"① "我更愿意以一种比较古老的方式，一种老人们用来思考的方式，思考自己。那就是，首先，你是一个人；其次，才是你源自某个地方、某个家族、某种文化。但最为关键的是，你是（属于这个世界的）一个人。"② "我的小说是写给全世界的，我关注德国人、关注欧洲人。我相信，普韦布洛人——我们美洲大陆上的印第安人，不仅仅是印第安人、有独立主权的民族和人民，我们同时也是世界的公民。"③ 这是西尔科的融合观宣言。西尔科以 "印第安人的方式"——融合观——为自己的文化寻求存在的尊严，也使印第安文化存在成为了必然，而不再依附于其他文化，从而为印第安身份话语进行了新的定位。④

　　总而言之，西尔科的小说创作与整个土著民族的政治和历史的进程有着密切的关系，印第安学者内部对主流文化所持的不同态度又在某种程度上影响着作者的构思和写作，从而使西尔科小说的创作主题和思想并非始终如一，这也折射出小说中印第安身份话语的复杂性。在不断与主流文化的交锋中，西尔科逐渐探索出一条属于自己的文化建构之路，透过她已出版的三部小说，这条建构之路渐次清晰可见。从最初的民族主义者，到后来文化融合观的实现，西尔科将印第安传统文化融入时代进程之中，借此描绘出一个象征着土著文化整一性的圆。从第四章开始，笔者便会以小说为单位，依小说出版的时间顺序，分别以十一个章节来分析这个圆的绘制过程。

---

① Leslie Marmon Silko, *Almanac of the Dead*, p. 216.

② Ellen L. Arnold, *Conversation with Leslie Marmon Silko*, p. xi.

③ Ellen L. Arnold, *Conversation with Leslie Marmon Silko*, p. 165.

④ Leslie Marmon Silko, *Almanac of the Dead*, p. 133.

第四章

《仪典》中的土著身份话语困境

　　《仪典》是西尔科的第一部小说，也是部被视作美国土著文艺复兴里程碑式的著作。此部小说一经出版便大获成功，正如美国土著文学批评家艾伦·查夫金（Allan Chavkin）曾指出的那样："虽然美国土著文艺复兴是以斯哥特·莫马戴的《晨曦小屋》的出版作为起始的标志……但在印第安文艺复兴后涌现的众多小说中，只有莱斯利·马蒙·西尔科的《仪典》获得评论界的最大好评。"① 小说的成功，一方面，是由于西尔科将欧洲传统的叙事方式与印第安人独特的口述文学巧妙地结合起来，从而将美国土著文化完整地展现在读者面前，仿似"为因性别和文化差异而无法了解印第安人的非印第安读者们架起了座桥梁，从而向他们阐明什么才是真正的印第安人。"② 另一方面，小说的成功亦缘于其生动而真实地再现了当代印第安人的生存困境——他们仍然是生活在美国白人社会中的"夹缝人"，从而使印第安人的生存问题重新进入了大众的视野。

　　由于近 500 年的殖民史，这导致大多数的印第安人都是混血血统，正像西尔科本人一样，她身上便流淌着拉古纳、墨西哥和白人的血液。这种杂糅的身份不光导致印第安血统被稀释，文化归属感和民族认同感也逐渐被削弱。那些试图跻身美国白人社会的"夹缝人"屡屡受挫，始终处于美国社会的边缘。进入不了主流社会又无法重归部族群落的尴尬处境，使得像小说主人公塔尤一样的印第安人，在西方社会二分思维的模式下，沦为了美国政府在经济、政治与文化等方面进行殖民和剥削的牺牲品，其后果是不仅仅造成了印第安人生活的贫苦，更造成了他们身份话语的缺失。恰如小说中的塔尤一样，他所感受到的

---

　　①　Allan Chavkin, eds., *Leslie Marmon Silko's Ceremony: A Case Book*, p. 3.

　　②　Allan Chavkin, eds., *Leslie Marmon Silko's Ceremony: A Case Book*, p. 3.

身份异化其实已是美国印第安人的一种普遍生存和心理状态。因此这部小说被视为"一部描写印第安人生存现状最为写实的作品。"①

由此可见,如何重建印第安民族的文化身份,是摆在西尔科等土著知识分子面前迫在眉睫的共同难题。在最初构思《仪典》之时,西尔科选取了以民族主义为小说创作的基本立场和视角,小说的主要线索是讲述主人公塔尤从二战战场返回家乡、重归部族的过程,而民族主义下这种"归家"范式又是后殖民作家作品中的常见主题。② 通过主人公对传统印第安文化的执着和热爱,以及对塔尤"出行"与"回归"的艰难历程的描写,小说不仅控诉了美国政府的同化和自决政策给当代印第安人带来的深重灾难,更是为了重点凸显印第安传统文化在身份诉求过程中所起的重要作用。

在创作《仪典》这部小说时,西尔科的初衷是写一个轻松的故事,讲述一位母亲是如何帮助退伍归来、整日无所事事的儿子戒酒。这个最初的灵感缘于西尔科的亲身经历。二战结束后,她曾目睹包括她的亲属在内的退伍军人整日买醉于保留地的酒吧之中。这些人中间不乏立过战功、受过表彰的老兵。但从战场归来后,他们的生活并未因为曾经效命于美国政府而得到改善。也许他们也曾因为英勇善战而得到政府的表彰,但这些战争英雄的事迹却很快地被美国政府和美国社会遗忘。由于与主流文化的频繁接触,这些当过士兵的土著人似乎看到了可以跻身于白人社会的一线曙光。但现实却是他们只能游走于白人社会的边缘地带,无论在精神方面还是在物质层面,他们依旧过着十分贫瘠、困

---

① Frank MacShane, " 'American Indians, Peruvian Jews. ' Rev. of Ceremony, by Leslie Marmon Silko," *New York Times Book Review*, 12 June, 1977, p. 15.

② 对于美国土著文学是否应该归入后殖民文学的范围之内,不同学者持有不同见解。很多后殖民批评家倾向于把美国土著文学排除在后殖民文学研究领域之外,其原因在于美国印第安人与白人政府之间并不存在纯粹的宗主国与殖民地的关系,而且印第安人也从未建立过拥有独立政权和主权的国家。然而,由于美国印第安人长期遭受白人内部殖民主义统治,土著作家又是在殖民话语的影响下进行的创作,其作品具有强烈的政治性和文化批判色彩,因此他们的文学作品所呈现出的文学特征具有鲜明的后殖民文学作品的属性。这恰如后殖民批评家博埃默对后殖民文学的范围做出了界定。她认为,后殖民文学"并不是仅仅指帝国之后才来到的文学,而是指对于殖民关系做批判性考察的文学。"这时的后殖民文学有一个很明显的特征:"就是它对帝国统治下文化分治和文化排斥的经验。尤其是在它的初级阶段,它也可以成为一种民族主义的文字。"故此笔者认为美国印第安作家的创作应归属于后殖民文学的研究范围之内。

苦的生活，面对种种内心中的不甘，他们只能通过酗酒闹事来麻痹自己。除此之外，他们的身份认同陷入到了前所未有的困境之中。正是这一点深深地触动了西尔科。所以当西尔科开始提笔创作这个故事的时候，她发现，这个故事远不如她最初设想的那样轻松、那样简单。随着故事情节的展开，整部小说所表露出的是作者对当代印第安人身份建构的强烈诉求。正如上文所述，印第安人是美国社会中的夹缝人，当西尔科试图探究是何种原因造成这种身份异化时，作者发现在这种身份异化的表象下所隐含的政治话语成因却十分复杂，从而使西尔科不得不在历史语境下重新审视塔尤代表的印第安人所面临的困境。

一、历史探究与话语缺失

当谈及美国土著民族的身份话语困境问题时，我们就不得不将其置于历史的维度下重新审视，从而方可探究身份话语缺失的缘由。《仪典》这部小说的创作之时正值美国土著文艺复兴的高潮时期。面对数百年的殖民统治，作为美国土著文艺复兴时期的首批学者，西尔科在其第一部小说中便立足历史视阈，剖析了美国政府历年来的印第安人政策的实质。小说的时间背景虽然是设定在第二次世界大战之后，但是西尔科却旨在以经历战争后的不同人物之不同命运为切入点，探析这几百年间美国政府的政策法规对土著身份话语造成的伤害。

如果从历史视域下追溯小说中描述的这种殖民主义的铁蹄肆意践踏土著民族文化的源头，那么我们的目光必须移置到殖民之初。1620 年，在"五月花"号轮船抵达北美后，由于白人与印第安之间存在着很大的文化差异，在两种文化不断的接触和碰撞中，白人总是希望以自己的文化模式来重新构建印第安民族身份。这些自诩为"文明"的欧洲人给北美最早的居民们带来的不是物质的繁盛、精神的文明，而是殖民过后的物质和精神上的双重创伤。由于土地被无情地掠夺，印第安人的生存状况便如西尔科小说中描写的那样，"……纳瓦霍族人穿着破旧的夹克衫站在酒吧的外面……这些人无精打采地倚靠着脏兮兮的酒吧外墙上……他们就像钉在地上的苍蝇一样蹲在酒吧外面……一些人没穿鞋，因为他们早已把鞋拿去换酒喝了。"① 这段叙述虽不长，但却足以表明此时美国印第安人处于极端低下的生活水平之中，他们只能"……住在由旧锡片、破纸

---

① Leslie Marmon Silko, *Ceremony*, p. 107.

板或碎木板搭成的窝棚中……"。① 这幅典型印第安人生活状况的缩影，充分地说明了他们生活在社会的最底层，过着颠沛流离、朝不保夕的生活。就像书中的主人公一样，从童年起塔尤就要每日为食物发愁，经常食不果腹，还需时常从垃圾堆里翻找食物充饥。经济上的劣势加之政治上的弱势，使美国社会中印第安人永远处于失语的、没有安全感的位置。正如小说中所述："保留地的人们会是第一批被解雇的，因为盖勒普的白人知道他们是不会提出任何质疑或者因此发怒，他们只会默默地离开。"② 很显然，印第安人的这种沉默和失语状态是由于他们长久处于经济和政治被压迫的地位而造成的。

与此同时，白人改变了印第安人原有的生产模式。以土地为例，印第安人的土地被抢走，他们被赶到了保留地，原本属于他们的土地被圈了起来。小说中是这样写道的："这正是让他们感到生气和沮丧的，同时也感到惭愧之处。印第安人每天早上起来都会看到被白人偷走的土地仍然还在那里，只不过被围上了围栏。"③ 对于土著民族来说，土地被掠夺可谓是对他们文化身份最致命的一击。"人与土地之间的关系是美国印第安文化凝聚力的根本……人与土地的关系依然是最具根本性的关系。"④ 失去了土地的印第安人如同失去了自我，因为对土地的敬仰和依恋正是印第安文化的一部分。西雅图酋长曾在致美国政府的信中说道："对我们这个民族来说，这片土地的每一部分都是神圣的……我们是大地的一部分，大地也是我们的一部分。"小说中，那些失去了土地的印第安人始终处于社会的底层。为了寻求主流社会的接纳，他们只能用生命为代价换取白人对他们价值的短暂认可。就像小说中的印第安人洛奇一样，他一直幻想着，有那么一天，作为印第安人的他"会像其白人一样得到相同的待遇。"可是直到洛奇死在菲律宾的战场上时，他才明白，"他们也会得到相同的勋章来表彰他们的勇敢，相同的国旗来盖在他们的灵柩上。"⑤ 可为了这份肯定，他们所付出的代价却是惨重的，甚至是他们要为殖民者付出生命。

小说的主人公是一名叫塔尤的印第安青年，在他出征二战归来后，由于身

① Leslie Marmon Silko, *Ceremony*, p. 108.
② Leslie Marmon Silko, *Ceremony*, p. 115.
③ Leslie Marmon Silko, *Ceremony*, p. 127.
④ 王建平：《美国印第安人研究的现状》，《美国研究》2010 年第 3 期，第 130 页。
⑤ Leslie Marmon Silko, *Ceremony*, p. 42.

份话语受到土著部族与主流社会的双重排挤，他陷入了前所未有的身份迷失状态之中。表面上看，西尔科对塔尤境遇的描写，是为了表达当代印第安人所处的困境。但作者却在小说中用了半本书的笔墨，分析到底是什么原因致使主人公以及其他人物的身份异化。从早期欧洲殖民起到美国政府执政期间的各种印第安政策的出台，使西尔科很难不将矛头直指这些对土著身份话语造成致命性伤害的种族政策。其中，文化同化便是首当其冲的刽子手。在西尔科看来，文化同化与文化殖民并无他异，都是在殖民的语境下承担起"同化"或"同一"被殖民者的主要任务。这一做法的主要方式是在二分思维的模式下让自我区别于他者，从而改写印第安文化价值体系。美国白人一向以"自我"独居，像印第安人一样的少数族裔却被归入"他者"的行列。以致自我在对他者进行勾画时，常常会认为自己是文明、高尚的代言人；他者却是野蛮、未开化、落后等等贬义的同义词。白人认为印第安人作为他者，其存在要依附于自我。随之，两种文化也处于二元对立的关系中，通常白人用来形容印第安人的词汇有："'野蛮'（savage, barbarous, wild）、'原始'（primitive）、'邪异'（pagan, heathen）、'魔鬼的奴仆'（slave of the Devil）、'迷信'（superstition）、'愚昧'（ignorance）等等。"[1] 同时，一切异化的、以他者身份存在的东西都应该被主体置于同一关系中，目的是为了去除他者所谓的野蛮、落后等特质。这种看似合情合理的同化却成为抹杀印第安文化身份的刽子手，最终使他者丧失了全部的他异性，从而对他者身份话语进行"消声"，以确保西方话语的霸权地位。小说的主人公塔尤便是文化同化的一个牺牲品。在文化殖民的过程中，他的文化身份逐渐丢失。塔尤从二战的战场上归来，在经历了白人殖民文化的种种侵袭后，塔尤病了，他被送到洛杉矶的精神病医院接受治疗，并被白人医生诊断为患有严重的"创伤后应激障碍"，但白人医生却束手无策，因为他们无从理解他内心痛苦的原因。正像小说中写道："他们（白人医生）看见的是他（塔尤）外在的躯壳，但却无法理解潜藏其下的内心空洞。"[2] 在白人社会中，塔尤感觉到自己是透明的，仿佛是一缕"白色的清烟"。[3] 主流社会正是以强大的政治、经济实力为依托，通过无孔不入的文化渗透向古老的印第安文明倾销其价值观念、

---

① 李剑鸣：《文化的边疆》，第 31 页。

② Leslie Marmon Silko, *Ceremony*, pp. 14 – 15.

③ Leslie Marmon Silko, *Ceremony*, p. 14.

生活方式等等，目的是颠覆后者的传统文化价值体系，使印第安人的身份话语彻底消失。不得不说这场无声的文化战争虽然不见刀光剑影，但却更加残酷。

塔尤的确是病了，他感觉到灵魂无比的孤独、身体莫名的难受，甚至一度有了轻生的冲动。西尔科通过对主人公塔尤的描写，深刻地表达了印第安人在美国社会中努力地想要去保留本民族的特质，但却苦无出路，于是陷入了身份话语缺失的状态之中。小说中，主流文化试图以自我的身份消除印第安人这个他者，根绝印第安文化，再将自身文化标准灌输给印第安人，从而达到所谓的同一目的。此时，已陷入身份话语缺失泥泽之中的塔尤，语言已然无法为其身份辩护。小说中，西尔科用"vomit""puke""nausea"三个词汇的频繁出现来描述塔尤内心中的一种无声的挣扎。这个三词汇均意为"呕吐"，单"vomit"一词在整部小说中出现多达 21 次。这些词语的反复出现，恰如其分地表达了如塔尤一般、在美国社会处于他者地位的少数族裔所处的无助和绝望之境地。小说中这样写道："他（塔尤）没有想办法来医治他的呕吐，就任它吐吧，他一点都不在乎。即使是现在就死掉他也不会丝毫在意。"[1] 此时的塔尤感到，一切话语都是多余的，只有呕吐才可以表达其内心的真实感受。因为此刻的他"即便没有其他语言，（英语）也不是（印第安人）的母语，"当使用英语时，印第安人"不仅发现自己会陷入如何阐明自身身份的'行为矛盾'中，更糟糕的是会陷入一种逻辑的荒谬中、一种谎言中，其实这种'谎言'就是一种不真实的陈述。"[2] 正是这种不真实的陈述，致使印第安人在美国社会中逐步失去了话语权，更不可能用英语表述自身。塔尤此刻的内心世界，正如文中所述，是一种矛盾与荒谬的"内心空洞"的交集。医生这样形容当时的他："'他是不会和你说话的，他是隐形人，他的语言是用隐形的舌头形成的，所以没有声音。'他伸手去触碰了一下自己的嘴唇，动了动舌头，就像小啮齿动物的尸体一样干涩、没有生命。"[3] 失去了身份话语的塔尤犹如一具只会喘气的尸体，已无法用语言去为自己阐明什么了。

在经济与政治双重殖民的压迫下加之文化殖民的深入，印第安人的身份话语逐步消失殆尽。在文化殖民的过程中，印第安人不断地经受着美国政府对其

① Leslie Marmon Silko, *Ceremony*, p. 39.
② Jacques Derrida, *Monolingualism of the Other or*, *the Prosthesis of Origin*, p. 3.
③ Leslie Marmon Silko, *Ceremony*, p. 15.

实施的"同化"政策。白人企图通过"文明同化"来抹去印第安人在这片土地上的痕迹、消除印第安身份话语，再以自己所谓文明重新书写这片土地的历史、重塑这片土地的文化。

二、战争创伤与自我迷失

当谈及这部《仪典》与第二次世界大战的关系时，西尔科承认，这部小说正是围绕着第二次世界大战展开的。究其原因，西尔科说道："因为原子弹。因为二战的结束方式。"[①] 在一次访问中，西尔科谈到了小说中所影射的美国政府在拉古纳保留地附近进行核试验事件，她直言道，"自从那一时刻起，世界就不再如从前一般……在第二次世界大战后，人们也不再像从前那样……离家打仗成为他们人生中的重要转折点，这意味着他们人生中的一个时期已结束。这不仅仅是对印第安人来说是一个时代的结束，同时对于任何一个人来说，都标志着这个时代的终结。"[②] 的确，西尔科在小说中对美国政府的一些行径提出了严重的抗议。一方面，作者的矛头直指美国政府在印第安保留地过度开采铀矿的行为，这些行为导致当地的生态环境遭到了严重的破坏。西尔科在小说中这样描写环境恶化造成旱灾的后果：原本丰沃的、被印第安人视作母亲的土地已经变成"干巴巴的老东西！"[③] 而在这块土地上繁衍的动物却未能幸免："骡子已经瘦骨嶙峋，（由于过瘦）它的髋骨十分突出，仿佛都快顶穿了它的灰色外皮，……这种干旱的日子使兽皮更加紧实地包裹在骨头上；母羊抛弃了孱弱的小羊，奶牛在春天也没有产崽。"[④] 另一方面，西尔科通过小说剑指美国政府大肆开采铀矿的主要目的是为了当时的战事需求。此时的美国政府需要开采大量的铀矿石来研制核武器。而在第二次世界大战中首次使用的核武器，其影响不单单存在于当下，更会延续到我们的子孙后代身上。这一点也直接表现在小说中。在《仪典》中，美国政府在二战中所扮演的角色一直为作者所诟病，战争也被西尔科直接描述成为一种"恶魔"。正如小说中所述，"恶魔的力量无穷大。"[⑤] 人们

---

① Ellen L. Arnold, *Conversations with Leslie Marmon Silko*, p. 44.
② Ellen L. Arnold, *Conversations with Leslie Marmon Silko*, p. 44.
③ Leslie Marmon Silko, *Ceremony*, p. 25.
④ Leslie Marmon Silko, *Ceremony*, p. 25.
⑤ Leslie Marmon Silko, *Ceremony*, p. 2.

不仅仅在战争之中可以深切地体会到这个恶魔的力量，即便是在战争结束之后，人们也仍然需要去忍受战后所遗留下的各种痛楚。在完成这部小说时，对于出版社的编辑而言，西尔科在最初的手稿中对美国政府在二战中的角色以及这场战争对印第安人带来的伤害的批判太过于"直白"了。① 然而，面对这样的指责和批评时，西尔科仍坚信，她的这部小说的使命就是要引起"每个人必须要在文化的视角下重新审视，作为人类或是作为所谓的发达国家，他们的使命是什么。"②

　　1945 年，美国杜鲁门总统以两颗在日本广岛和长崎引爆的原子弹，结束了第二次世界大战。在许多美国人看来，虽然这场战争的结束是以无数日本无辜民众的生命为代价，但却无法改变他们将杜鲁门总统视为战争英雄的这一事实。但西尔科却有不同看法，她认为这场战争的直接起因却是由于白人的心灵空虚，小说中这样写道："在近两百年中，白人想尽办法来填补心中的空虚感。他们试着用所谓的爱国主义战争、先进的技术以及战争所带来的财富，填充那一颗颗空洞的心灵。"③ 然而，白人的这一做法只不过是"自欺欺人"。④ 尽管美国政府极力为他们的战争行为找寻出某种正当的理由，但也无法掩饰潜藏在这场核战争胜利表象下那人类贪婪和残忍的本性以及战争之后人们内心彷徨、绝望和幻灭的情绪。

　　表面上看，西尔科在小说中花了大半篇幅描写塔尤的病因以及痊愈的过程，但实质上，作者却在传统归家文学范式的书写中隐含了更深层次的意图。一如上文所述，虽然二战已结束，但这次战争的余波却很难平去，一方面是由于这场战事的波及之广、伤亡之惨烈；而另一方面也是因为原子弹几乎是伴随这场战争而产生。尽管战事已过，但核武器的威胁依旧存在，这也是西尔科在《仪典》中不仅控诉战争给个人带来的创伤，更将目光移至笼罩在核阴影下人类生存问题的原因。小说中，不光是塔尤，即便是整个土著民族似乎都与核武器之间有着某种千丝万缕的联系。原因在于土著族群的家园竟成了原子弹的"发源

①　Mary Ellen Snodgrass, *Leslie Marmon Silko: A Literary Companion*, Jefferson: McFarland, 2011, p. 116.

②　Ellen L. Arnold, *Conversations with Leslie Marmon Silk*, p. 44.

③　Leslie Marmon Silko, *Ceremony*, p. 191.

④　Leslie Marmon Silko, *Ceremony*, p. 191.

地",而这并非是作者杜撰的情节。在《黄女人和美丽心灵》一书中,西尔科讲述了白人如何在拉古纳北部的杰克派尔开采铀矿的这段历史以及铀矿的开采和随后的核试验对普韦布洛的印第安人带来的灾难性后果。[1] 1945 年 7 月 16 日,美国政府就在距离拉古纳保留地 150 英里的核试验场成功地引爆了世界上第一颗原子弹。[2] 而西尔科将这一真实历史事件也写入了小说之中:"老祖母告诉他(塔尤)……'天还很黑;每个人都还在睡着。……(这时)一束闪光划窗而过。那么大,又那么亮,即便是我这老花眼也能看到。它瞬间照亮了整个东南天空。我还想着我看见太阳再次升起了,可是这道光又退去了。'"[3] 而这次核试验的成功也标志着日本的广岛和长崎在一个月后将会开启地狱之门。塔尤无疑是对核暴行最有力的控诉者。在塔尤看来,在拉古纳开采铀矿,不仅仅是对土著民众赖以生存的自然环境的大肆破坏,更是为全球性灾难埋下了伏笔。因此,从在印第安保留地内开采铀矿到测试原子弹再在日本上空引爆核弹,美国土著民众不仅仅是核武器以至核灾难的受害者,更是西方社会核暴力产生的见证人。

小说中流露出的西尔科对日本百姓的同情之心更是溢于言表。她认为,美国的那些军事家和研制原子弹的科学家,未能有效地预知原子弹对人类以及自然造成的毁灭性后果,正是他们一手摧毁了现代文明社会对理性的过度依赖,因此他们应该责无旁贷地承担起日本无辜民众所遭受痛苦的相关责任。有别于其他主流媒体的宣传,西尔科并未将日本兵与美国兵之间的关系简单地描述成为一种善与恶的二元对立,也并未将枪杀日本兵描写成为一种英勇壮举。相反,当塔尤接到命令去射杀一名日本兵时,他却将他杀死的这名日本兵看成了是他最爱的亲人之一——约西亚叔叔(Uncle Josiah)。书中这样描写道:

　　对塔尤而言,最糟糕的事情莫过如此:即便在他们活着时,他们看起来也是那么面熟。当中士命令他们去射杀所有在山洞前排着队、手放在脑

① 参见: Leslie Marmon Silko, *Yellow Woman and a Beauty of the Spirit*, New York: Simon & Schuster, 1996, pp. 127 –128.
② 参见: Per Seyersted, *Leslie Marmon Silko*, Boise: Boise State University Press, 1980, pp. 11 –12.
③ Leslie Marmon Silko, *Ceremony*, p. 245.

后的日本战俘时，塔尤并没有扣动扳机。发烧使他浑身颤抖，汗水刺痛了
他的双眼，他无法看清眼前的一切；而就在那一瞬间，他看到约西亚就站
在那里，背对着太阳面色微暗；他眯着眼，仿佛准备对塔尤微笑。因此塔
尤僵直地站在那里，开始恶心，当他们向这些日本兵开枪时，塔尤看见他
的叔叔倒下了，他知道那就是约西亚；即使是洛奇晃动他的肩膀，要他停
止哭泣的时候，（他仍坚信）那就是约西亚躺在那里。①

正当他极度内疚与自责时，所有的人都告诉他，约西亚叔叔是不可能出现
在菲律宾的丛林里，这一切只是由于他感染上了疟疾或患上了战争疲劳症而产
生的幻觉。此时的塔尤，由于战争的创伤使其已经无法区分幻觉和现实，在他
的眼前浮现一层层的白雾，也许正是这层白雾将他与现实隔离。在白人看来，
塔尤眼前出现的一片片白色的雾，以及他无法与他人进行正常交流，正是战后
综合征所导致的精神问题。但在西尔科的眼中，塔尤病了的原因是因为他挣扎
在善与恶的二律背反的模式之中，挣扎在内心的良知与屠杀日本兵的暴行之间
的矛盾之中，无法自持。正如小说中写道的那样：

> 在他的脑海里，他可以深切地体会这一切，仿似千丝万缕的细线缠绕
> 在一起，每条线的一端都系着一个东西，只要轻轻地拉扯一下这些细线，
> 所有的东西便会被系在一起。当他试着把这些东西分开，并将这些线重新
> 缠绕时，它们便会纠结得更紧。所以，当所有的思绪都纠缠不清时，塔尤
> 便会整晚整晚地冒着冷汗、无法入睡。②

在此，西尔科将战争对人性的摧残描写得淋漓尽致。她笔下的塔尤无法用
其他战士那种麻木而又简单的思维，以着装、肤色来区分善与恶。在他的眼中，
那些身着日本军服的人与他的族人本身并无两样，都是普通的人，都是被强行
拉入到战争中的人。正如上文所述，当他接到命令要向日本俘虏开枪时，他却
将应声倒下的日本人看成了是他最爱的亲人。西尔科在此只想说明，任何战争

---

①　Leslie Marmon Silko, *Ceremony*, pp. 7 – 8.

②　Leslie Marmon Silko, *Ceremony*, p. 7.

所造成的伤害是没有种族、区域和民族之分的。正像是塔尤将日本兵看成了自己的亲人一样，无论是日本人还是印第安人都无法摆脱成为战争受害者的宿命。

此时此刻，西尔科将她心中普适的人文情怀表露无遗。通过描写塔尤的内心挣扎，作者揭露了战争会把人变成了一部冷血、麻木，只会听从指挥的杀人机器。但塔尤却与他人不同，他是有血有肉、有情感的正常人。塔尤认为，战争只会给更多无辜的人造成伤害，使更多无辜的人丧命，而这一切在塔尤看来是无法让人接受的。所以当洛奇反复告诉他，躺在血泊中的不是他的叔叔，是穿着军服的日本兵，并说道，"'看，塔尤，看看那张脸'时，塔尤又开始尖叫，因为那根本不是日本兵，那分明就是约西亚。"[1] 然而，按照白人医生的诊断，塔尤所患的仅仅是战争疲劳症（battle fatigue）。在白人的医院中，塔尤接受着医生的治疗，可效果并不乐观，他始终无法张嘴说话，无论有效地与他人沟通。

塔尤所承受的一切病痛都是直接或间接地缘于这场战争。正如西尔科在小说中警示的那样，一旦战争的恶魔被释放，即使战争结束了，"也无法简单地将事物还原。"[2] 况且第二次世界大战可以说是 20 世纪人类历史上意义最为深远的重大事件之一，整个人类的历史进程无疑因此受到了巨大影响和改变。几乎世界上所有的民族都受其影响，美国的印第安人也自然而然地难以幸免。印第安人事务局局长威廉·布罗菲于 1945 年写道，"自保留地时代以来，二战构成了影响印第安人生活的最大因素。"[3] 二战可以说是打开了保留地对外界的大门，通过此门成千上万名的印第安人自愿或非自愿地涌进美国主流社会。在战争期间，他们源源不断地离开保留地。相比二战之前，保留地居住着大约 40 万名印第安人，他们的生活与美国其他群体几乎隔绝，而二战成为这些印第安人融入美国社会的重大契机。苏族人埃拉·德洛雷亚形象地描述了印第安人参加美国军队的行动："印第安人男性服役于各个兵种，有战争开始就牺牲的廷克将军，也有普通的士兵，他们有能力担任任何职务，并勇敢地服役于世界各地。"[4] 正因如此，相较其他民族，二战只会给美国土著人带来更多的伤害。

---

① Leslie Marmon Silko, *Ceremony*, p. 8.

② Leslie Marmon Silko, *Ceremony*, p. 256.

③ http：//history. people. com. cn/n/2013/0827/c198452 – 22713097. html.

④ Wayne Moquin & Charles Van Doren, *Great Documents in American Indian History*, New York：Da Capo Press, 1995, p. 315.

　　对于这场战争的记述，西尔科完全是从土著民族的视角出发。在西尔科看来，那些与塔尤一样患有战后综合征的退伍军人所处的境遇更为糟糕。对塔尤以及他的族人们来说，战争的结束并不意味着他们主权斗争的结束。塔尤与其他的土著青年们虽然在战场上屡建战功，但当他们返回美国本土时，却发现白人对待他们的态度仍是一样的轻蔑与厌恶。第二次世界大战意味着，"人类开始滑落进巨大的深渊。"① 这个巨大的深渊使像塔尤一样的退伍军人饱尝文化创伤之痛。瑞典学者艾尔曼是这样定义文化创伤的，"文化创伤是指身份及意义的重大缺失以及社会结构的混乱，从而影响到以此为民族凝聚力的人。"② 这种伤痛使他们整日无所事事地待在酒吧中，以买醉来填补战后心中的空虚感和落差感。小说中是这样描写他们的："他们整日酗酒，并醉到无人搀扶就无法走路的地步。"③ 除此之外，喝醉后的他们在酒吧中打架斗殴也成了家常便饭，他们一旦喝多便会"开始彼此互相推搡，步履蹒跚地在舞池中围了个圈，而其他的人则忙着为这场打斗起哄。"④ 这便是西尔科想要揭露的退了伍的印第安人之生活常态。

　　在从战场上返回后，塔尤的病变得更加严重了。导致他病情加重的直接原因是二战加快了其接受主流社会价值观念和生活方式的进程。不可置否，二战的确在某些方面改善着印第安人生活水平，使一部分印第安人走出了部族的大门，迈入了美国社会，所以二战可被视为美国土著人融入美国社会的重大契机。然而，这也意味着这一契机大大加快了他们被同化的进程。即便是战后的印第安人并未留在主流社会中，但他们也将白人文化以及同化的痕迹带回了保留地。正如印第安人事务局局长约翰·科利尔所述，这便导致了二战之后，"在一些保留地，同化已经在迅速进行，其结果就是印第安人文化的毁灭。"⑤

---

① Ellen L. Arnold, *Conversations with Leslie Marmon Silko*, p. 44.
② Ron Eyerman, "The Past in the Present: Culture and the Transmission of Memory," *Acta Sociologica*, Vol, 47, 2004, p. 160.
③ Leslie Marmon Silko, *Ceremony*, p. 165.
④ Leslie Marmon Silko, *Ceremony*, p. 165.
⑤ John Collier, "The Indian in a Wartime Nation," *The ANNALS of the American Academy of Political and Social Science*, Vol. 223, 1942, pp. 29 - 35.

第五章

《仪典》中的民族主义视域与传统文化书写

众所周知，一个民族的文学一直被视作该民族的精神信仰和文化风俗的重要载体。《仪典》的问世使许多批评家和学者将西尔科定位为一名"民族主义者"，究其原因是由于小说中所流露出的西尔科对传统印第安文化的无比眷恋之情，以及她对回归土著文化传统的宣扬和提倡。① 虽然，土著民族内部的族群众多、部落林立，这也导致他们之间在文化和语言上存在着很大的差异，使他们奉行多样的宗教和风俗。但总体而言，不同族群之间在文化上存在着极大普遍性和诸多共通性。这一点我们从小说《仪典》中便可窥得一二。身属拉古纳部族的西尔科在小说中传递的是土著传统文化的共性，作者的民族主义思想贯穿于整部小说的字里行间之内。全书的主要线索——塔尤从生病到痊愈的过程——也在多种印第安传统文化的襄助下得以实现。西尔科将小说分为两个主要部分进行叙述，一方面是探究塔尤生病的原因；而另一方面则描写塔尤治愈的过程。在塔尤治疗的过程中，西尔科以美国印第安传统文化为依托，将诸如

---

① 西尔科在《仪典》中表现出的民族主义情结，可以引用克鲁帕特的评论加以概括。在西蒙·奥尔蒂斯（Simon J. Ortiz）的 "Towards a National Indian Literature：Cultural Authenticity in Nationalism" 这篇文章中，作者引用了克鲁帕特对评论来说明西尔科的民族主义情结。克鲁帕特所做的陈述并没有指明他所评论的就是《仪典》这部小说，但是他在评价西尔科时说道：她的作品不断提醒我们地球是神圣的，并警示心灵平衡与精神统一的重要性，从而使其反对帝国主义的主题越发的明确。同时，克鲁帕特还指出，在西尔科的小说中，口述文学已经成为一种政治手段，通过将口述文学变成文字，她再次提出重新回归于部落传统文化之中。其他学者们也有相似的观点，例如莎伦·霍尔姆（Sharon Holm）在《大地之"谎"》（"Lie" of the Land）的文章中，将西尔科的《仪典》称之为民族主义的作品。伊丽莎白·阿丘利塔（Elizabeth Archuleta）在她的文章中提出，由于西尔科的民族主义情结，所以她全然接受了传统土著文化的价值观，并通过批评西方社会中的教育模式、联邦制度、法律机构来坚持其民族主义思想。

仪式、神话、药师等土著文化元素置于塔尤身份诉求的关键点上，并将这些元素融入现代叙事所建构的当代故事情节之中，从而再现传统文化的生命力、彰显其中的文化价值。

一、传统药师

药师（medicine man）是指印第安传统文化中的治病人或者精神领袖。人类学家也常用"萨满"（shaman）这一名词来替代药师，指代土著部族中的那些精神引领者。无论是被称作萨满或是药师，他们的主要职能都是在精神世界帮助或引导他们的族人，使整个部族获得祥和。他们会为族人在现实世界与精神世界之间搭起一座桥梁，目的是为了寻求部族之间或部族与自然之间的和谐共融的生存之道。所以在土著部族中，药师作用极为重要、地位也极为高贵，仅次于这个部族的酋长。

在《仪典》中，西尔科也塑造了这样一位治病人——贝托尼（Betonie）。与居住在保留地中的那些药师形象大为不同，贝托尼住在盖洛普（Gallup）的一个垃圾堆旁的窝棚中。在塔尤看来，他居住的地方"又简陋、又狭小，与塔尤所熟识的白人世界大相径庭。"① 但这个住在垃圾堆旁的老人却是小说中拯救主人公塔尤的精神向导。小说中，贝托尼的人物形象是基于西尔科的一个纳瓦霍族朋友为原形而构思得来的。同时，西尔科将"纳瓦霍族的世界观以及纳瓦霍族那种充满潜力和创造力的信念"赋予在这个虚构的人物身上。② 正是贝托尼所具有的这份信念，引领着塔尤最终成功地重新构建了土著身份话语。

小说中，西尔科设计贝托尼这个人物形象的主要目的，是将这一印第安传统中的药师文化呈现在读者面前。除此之外，作者的另一目的在贝托尼的首次出现时便已显露无遗——是对西方社会中盛行的商品拜物教情结的反拨。西尔科将贝托尼的家设计在一个垃圾堆旁边，一方面是用来凸显印第安人生活的凄惨、贫苦；而另一方面则着实是在讽刺资本主义社会物质虽丰富，但在商品拜物思想的主导下却处处充满了死亡和贫瘠。与周遭的垃圾、废物以及看似繁华的街市产生鲜明对比的是贝托尼的家。他的家中虽然到处堆满了在旁人看来就

---

① Leslie Marmon Silko, *Ceremony*, p. 127.
② Helen May Dennis, *Native American Literature：Towards a Spatialized Reading*, New York：Taylor & Francis, 2007, p. 143.

是垃圾的杂物，如旧报纸、可乐罐、旧台历、破玻璃等，但却会给人一种静谧和安逸的感觉。此处堆积的旧物，在某种程度上，也体现了印第安人的人生哲学：生命是个循环的过程，即使废弃掉的物品在他们的眼中仍有存在的价值和意义，因为它们在某种意义上是承载历史和文化的符码。在贝托尼自己看来，尽管他住在垃圾堆旁，身着破旧的衣衫，但这些旧物却是份历史的印证，证明了他的生活是完整与和谐的。他对塔尤说，"'我们在这里很舒服。'这里的舒服有着不同的含义——并不是指由大房子、丰富的食物或者干净的街道带来的舒适感，而是指身属大地时的那份惬意、相伴小山时的那份恬静。"① 这种舒适感正是印第安民族文化传统的精髓可以赋予贝托尼的。因为他与他的文化、他的土地相伴，而"大地给予了他一份归属感、小山给予了他一份宁静。"② 作为一名土著药师，贝托尼深知达到精神世界的纯净对身份话语建构的重要性，他以自己的人生哲学为基准，在繁杂的城市生活中，极力守护着内心的那份祥和与宁静，而这一点正是塔尤不具备的。在评论家亚娜·戈里斯（Jana Gohrisch）看来，恰恰是他心中的这份宁静与平和，才使他成为一位"成功的灵境追寻（vision-quest）引导者，"从而帮助塔尤成功地摆脱了身份的梦魇。③ 不可置否，小说中的盖洛普已仿似一座精神荒岛，而贝托尼的这个小屋却成为一座灯塔，指引着深受西方物质文化侵蚀的塔尤如何前行。

较之其他种族文化，土著民族中的药师文化在整个部族中起着十分重要的教化作用。药师们不仅承担着传承文化信仰的重任，更是在部族内引导和教育族人的道德行为规范、净化部落成员的心灵。恰如小说中的贝托尼，他当之无愧是一名精神的净化师，一位将塔尤重新领入印第安精神世界的引导者。加拿大评论家威妮弗雷德·西默林（Winifried Siemerling）将贝托尼在小说中的作用比作处于"不同文化的交叉路口"的引路人，他负责在"不同文化间进行诠释与转换，"并最终将误入歧途的游子引领回家。④ 就连贝托尼本人也承认，他目

---

① Leslie Marmon Silko, *Ceremony*, p. 117.

② Leslie Marmon Silko, *Ceremony*, p. 117.

③ Jana Gohrisch, "Cultural exchange and the representation of history in postcolonial literature," *European Journal of English Studies*, Volume 10, Issue 3, 2006, p. 236.

④ Winifried Siemerling, *The New North American Studies：Culture, Writing, and the Politics of Re/Cognition*, New York and London：Routledge, 2005, p. 68.

的就是要帮助那些"深受基督教教义和酒精残害的可怜虫们。"① 所以他在小说中扮演的角色是一位不拘一格的精神导师，以抚平族人的内心伤痛。根据贝托尼的诊断，塔尤病起之源是在美洲大陆已肆虐数百年之久的"巫术"。这种巫术正是白人殖民统治后的余威，它导致印第安部族的不断分化，土著传统文化因此也早已离经叛道，深受西方商品拜物文化的侵蚀。综上的这些殖民痕迹使像塔尤这样的少数族裔人群游弋在两种文化和两个社会的边缘。经济和文化的双重殖民导致了以塔尤为代表的夹缝人，承受着身体和心灵的双重折磨，从而丧失了身份话语。当塔尤迷失了自我后、当塔尤被白人医生放弃治疗后，他只是将信将疑地跟随着罗伯特叔叔，抱着试试看的态度来到了贝托尼的住处。最初，在塔尤看来，"贝托尼与他想象中药师的说话方式并不一样。他简直就不像一个药师。"② 贝托尼的诊疗也可谓是不拘常规、别具一格，他口中常说的一句话便是，"走吧……你可以走，大多数的纳瓦霍族人对我的感觉是一样的。你不会是第一个逃走的人。"③ 经过一系列的谈话和治疗后，塔尤俨然已摆脱最初来到贝托尼所居窝棚的种种不适，而且慢慢接受了这个破旧小屋中的杂乱、难闻的味道以及贝托尼所代表的印第安传统文化，并逐渐感觉到了蕴藏其中的土著元素及其宝贵之处。当塔尤放下心中对贝托尼的芥蒂时，他发现这个破烂不堪的小屋恰如一个圆形的、半地下的基瓦会堂（美国印第安人使用的一种圆形建筑），而这个小屋也承载着传承印第安文化与治愈塔尤的希望。在经过贝托尼的不断精神洗涤和灵魂洗礼后，塔尤逐步摆了对洛基之死和部族干旱的愧疚心理，开始承担起拯救部族、拯救族人的使命。恰如评论家约翰·麦克卢尔（John McClure）指出的那样，贝托尼的作用是使塔尤相信"他是太阳的化身，他是一名英雄，在整个世界陷入干旱的灾难之中时，他来拯救这个世界。"④

除此之外，西尔科还将贝托尼塑造成了一位土著文化记忆的守护者，他见证了美国殖民进程中的各个血泪片断。在贝托尼的小屋中堆积着各种杂物，与其说老人是在收集杂物，不如说他收集的是一份份历史的见证。这些杂物在传

---

① Leslie Marmon Silko, *Ceremony*, p. 150.

② Leslie Marmon Silko, *Ceremony*, p. 118.

③ Leslie Marmon Silko, *Ceremony*, p. 118.

④ John A. McClure, *Partial Faiths: Postsecular Fiction in the Age of Pynchon and Morrison*, Athens: University of Georgia Press, 2007, p. 145.

递过程中，携带着殖民历史的种种印迹。就连贝托尼本人也说道："这些东西我们收集了很长时间——几百年的时间了。"① 西尔科此处的目的已不言而喻，她借助贝托尼手中的每一件旧物来揭示潜藏其中的文化政治，控诉美国政府对印第安民众犯下的累累罪行。贝托尼告诉塔尤说："这些物件中都包含着活生生的故事。我把这些古老的典籍收藏起来，上面写满了名字，它们可以帮助我们记住物的历史。"② 原本是属于他们的土地却被白人强行占有，贝托尼曾自嘲地说道："人们都很纳闷儿，为什么我会住在离这个肮脏小镇这么近的地方。但其实这个是最先在这里的。在白人来之前就已经建在这里了。（所以）是这个小镇建错了地方，而并非是我这个老药师（住错了地方）。"③ 小说中，贝托尼用自己的方式记叙着历史。他不断地收集一些旧物，用它们记录下周围的人或事。他将各种日历、报纸、电话簿有序地保存起来，作为证明白人殖民史的有力证据。这些证据就包括记载着在美国不断向西扩张的态势下，白人社会是如何借助强大的物质优势，"迫使印第安人迁至白人尚未涉足的遥远地区，"以及在被迫远离家乡而迁入贫瘠保留地后，作者的祖先们所遭受的种种不公正待遇。④ 在初次见到塔尤时，这位老药师便对他说，"你知道吗，当我祖父还很年轻时，纳瓦霍族人就住在这些小山中。……沿着小河，他们耕种着他们的小农场。当铁路工人出现，白人开始在这里建筑城市时，纳瓦霍族人只有被迫迁移。"⑤ 当有人问及他住在垃圾堆旁边的原因时，贝托尼回答，"白人让我们住在铁路北边，接着河流与他们的垃圾堆，而他们却没有一个人会住在那里。"⑥ 从贝托尼的话中，我们不难看出西尔科对美国政府殖民行径的种种控诉。

二、拉古纳神话

印第安人数代相传的印第安神话是土著文化中最为丰富多彩的文化元素之一。它不仅仅可以被视作土著传统口述文化的最初表现形式，而且也可以彰显

---

① Leslie Marmon Silko, *Ceremony*, p. 120.
② Leslie Marmon Silko, *Ceremony*, p. 127.
③ Leslie Marmon Silko, *Ceremony*, p. 118.
④ 李剑鸣：《文化的边疆》，第 81 页。
⑤ Leslie Marmon Silko, *Ceremony*, p. 118.
⑥ Leslie Marmon Silko, *Ceremony*, p. 117.

出印第安人的宗教信仰。这些神话故事大抵是以自然为主题，围绕着四季、天气、动物、植物、水、火、地球等话题展开，通过不同的故事表达印第安文化中的精髓和印第安人的精神实质。当印第安民族迎来美国土著文艺复兴之后，印第安神话便成为诸多土著作家进行文学创作时必不可缺的元素之一，诸如莫马戴、韦尔奇、厄德里奇等作家，都不约而同地选择将土著神话融入他们的创作之中。这些作家将土著神话与小说作品的结合，是将印第安传统文化重新呈现在读者面前，借以肯定土著文化的价值。同样，作为土著文艺复兴先领军人物的西尔科，在其早期作品的创作过程中，也将印第安神话与小说中主人公的身份话语建构紧密相连，以此抵抗西方资本主义的价值系统，并提倡回归土著民族的传统生活方式。

《仪典》是西尔科创作的第一部小说，土著知识分子强烈的责任感使得作者在作品中融合了多种印第安传统文化方式，拉古纳部族神话便是其中之一。在《黄女人与美丽心灵》一书中，西尔科将自己对神话故事的挚爱之情表露无遗，她说道："神话是记忆和思想之网，它会缔造身份，是一个人的一部分。"①

与其他土著作家略显不同，西尔科并没有将小说置于神话原型批评语境之下，而是十分大胆地将传统拉古纳神话的叙述模式与西方小说的叙事方式相结合，使小说中出现了两条各自分开而又相互关联的叙事线索。一条线索是以极具写实的手法，描写主人公塔尤从生病到痊愈这一过程；而另一条线索则是将拉古纳神话中有关寻雨的神话，以口述文学的方式呈现在读者面前。两条线索的最终交汇点则是部族遭受干旱的诅咒得以解除，从而使"求雨"变成了两条线索中的或神或人都需要完成的目标。这也让拉古纳部族这个关于求雨的神话传说与塔尤的命运紧紧地扣在一起。乍看之下，这个首次出现在小说中第 13 页的神话故事与塔尤生病这一事件间并无任何关系，显得十分突兀。但细读过后，我们却发现，这些神话使塔尤的故事又增添了一个新的叙事维度。在这个叙事维度下，整部小说的故事情节仿佛失去了时间概念，或者说，不再受时间影响。神话故事将拉古纳部族的过去与塔尤的当下相联结，同时又预示着塔尤的未来。

小说中，首次出现的拉古纳神话是关于"芦苇女神"（Reed Woman）与"玉米女神"（Corn Woman）的故事。负责下雨的芦苇女神其最大喜好便是洗

---

① Leslie Marmon Silko, *Yellow Woman and a Beauty of the Spirit*, p. 43.

澡，她几乎每天都在洗澡，而她的妹妹玉米女神则每天都在阳光下辛勤地工作。玉米女神责怪芦苇女神每天只会洗澡，芦苇女神因此负气离家，从而导致了很严重的后果，小说中这样写道：

……
于是这里再没下过雨
万物都是干涩枯萎
所有植物
谷物
豆子
都已干枯
开始随风
飘逝。
所有的人和动物
都口渴无比
他们也饥饿无比。①

　　这一段神话恰好呼应了塔尤在热带丛林中对雨的诅咒。由于塔尤的表兄洛奇在一场战事中负伤，而连日的阴雨使得洛奇的伤口感染、伤势加重、奄奄一息，此时的塔尤"极度讨厌这无休止的降雨……如果那些日本兵看到了雨中的士兵如何步履蹒跚、如果他们看见洛奇变得如此的虚弱，冲上前来用来福枪把打爆他的头，那么这一切都是雨的错，是这场雨和这个丛林杀死的洛奇。"② 将洛奇的死归咎在降雨之上，使得塔尤"始终可以听到他内心中祈祷不要下雨的声音。"③ 虽然，西尔科此处并未清楚表明塔尤不断地对雨进行诅咒的行为，是否与拉古纳神话中的某一桥段吻合，但是这个诅咒的结果却和有关"芦苇女神"的神话如出一辙："所以他祈祷雨赶紧停止，而这已是干旱的第六个年头了。草

---

① Leslie Marmon Silko, *Ceremony*, pp. 13-14.
② Leslie Marmon Silko, *Ceremony*, p. 11.
③ Leslie Marmon Silko, *Ceremony*, p. 12.

木皆黄，不再生长。无论望向哪个方向，塔尤都可看到他祈祷的后果。"① 洛奇的死亡加之部族的久旱都使塔尤自责不已。然而，西尔科将"芦苇女神"神话融入小说的目的却并非意在将部族遭遇干旱天灾这一事实归咎到塔尤的身上。此时，西尔科只是想唤醒印第安文化中神话的力量，并将其赋予到塔尤身上，从而帮助他完成文化身份话语的整合。

在神话线索进行的过程中，西尔科将寻雨的这一重任交给了一只绿蝇，这与主流文化对苍蝇的态度截然不同。对于绝大多数人来说，苍蝇是极其让人厌恶的昆虫。它往往与肮脏、下流等贬义词为营，给人以十分不悦的感官体验。但在印第安人的宇宙观中，世界上的万事万物皆为平等关系，他们之间互相联系，相互依存。对塔尤而言，他对苍蝇的最初印象也与旁人无异。直到有一天，在塔尤想要打死墙上的苍蝇时，约西亚给他讲述了一个关于苍蝇的故事来提醒他：世界上的一切物质，哪怕是再微小植物或动物都是有生命力和有灵性的，即使是微不足道的苍蝇也可以帮助人类寻得上天对他们罪行的宽恕。当西尔科在小说结局处描写蜂鸟和绿蝇最终寻得了神明原谅，使拉古纳部族恢复了降雨时，西尔科只想重新申明土著文化中万物平等的理念。这一点也恰如美国土著作家保拉·艾伦（Paula Allen）所释："对美洲大陆的印第安人而言，在不断创世的过程中，所有的生灵都具有参与的能力，这使得世间万物神圣无比。"② 这种泛灵论的思想恰与西方文化中的等级论相反。在西方的文化思想中，只有"受教化"的人才可在自然界中局于较高的位置，而"印第安人却将万物视作亲人，是伟大奥秘的后代，是共同的造物者，是我们（大地）母亲的孩子，是有序、和谐的生态整体的必要组成部分。"③ 因此，在印第安人眼中，人不再是世界的主宰，人的生存要依附于自然，人与自然界万物一样，都是平等的。小说中，西方社会中的拜金主义和人类中心主义则成了造成塔尤迷失的邪恶力量。最终，无论是在神话故事中，还是在塔尤的故事中，雨的降临都表示着恶势力的终结。

① Leslie Marmon Silko, *Ceremony*, p. 14.
② Paula Gunn Allen, *The Sacred Hoop: Recovering the Feminine in American Indian Traditions*, Boston: Beacon Press, 1986, p. 57.
③ Paula Gunn Allen, *The Sacred Hoop: Recovering the Feminine in American Indian Traditions*, Boston: Beacon Press, 1986, p. 59.

西尔科将神话故事融入小说中的另一目的则是要摆脱西方文学范式中固化叙事时间的这一做法。作者笔下的神话故事，其时间单位不再有过去、现在和未来之分。当阅读小说中的神话故事时，我们可以感觉到神话故事的叙事时间明显不同于小说中关于塔尤部分的文本秩序。小说中的神话故事，由于没有特定的时间背景，我们无法判定它所发生的具体时间，而是感觉到它是种永恒的存在，它可以将现在与未来都潜藏于过去之中，也可以将过去展现在当下与未来之中。这一点恰恰与玛雅文化中其年历从不区分线性时间和循环时间这一特质相吻合。正如人文学家斯特斯托姆博格（Ernest Stormberg）所言："持续创作的神话仍旧可以在其永恒的神话模式中与不断更迭的历史重叠。"① 所有时间都可以同时呈现，只不过在不同的层面而已。西尔科借此打破了传统小说中时间叙述的局限性，意在强调印第安文化的历史指涉。正像作者在《仪典》中借助神话的时间永恒性暗讽白人社会存在的各种问题也已不再有时间的界限，因为它们会一直存在。就像作者在小说中描写的酗酒、吸毒、自我迷失、战争、核武器等导致社会动荡、人们生活不安的因素一样，这些会导致社会动荡不安的因素，如同印第安神话没有时间阈限一样，不仅存在于白人社会的过去和现在，还将延续到未来。无论是印第安神话，抑或是作者笔下的这些社会问题，都在时间上有某种"永恒性"。而问题的永恒性也间接揭露出白人文化的痼疾所在。

印第安神话中蕴含的文化价值可以使西尔科将同一事物在不同时期的状态和性质同时展现出来，从而使包括西尔科在内的印第安人，更加从容地面对这几百年来的改变，并努力从这些改变中汲取新的力量，重新整合印第安身份话语，在时空的不断循环之中，再次创造出和谐、平衡的世界。

三、部族仪式

列维－斯特劳斯曾说过，"神话存在于概念层次，仪式存在于行动层次。"② 仪式是神话的原型，神话要与某种仪式相连，以便从精神和心理的双重层面展示神话的意义。如果说药师是塔尤痊愈的精神向导，神话给予了塔尤精神力量，

---

① Ernest Stromberg, *American Indian Rhetorics of Survivance*：*Word Medicine*，*Word Magic*，Pittsburgh：University of Pittsburgh Press, 2006, p. 220.

② 列维－斯特劳斯：《结构人类学》，陆晓禾、黄锡光译，北京：文化艺术出版社，1989年，第70页。

那么传统的部族仪式才是真正地治愈塔尤的关键。纵观整部小说，我们会发现小说中作者用大半篇幅来描述塔尤如何完成部族仪式的过程，而另一部分则是描写导致塔尤生病的原因。在一次接受访问中，当西尔科被问及为何将小说的题目定为"仪典"（ceremony）时，作者这样回答道：

> 这便是这部小说的目的。于我而言，写一部小说便是进行一次可以使我保持理智的仪式。小说一开始，我笔下的人物病得十分严重。他被关在了洛杉矶的精神病院内，但他却什么都不记得。他不记得曾在菲律宾做过战俘。我的许多表兄弟们以及许多从菲律宾回来的人，他们在战争中都有过类似的遭遇。……所以我笔下的人物病得十分严重，而我在写这部小说时，也病得十分严重。……当我继续写作时，突然之间，我发现他的病很严重，而且我也好奇他是否会好转，因为那些从战场上返回的人，有一些病痊愈了，而有一些却没有。……所以我每天都在思考我的人物角色，思考为什么有些人可以恢复健康，而有些人不能，……当塔尤病好时，我也感觉好多了。①

可见，小说中的仪式不仅仅可以治愈虚构人物塔尤，更是对现实生活中的印第安人起到了精神治疗的作用。这种利用仪式作为治疗方法的构想，是来自于西尔科的亲身经历。作为一名拉古纳族的印第安人，西尔科曾经多次目睹了部族中的长辈们为二战归来的士兵实施净化仪式，目的是让退伍的士兵们摆脱战争引起的疾病和痛苦。这种被西方社会认定为异教行为的土著传统仪式，在西尔科的笔下，却幻化为祭奠土著民族这数百来年所承受的殖民痛苦的一种方式。仪式被赋予意义是因为它"具有贮存历史的功能，也就意味着它具有社会记忆、历史记忆的能力和事实……社会叙事和社会记忆互为依据，共同建构成为一个社会传承机制。"② 然而，在历经文化冲突和殖民经历后，西尔科也清楚地意识到，当面对20世纪战争给个人、家庭、部族带来的伤害时，旧时仪式中的诸多传统做法俨然已经失去原有的效力，无法再起到固有的治疗作用了。因

---

① Ellen L. Arnold, *Conversations with Leslie Marmon Silko*, p. 24.
② 彭兆荣：《文学与仪式：文学人类学的一个文化视野》，北京：北京大学出版社，2004年，第3页。

此，西尔科在构思这部小说时，便力求赋予印第安传统仪式以现代性，从而试图解决文化传统与现代性之间的矛盾。

小说中，西尔科首先安排塔尤接受库奥拾（Ku'oosh）的仪式治疗。库奥拾所采用的仪式是土著民族的传统仪式。这种仪式在塔尤看来冗长且枯燥，并且无半点作用。在库奥拾的吟唱过程中，塔尤那段痛苦的记忆不断地浮现于脑海之中，这使他的病情更加严重。他对库奥拾说，"'我病了。'……你或许可以帮助我。对我做点什么吧。"① 可令塔尤失望的是，他不但从库奥拾的仪式中收获甚微，库奥拾的一席话更使他的思绪重新被洛奇那血红色的伤口和眼前白茫茫的浓雾所包围，而这一切却是库奥拾所无法理解和体会的，也是他的传统仪式无法解决的。因为"这个老人无法相信白人的战争模式——在不知道死的是谁或者死多少人的情况下，远距离就可以对敌人进行射杀。那些大炮、那些长枪，这对于他而言，太难以理解了。"② 现代战争的残酷性已经远远超出了库奥拾的想象。此时，塔尤在想"即使是他可以带这位老人亲眼看看攻击区域，即使他可以领着他穿过那片伐倒的丛林以及泥泞的战壕，让他看看尸体是什么样，这位老人也不会相信会有这么可怕的事情。库奥拾如果看到那些七零八落的尸体、感受到原子弹爆炸时强热的冲击、人一瞬间被蒸发掉，那么这位老人就会说道是那些可怕的东西杀死的这些人。即便是古时的巫术也无法这样凶残。"③ 在库奥拾的仪式中，他完全遵照着土著部族自远古时代以来的仪式模式，但在历经 500 年的文化殇折后，这种古老的医疗方法显然不再有效。就连库奥拾本人也不得不承认："有些病是我们无法像以前那样治愈了……自从白人来了之后。"④

西尔科在小说中反复强调一个观点：没有什么事物是一成不变的。同样，传统的部族仪式也需要适时的改变以迎合不同时期的特殊需求。西尔科在小说中所描述的仪式是属于美国最大的土著部族——纳瓦霍族（Navajo）的仪式，但这仪式却与白人殖民者未到来之前大为不同。同时，这种部族仪式正如小说中表现的那样，不再是由血统纯正的印第安人来进行，而是由像塔尤与贝托尼

---

① Leslie Marmon Silko, *Ceremony*, p. 36.
② Leslie Marmon Silko, *Ceremony*, p. 36.
③ Leslie Marmon Silko, *Ceremony*, pp. 36 – 37.
④ Leslie Marmon Silko, *Ceremony*, p. 38.

一样的混血印第安人进行。这样，传统仪式就被注入了新的力量。正如贝托尼所做的仪式已不再只是依照传统做法，只去吟唱些歌谣、做些动作、跳跳舞蹈。贝托尼将仪式完成的过程置于整个西方殖民的历史背景之下，通过不断地追溯美洲大陆殖民史的过程，他将各种伤痛记忆幻化成一个又一个的传统故事，并将这些故事汇集一起，成为一种文化抵御的力量。针对这故事的功用，西尔科说道，"如果这些故事将你融合进去……在某种意义上讲，你便被告知你是谁，或者说通过这些关于你的故事，你便会知晓你是谁。"① 而仪式和故事之间的关系也正如作者在小说中所言："没有故事，我们就一无所有。……唯一能够治愈我们精神创伤的良药就是好的仪式。"② 在西尔科看来，这些故事不仅仅在描述过去的一些事情，还记叙当下，它们是从过去一路演进到了今天，所以这些过去的故事中不仅仅凝聚着印第安民族文化的传统力量，还被注入了现代的气息。

　　为了在仪式中汲取这些故事的力量，贝托尼叮嘱塔尤必须完成四个任务以实现最终的仪式治疗。它们依次为：找到最亮的那颗星星、寻回墨西哥长角牛、登上圣山以及爱上一个女人。这四项任务象征着四种不同的仪式。但完成这些仪式并不是如此简单。西尔科认为，完成这些仪式的过程意味着思想观点的转变，意味着接纳新的事物，意味着在两种不同文化间找到一个转换点，从而使塔尤在杂糅的文化背景下找到存在的意义，并最终接受印第安文化中的精髓之处。在他完成这前三项任务之后，他遇见了策河（Ts'eh），这时的塔尤才开始逐渐痊愈。在策河的帮助下，此时的塔尤已经"可以自愿地向神话的力量敞开心扉。"③ 此处，西尔科为我们描绘了一个半真实半神话的仪式。策河的出现使塔尤完成了第四个任务，从而实现了贝托尼的仪式最终构想——在塔尤经历了一系列的仪式后，最终他还是重新返回到了印第安部落中。

　　西尔科认为，印第安仪式的最大优势在于，可以使那些参与仪式的人获取强大的精神力量和积极的生活态度。这与西方价值体系恰恰相反。西方社会中的文化思想倾向于否认所有生命之间存在着神圣的关联性。在西尔科看来，西

---

① Lawrence Evers and Dennis Carr, "A Conversation with Leslie Marmon Silko," *Sun Tracks*, Vol. 3, 1976, pp. 29 – 30.

② Leslie Marmon Silko, *Ceremony*, pp. 2 – 3.

③ Monica Avila, "Leslie Marmon Silko's Ceremony: Witchery and Sacrifice of Self," *EBSCO*, Mar. 2010, p. 103.

方社会鼓吹的 20 世纪最高科技成就，无非就是对核能的使用，而这也开启了人类灾难的大门。塔尤在经历了种种高科技带来的磨难后，最终重回到了家乡。他的痊愈并不是通过什么魔法，或是什么神秘力量，或是什么抽象启示，而是象征着部族文化传统和部族精神力量的仪式，最终唤起了塔尤的土著意识，使他的灵魂得到净化。在他的眼前不再是层层白雾以及片片血色，他看到了蓝的天、明媚的阳光、璀璨的夜星、健硕的牛群以及美丽的策河，这一切都将他那痛苦的回忆抹去。"他的回归是通过故事的仪式，是对故事的追溯，对故事的重建以及对故事的创造。"① 所以说，塔尤的痊愈成为了仪式革新的见证者。

---

① Jace Weaver, Craig S. Womack & Robert Warrior, *American Indian Literary Nationalism*, p. 258.

第六章

《仪典》中的土著网式文化身份之维

　　西尔科在《仪典》中将拉古纳文化传统中的故事叙述（storytelling）与身份编织（identity weaving）紧密地联系到一起。作者曾在《黄女人与美丽心灵》一书这样描述拉古纳部族的网式文化："普韦布洛族的表述方式仿似一张蜘蛛网——从中心会散射出许多小的脉络，彼此之间相互交错。"① 在《仪典》中，作者将隐形人物蜘蛛女神描绘成为这张蜘蛛网的建构者。通过讲述拉古纳部族世代相传的神话故事，蜘蛛女神不断地编织着印第安民族的历史之网、生命之网，以及殖民过程中土著人民所承受的伤痛记忆之网。整部小说给读者的第一直观印象便是西尔科完全摆脱了线性时间叙述方式。作者采用了一种在过去、现在和未来之间自由跳跃的叙事手法。虽然西尔科以现实主义的笔法触及美国社会中印第安人的生存问题，但她并没有像其他现实主义作家那样，将小说分为若干章节、十分有条理地进行故事叙述。作者选择不划分《仪典》的章节，整部作品一气呵成，仅以段落间较大的空隙来区分不同部分的叙述主题。西尔科也没有沿袭传统文学叙事手法，不依照时间和空间的概念来发展小说情节，而是在小说文本中不断穿插着主人公的回忆片断，使读者可自由穿梭于主人公的过去、现在和未来之间。其间，作者用或新或旧的拉古纳神话来衔接小说中各个部分，使小说中的过去、现在和未来成为相互关联、相互依存、没有缝隙的一个整体，仿似一张蜘蛛网一般，无论哪一部分缺损都会引起这部小说的完整性遭到破坏。而小说中的每个人物都是缔结这张网的关键所在，正是由于他们口耳相传的神话故事或亲身的经历才可以让土著民族的身份之网得以编织。

---

　　① Leslie Marmon Silko, *Yellow Woman and a Beauty of the Spirit*, pp. 48 – 49.

一、讲故事：文化植根的土壤

维京出版社（Viking Press）于 1977 年出版了小说《仪典》，在这一版本的扉页上，同样是美国土著文艺复兴的先驱者莫马戴这样评价《仪典》：它俨然已不单纯是一部小说，而是一种讲述（telling），"如果说用'小说'这一词可恰到好处地形容它的话，那么莱斯利·西尔科的这部《仪典》是一部非常棒的小说。更为准确地说，这是一种讲述，是对（印第安）传统的颂扬，这种形式比起小说来更为古老，而且更普遍。"的确，正如莫马戴所言，小说《仪典》是西尔科继《讲故事的人》之后又一部将土著传统的口述文化融于现代文学作品中的力作。

不同于其他民族或地区，对于西方人而言，讲故事一直被视为是一种寓教于乐的方式。在西方的文化传统中，"讲故事的目的总是要陈述某一观点、支持某一论点、深化某一逻辑论证。……所以讲故事就是用于帮助证明一个论点。"① 然而，在印第安传统文化中，讲故事有其特殊的文化功用。"故事总是将我们凝聚在一起，让（族群）整体不离散，让家族不离散，让部落不离散。"② 因此，讲故事或故事叙述（storytelling）是印第安传统文化建构和传承的媒质，也是历史记叙的有效方式。因为在印第安文化中，无论是仪式还是故事都"具有'贮存'历史的功能，也就意味着它具有'社会记忆'、'历史记忆'的能力和事实……社会叙事和社会记忆互为依据，共同建构成为一个社会传承机制。"③ 同时，它亦是印第安人身份话语书写的必要方法，具有极其重要的社会功能。西尔科认为，虽然讲故事被许多人看作是引导孩童进入梦乡或是向他人灌输道德行为规范的一种方式，但印第安文化中的讲故事传统，却是土著网式身份的存在关键。因为印第安人所讲的故事"是来自于对宇宙最初观点的理解和经验——我们都是整体的一部分；我们不会将故事与经验区分开或碎片化。"④ 西尔科这样解释到普韦布洛人的故事传统：（这些故事）就像一张蜘蛛网，"当这张网织成时，结构才会得以显现。就像我们普布洛人一样，你所

① http：//orvillejenkins. com/orality/storyoralityojtr. html.
② Leslie Marmon Silko, *Yellow Woman and a Beauty of the Spirit*, p. 52.
③ 彭兆荣：《文学与仪式：文学人类学的一个文化视野》，第 3 页。
④ Leslie Marmon Silko, *Yellow Woman and a Beauty of the Spirit*, p. 50.

要去做的只是倾听和相信，从而便可深谙这些故事的含义"。①

自孩提时起，西尔科便喜欢听部落里的老人讲故事。凭着超强的记忆力，她将听到的这些故事转化为日后文学创作的素材。在《仪典》中，西尔科就采用了大量的拉古纳传统故事，来衔接小说中的各个部分。作者在首页便以一个拉古纳传说作为小说的开头，以此说明整部小说或许只是印第安思想女神（Ts'its'tsi'nako）脑海中浮现的一个故事而已：

> 提茨纳格，思想女神，
> 坐在她的房间内
> 她脑海中所思所想转瞬
> 实现。

> 她想起她的姐妹们，
> 纳茨提和阿茨提阿，
> 然后与她们一起创造
> 宇宙，
> 这个世界
> 以及下界的第四世界。

> 思想女神，即蜘蛛女神，
> 以生命来创造世间万物，
> 当她冥想
> 万物生成。

> 她坐在她的房间内
> 开始思考一个故事

> 我将向你讲述

---

① Leslie Marmon Silko, *Yellow Woman and a Beauty of the Spirit*, p. 49.

这个在她脑海里的故事。①

在第二页，西尔科又以一首土著诗歌来说故事的重要性：

仪式

我将告诉你什么是故事，

[他说道]

故事不仅仅是一种娱乐方式。

不要被蒙骗了。

他们是我们拥有的全部，你明白的，

是我们战争疾病与死亡

的全部。

如果你没有故事，

那么你什么都没有。

他们的邪恶力量极为强大

但是却无法撼动我们的故事。

所以他们想尽办法要摧毁我们的故事

让这些故事含混不清好被人遗忘。

他们喜欢这样

他们将会很高兴

因为，到时我们将毫无反击之力。②

从这首出现在小说第二页上的诗歌中，我们可清楚窥得，西尔科是在告诉我们讲故事是印第安民族文化的生存之道，用以确保他们民族身份的正当性。正是由于这些故事的存在，恰好成为构建部落群体文化和历史的主体。也是由

---

① Leslie Marmon Silko, *Ceremony*, p. 1.

② Leslie Marmon Silko, *Ceremony*, p. 2.

于故事的存在，印第安民族中的不同个体才会拥有共同的文化基础以及共同建构民族文化身份的希望。同时，这首诗歌清楚地表明，讲故事是印第安人与病魔和巫术做斗争的武器，而结合小说的整体内容，我们不难发现，西尔科在此处将西方的殖民统治视作土著民族所共同面临的巫术。

在印第安文化中，口述文化俨然是一种仪式，它将印第安人与土著神灵紧密关联，为印第安人治愈疾病，尤其是心灵方面，提供了有效的方法。正如小说中，西尔科将印第安的口述文化打造成了对抗西方文明的侵蚀、医治塔尤精神创伤的一剂良方。在贝托尼的引导下，塔尤试着去完成治疗的仪式，而这些仪式中却充满了拉古纳部族的故事传说。同时，西尔科把大量印第安人生活的真实细节与印第安口述传统相结合，并以一种讲故事的口吻将主人公完成贝托尼所交予任务这一过程展现在读者面前。通过这些故事传说，塔尤重新认识了印第安人的世界观和价值观，并对人生和苦难又有了新的认知和诠释。塔尤清楚地意识到，他的精神创伤其实是拉古纳历史之网中的一部分。他与其他人的故事，如洛奇之死、普韦布洛部落文化的危机四伏和生态失衡等，继续谱写着拉古纳的故事传说，哪怕这些故事并不是以完美的结局收场，它们亦是拉古纳文化中的一部分。这正是西尔科想要表达的，"这些原创故事构建了我们的身份——通过这些故事，我们才知道我们是谁。我们是拉古纳人。"① 克鲁帕特在他的一篇名为《西尔科的讲故事人之对话性质》（"The Dialogic Nature of Silko's Storyteller"）的文章中，谈及西尔科的讲故事方式并不仅仅代表作者的声音，也是为许多的印第安人代言，从而克鲁帕特认为西尔科在作品中使用了"多声部（叙事方式）"。由于西尔科"极力坚持将这种多声部的叙事方式等同于正规的土著叙述文化，这又使其不同于后结构主义、后现代主义……所以在西尔科作品中出现的多声部也是恪守普韦布洛文化传统的方式之一。"② 从上述的一番话中我们不难看出，克鲁帕特对西尔科作品中出现的口述文化抱以赞成和肯定的态度，在《仪典》中，西尔科将印第安口述文化打造成一种具有现实功用的文化构想和话语实践，这未尝不是作者以土著文化独有的形式来抵抗西方霸权话语的一种方式。

---

① Leslie Marmon Silko, *Yellow Woman and a Beauty of the Spirit*, p. 50.
② Edward Huffstetler, "Spirit Armies and Ghost Dancers: The Dialogic Nature of American Indian Resistance," *Studies in American Indian Literatures*, Series 2, Volume 14, 2002, p. 2.

在小说的最后，塔尤最终了解到，他的存在是由一系列相互关联的故事所构成。随着故事的不断增多，《典仪》的情节也从最初洛奇之死所引起主人公的悲恸，逐步转向了塔尤深刻地意识到这些故事对于土著民族文化传承和恢复的重要性。塔尤的痊愈也在于，通过吸纳不同故事的文化精髓，塔尤重新走入了民族文化传统之中，摆脱了作为文化边缘人的自卑感和恐惧感，这恰恰力证了塔尤与其他故事之间有着某种无法脱离的文化关联，而他本人即为这些故事传说的一部分，是部族整体不可或缺的一部分，从而使其正确地认识了自己在部族整体中的重要所在。

二、整一性文化的实质

在《典仪》中，西尔科分别从小说结构、印第安语言观、印第安自然观以及印第安人对宗教和部落的观念这四个层面，反复描述土著文化中所推崇的整一性这一特质。通过对整一性文化的颂扬，西尔科重新肯定了印第安文化的价值，并以此指出西方文明的种种弊端，有效摆脱了西方文化强调个体存在的主体性和普遍性这一原则对土著传统文化的宰制，从而使读者感受到整一性文化存在的合理性和优越性。

一如前文所述，西尔科以思想女神的思考作为整篇故事的开端。在拉古纳部族的神话中，思想女神，也被称为蜘蛛女神，是整个宇宙的造物者，小说中这样写道："思想女神，即蜘蛛女神，以生命来创造世间万物，当她冥想之时，万物生成。"① 她为宇宙万物编织了一张生命之网，万事万物相关相连，彼此依存。《仪典》的篇章结构恰恰正是这张网的一个剪影，是印第安文化中整一性的完美再现。整部小说共由 53 个片断构成，在这些片断中，作者穿插了古老的印第安歌谣，这些歌谣使整部小说仿似一张蜘蛛网一样散开，彼此分开又相互联系、相互依存，无论破损掉哪一部分，整体都会受到影响。这些有如蜘蛛网式扩散一般的片断，均围绕着一个中心点——塔尤如何寻回文化身份，所有的线索都据此散开，并且彼此之间相互交错。而小说中频频出现的土著传统歌谣又不断地强化着这张如蜘蛛网一般的结构。它仿若在告知读者，无论是土著歌谣抑或是小说中的每个片断，都是整体不可或缺的一部分，部分与整体之间相互

---

① Leslie Marmon Silko, *Ceremony*, p. 1.

依赖，而此种依赖性就像库奥拾告诉塔尤的那样："（每个部分）对（整体）来说都是非常重要的……不仅是为了我们，也是为了这个脆弱的世界。"① 这个世界之所以脆弱，正是由于白人强调个体存在的优越性，忘掉了所有事物都要依靠其他事物而存在。

在库奥拾来看望塔尤时，这位老人所说的一段话恰如其分地论述了印第安语言中的整一性：

> 库奥拾用古老的方言轻声地说着，方言中满是些冗长的句子……（他告诉塔尤）"你知道这个世界很脆弱，"他表达"脆弱"这个词时，言语很是复杂，却充满了力量……他用了很长的时间来解释脆弱这个词，因为（在印第安的文化中）没有一个词是可以独立存在的，必须要用相应的故事来解释选择每个词的理由。②

这就是印第安人语言观——没有一个词可以独立存在。西尔科说道："词总是与其他词一起存在于某个故事中。"③ 这句话折射出土著文化中的一种观念——语言的存在已经远不是简单的交流工具，更多的是被当成一座连接着人与人、人与世界、人与自然的桥梁，从而构成一个完美的整体。西尔科让整部小说构建在塔尤与古老印第安语言文化的关系中，使文字、语言、文化与世界四者合为一体，这是整一性的彰显，目的是将我们从白人只注重个体单词本身的霸权话语中解放出来。在此，西尔科只想表述这样一个事实：印第安语言的整一性更优于英语的个体性。在印第安文化理念中，整一性是他们追求的一种永恒之美。小说中没有章节的划分正是表明作者对整一性的肯定——不要单独对待故事中出现的每个章节，要将其看为整体中的一个部分。西尔科借整部小说的结构试图摆脱白人要凸显语言和词汇作为个体而存在的理念，从而进一步强调印第安文化整体性的优势。

人与自然被视为一个整体，这一点在印第安人的观念或文化体系中始终居

---

① Leslie Marmon Silko, *Ceremony*, p. 36.
② Leslie Marmon Silko, *Ceremony*, pp. 34 – 35.
③ Frederick Luis Aldama, "Conversations with Leslie Marmon Silko," *World Literature Today*, Vol. 75, Iss. 3/4, Summer 2001, p. 227.

于核心地位。他们认为人与自然万物处于平等关系，人与自然世界不可分割，部落群体与家庭皆是宇宙这个整体中的一部分，不可或缺的一部分。同时，印第安人一直坚信，宇宙是一个有秩序的整体，从本质上而言，自然界的万物都是神圣的、有生命的，因此印第安人在自然面前总是认为自己很渺小，永远保持着一种谦恭和景仰的态度，正如主人公塔尤"在满月的面前，在阵阵划过山脚的寒风前，他感到如此的谦卑。"① 自然对于印第安人也十分眷顾，"……鹿会将自己奉献（给印第安人），因为它爱他们，并且当鹿用逐渐退去的体温温暖着他的双手时，（塔尤）可以感觉到一份（来自自然的）爱。"② 这样人与自然建立了一种亲密、和谐的关系，构建出了一个有秩序的整体。然而，当白人来到了美洲大陆后，深受白人的宇宙观和世界观宰制的印第安人逐步失去了那份与自然原初的联系。这份联系的丢失也意味着印第安人文化身份的丢失。如何重新恢复对于自然的依赖，保证人与自然整体性的存在便成为印第安人重获文化身份的关键所在。

与印第安人对自然的态度形成鲜明对比的是白人将人视为自然霸主的观念。小说中的白人俨然成为"人类中心主义"的代表。在处理人与自然的关系时，白人强调要以人为核心，将人的利益凌驾于一切之上。在"人类中心主义"思想的主导下，人的主体性不断被放大，始终以自然的统治者自居。正如小说中描写的那样，白人将自身的需求置于和谐自然之上，他们"致力于"从自然界刮取尽可能多的财富，从而成为了破坏生态环境的刽子手。印第安人认为白人对于自然无度的贪欲正是西方文化的症结所在。西尔科在小说中不断批判着工业化对于自然所带来毁灭性的灾难。作者这样写道："接着他们背离了土地来生活，接着他们背离了太阳来生活，接着他们背离了植物和动物来生活。他们看不到任何的生命，当他们环顾四周时他们看到的是一个个的物体。世界对于他们来说只不过是一摊死物，树木和河流不再有生命，山川和石头不再有生命。鹿和熊只不过是物体。他们看不到任何生命的存在。"③ 的确，工业化使白人的世界与自然之间只剩下赤裸裸的剥削和利用关系，他们出于私欲对自然进行着史无前例的破坏，他们从不将自己视作自然的一部分来呵护自然。自然中的各

---

① Leslie Marmon Silko, *Ceremony*, p. 52.

② Leslie Marmon Silko, *Ceremony*, p. 52.

③ Leslie Marmon Silko, *Ceremony*, p. 135.

种生命于他们而言也只不过是不同的物体，而评判这些物体价值的唯一标准则在于是否可以从中获利。塔尤最初认定导致整个部族干旱的缘由是由于他对自然的不敬——曾经对雨进行过诅咒，但当他逐步完成贝托尼为其设定的特殊仪式后，他发现了导致干旱的更深层原因则是白人对自然的背弃。白人破坏自然，不肯承认自己是自然的一部分，不与自然和谐相处，把自然当成商品来对待，这些才是引起干旱的真正原因。白人的贪欲恰恰衬托出印第安人强调人与自然合而为一的这一宇宙观的弥足珍贵之处。

　　除此之外，土著文化中的整一性更可以从印第安人对部落、对宗教的观念上表现出来。在这一点上，整一性与西方文化又有着本质的区别，正是这些不同造成了两种文化之间存在着不可调和的矛盾。印第安人认为个人与部族不可分割，个人要依靠群体生存。但西方社会却崇尚个人主义，追求以个体为中心的自由主义，自诩为"是独立的，是彼此疏远的，没有部落的个人。"[①] 他们要摆脱各种宗教、团体等等所带来的"束缚"，坚信每个人只是为其个人的利益而存在，从不承认自己是任何整体的一部分。这便造成了在受殖民文化的侵蚀后，部分脱离了整体则成了塔尤身份问题的痼疾所在。小说中另一个典型脱离整体的悲剧角色便是西尔玛姨妈。在她的身上，我们可以清晰地看到殖民进程是如何影响印第安人的生活，如何影响整体与部分之间的关系。小说中，姨妈是一个基督徒，通过她，西尔科评述了基督教的问题所在——使部分脱离整体。姨妈在《仪典》中是一个悲剧角色，当她成为一名基督徒后，她陷入了天主教与自己部族文化的冲突矛盾之中，而无法自救。姨妈认为，在她脱离了部族群体之后，她可以得到耶稣的庇佑，所以姨妈总是偷偷地前往教堂，并虔诚地祷告耶稣只保佑她一个人。在此，姨妈并没有意识到，"基督教试图击毁每个部族，将人类与他们的整体剥离，鼓励个人独立地存在，因为耶稣只会拯救单独的灵魂。耶稣不像我们的神那样爱我们，照顾我们，就像爱自己的孩子和家人。"[②] 最终，姨妈成为了西方文化中个人主义的牺牲品。在这样一个依决于群体而存在的部族中，以个人主义为目的的行为显然只能导致冲突的发生。

　　在经历一系列本族文化仪式的洗礼后，塔尤终于领悟到："当人们开始共享

---

① 萨克文·伯科维奇：《剑桥美国文学史》（第 7 卷），北京：中央编译出版社，2008 年，第 568 页。

② Leslie Marmon Silko, *Ceremony*, p. 68.

一个宗族的名字时，他们会告诉彼此他们是谁……他们也会共享同一种观念……"① 正是印第安文化的整一性特质帮助塔尤摆脱了殖民文化的桎梏。通过重归部落并承担起拯救部族的使命，塔尤努力成为部族不可或缺的一部分。最终，"通过部族仪式，塔尤明白了他并不是孤单一人。他懂得了他是部族的一部分、是大地的一部分、是仪式的一部分、是宇宙的一部分。"②

三、民族意识与杂糅表征

正如印第安的传统仪式不可能一成不变一样，印第安人的身份话语更不可以故步自封。西尔科曾经不止一次地申明，她就是一个混血儿。这个只有四分之一拉古纳·普韦布洛的血统、余下四分之三的血统来自英国盎格鲁人与美国墨西哥人的土著知识分子，将杂糅身份转化成为抵抗西方殖民话语的有效方法。西尔科就其杂糅身份这一问题曾说道：

> 我家是马蒙家族，居住在拉古纳普韦布洛保留地中的古老拉古纳部族，我在那里长大。我们都是混血——分别有拉古纳、墨西哥和白人的血统——但是我却像马蒙人一样生活，如果你也是来自于拉古纳普韦布洛那里，你会明白我所说的。所有的语言、所有的生活方式都是混杂在一起的，我们就生活在这三种文化交织之中。但是为此我不用对谁说句抱歉——不用对白人、也不用对血统纯正的印第安人——我们的出身与他们任何一人都不同。我的诗、我的故事都是来源于我的这种混血身份。③

可见，混血的身份为西尔科的土著身份诉求提供了一个崭新的域阈。在西尔科看来，身份杂糅反映了部族传统与现代性之间的矛盾和张力。长久的殖民统治使得部族传统文化在主流文化的压迫下发生着微妙的变化。这种变化表现为现代性与民族性之间的相互渗透，这也导致殖民前的本真文化已经不复存在。在此种情形下，西尔科清楚地意识到，印第安传统文化的杂交形态在所难免。这种杂糅态势不仅仅出现在血统方面，在过去的数百年间，土著社会与西方社

---

① Leslie Marmon Silko, *Ceremony*, p. 68.

② Susan Coleman Goldstein, "Silko's CEREMONY," *Explicator*, Vol. 61. Iss. 4, 2003, p. 245.

③ Kenneth Rosen, *Voices of the Rainbow*, New York: Viking Press, 1975, p. 230.

会频繁接触已经导致西方的价值体系和文化观念或多或少地影响着印第安文化的延续和价值的生成。作为土著知识分子的西尔科想必也会认同，当今的印第安作家的创作范式无一不是临摹西方文学样式，他们的作品仍被看作是"经强势文化和语言中介后的产物，受以不同程度的浸染。换句名话说，印第安文化在进入流通渠道之前就先行被翻译过了，而翻译的动机与方法本身就是成问题的。"① 虽然，上述引语表达出我们对印第安文学作品所呈现的杂糅性的一种无可奈何，却也清楚地表明，一味以文化纯洁程度要求土著文学作品俨然是不现实、也是不可能的。如果土著文化只是强调回归那个业已消失的过去，那么，种族生存问题也只能是空谈。小说中，西尔科通过描写姨妈对塔尤的态度就清楚地阐明了这一观点。

主人公塔尤由于其血统的不纯正，深受西尔玛姨妈的排挤。在姨妈看来，塔尤杂糅的身份意味着部族污点的存在。她无法忍受自己的妹妹与白人私通，并生下了塔尤。小说中，西尔科自始至终没有提及塔尤的父亲到底是谁，只说是一名白人男性。这种比较含混的笔法，使塔尤的生父成为白人殖民文化的表征，而塔尤母亲的行为无疑意味着她接受了白人文化。这一切在西尔玛姨妈看来是绝对不可宽恕的行为。为了掩盖部族的这个污点，姨妈的话语间从不提及塔尤母亲的存在，更不让塔尤接触到她的儿子洛奇。在姨妈眼中，洛奇才是绝正印第安文化的象征。颇具讽刺意味的是，正如上文所提及，表面上看似忠守于自己民族文化和民族身份的姨妈，实际上却是一位不折不扣的基督徒。她一面极力维护着部族文化的纯正；一面却将自己的灵魂出卖给了她眼中的异质文化。她无疑是小说中最具悲剧色彩的人物。无法有效应对白人的主流文化，正是姨妈悲剧人生的起因。在西尔科看来，以民族为单位的美国土著人，正视其杂糅身份显然已是解决民族矛盾和民族问题的必经之路。像姨妈一样，固执地坚持文化的原创性或纯洁性并不是印第安文化得以延续的有效方法。

由于西尔科的杂糅身份，作者在她的作品中，将绝大多数的人物都设置成为与她本人一样——没有纯正血统的印第安人。这也是西尔科在小说中极力为当代印第安人探寻的一条生存之路，她将混杂与融合视为一种文化策略。小说中，西尔科塑造了一位有着多重血统的杂糅身份的代表——药师贝托尼。尽管

---

① 王建平：《美国印第安文学与现代性研究》，第25页。

他依旧身着传统药师服饰，却是象征着印第安民族的新生文化。贝托尼的存在恰如其分地展现出不同文化杂糅的可行性。当他开始为塔尤治疗时，他所选取的工具除了代表着土著文化的传统物件外，还夹杂着许多现代物品，诸如电话簿、废弃的瓶子、易拉罐和日历，等等。正当塔尤对这些看似垃圾的物品而感到不解时，他说道，这样做是对传统仪式进行一些改革以迎合时代的需求，因为"变革可以赋予传统仪式新的生命力。"① 而贝托尼所做的各种革新的仪式使他与部族传统之间重新建立起联系，并成为了土著文化的传承者。小说中，贝托尼的人物设定恰好证明了西尔科认定杂糅的存在有其必需性和合理性："混血拉古纳人命运的开端是从白人男性来到了拉古纳普韦布洛的保留地，并和拉古纳女人结婚开始的，就像我家族——马蒙家庭一样。我认为我的写作核心就应该努力去确定作为一名混血或是血统混杂的人是什么样子，同时也确定这种既不是白人也不是纯种传统印第安人长大后应该是什么样子。"② 西尔科深知，被西方文化层层包围的土著民族显然不能再执着于部落传统文化。要在两种截然不同文化的冲突之中找到土著文化的生存之法，唯一可行之道便是把古老的部族传统文化灌注于现实生活之中，这样既可以使部落文化的优势得以发扬，又可以使其不脱离现实。西尔科在小说中审慎地将土著传统文化与当代主流文化相结合，从而使印第安文化可以在多元文化世界中得以继续生存和发展。

这部小说的主旨在于，为身份杂糅的印第安人寻求文化生存之路。同时，西尔科希望美国印第安文化摆脱封闭的现状，展现其强大的活力和适应力，并努力包容其他异质文化，从而使无论是土著民族还是印第安个人都能从中探求到其文化身份的重要性。正如土著评论家在西蒙·奥尔蒂斯（Simon J. Ortiz）所说，《仪典》这部小说巧妙性地"将外来的仪式、思想和物质融入到了印第安的文化之中，"并将"口头与书面、过去与现在、本土与西方杂糅，"③ 成为新型印第安文化"特殊也最完整的范例。"④通过西尔科的杂糅策略，塔尤让我们

---

① Leslie Marmon Silko, *Ceremony*, p. 33.

② Louis Owens, *The Other Destinies*, p. 167.

③ Armand Garnet Ruffo& Greg Young – In, (*Ad*) *dressing Our Words*: *Aboriginal Perspectives on Aboriginal Literature*, Penticton: Theytus Books, 2001, p. 7.

④ Ortiz, Simon J. , "Towards a National Indian Literature: Cultural Authenticity in Nationalism," *MELUS*, Vol. 8, No. 2, Summer 1981, p. 11.

看到了在他身上所发生的变化。他不再是夹缝人，不再深陷一种无归属的状态，他开始正视印第安人和白人必须要共同生存的这一社会现实。西尔科通过描写塔尤痊愈的过程，为部族文化的生存带来了新的策略和希望。此处，通过塔尤、通过拉古纳的故事，西尔科完整地表达其历史文化观——不断地在变革中寻找土著文化传统的出路，以此建构土著民族特殊的族裔属性。

第七章

《死者年鉴》中的多种死亡意象

如果说西尔科的第一部小说《仪典》受到各界的一致好评，那么学界对这部时隔 14 年后问世的《死者年鉴》之态度却极为悬殊。据不完全统计，有关《死者年鉴》的国外文献大约有 50 篇。在这些评论中，批评家对此部小说的态度从极度赞许，到勉强欣赏，再到恶意批判。《死者年鉴》因此也成为西尔科最受争议的一部小说。一些批评家评论小说情节过于黄色、暴力，小说文辞、结构过于艰涩，最主要的是，这部小说完全丑化了美国社会。另一些评论家却为西尔科喝彩，认为此部小说是当之无愧的杰作，是"过去的这个世纪中最具雄心伟志的作品"。① 土著评论家琳达·尼曼（Linda Niemann）在她的一篇题为《新世界的骚乱》（"New World Disorder"）的文章中，这样评价《死者年鉴》，"这是我读到过最精彩的一部小说，……它仿似一叶轻舟，载满故事与声音，上面还乘着许多人，他们将要在旧世界的废墟中重建一个新世界。"② 巴奈特与索尔森认为《死者年鉴》之所以被业界忽略，其原因主要是它描写美国社会中"文化衰败、种族冲突、预言应验所造成的强大视觉冲击并不是那么令人愉悦，……从而模糊了这部小说取得的成绩。"③

笔者认为《死者年鉴》批评的两极化，主要因为小说中所隐含的政治反抗精神，让众多白人批评家极为不屑，甚至不满。他们认为其中的政治反抗和历

---

① Sven Birkerts, "Apocalypse Now," *The New Republic*, Vol. 205, Issue 19, 1991, p. 39.

② Linda Niemann, "New World Disorder," *The Women's Review of Books*, Vol. 9, No. 6, 1992, p. 1.

③ Louise K Barnett & James L Thorson, *Leslie Marmon Silko: A Collection of Critical Essays*, p. 2

史重书的想法"简直天真到了愚蠢。"① 小说的故事叙述横跨美洲大陆近 500 年的殖民过程，而且作者选择在哥伦布发现美洲 500 周年之际出版这部堪称土著民族史诗般的小说，可谓是意味深长。在西尔科看来，《死者年鉴》的出版恰恰给予众人一个契机：对北美历史进行一次重新考证以及对民族文化身份进行一次新的历史诉求。此外，这部以"死亡"为主题的小说也充分表达了作者的政治反抗精神。

从"五月花"号抵达美洲大陆起，印第安民族的文化、经济与生产模式、社会结构究竟遭遇了怎样的变革？在这种变革下，他们的身份话语又发生了哪些改变？在迎来了新主人后，美洲大陆是否真正步入了文明与进步的时代？西尔科在这部小说中对这些问题一一进行了解答。在西尔科的笔下，小说中的美国社会呈现一种死亡的状态，预示着一场政治变革的来临。不同于《仪典》，在《死者年鉴》中，西尔科不再拘泥于简单的民族主义视角。作者将其他少数族裔同印第安人并置，在多元文化视域下寻找土著民族与其他少数民族共存的可能。西尔科认为印第安文化生存的意义不仅在于揭露美国政治话语中的虚伪性和西方社会中存在的各种弊病，还在于关注被压迫民众的生存问题，从而使这部小说成为西尔科思想体系逐步走向融合观的一个起点。

正如小说题目"死者年鉴"所示，当谈及《死者年鉴》的主题时，毫无疑问，"死亡"是最直观的主题之一。整部小说呈现在读者面前的是，作者在描写一个消沉、颓废、毫无生机的城市图森（Tucson）。接连不断地上演着自杀、谋杀、杀婴、种族屠杀、卖淫、性侵犯、贩毒、军火走私、诈骗、器官贩卖、色情影片拍摄等各种骇人听闻的事件，让整座城市消沉、颓废、枯竭，弥漫着死亡与绝望。原本是人性当中最美好的情和爱，也被图森这座城市的邪恶热浪逐步吞噬，生命已近枯竭。小说中，最常出现的场景，如通奸、吸毒、谋杀、色情，将整个社会逐步逼向死亡。通过对"年鉴"的解读，西尔科预言这片土地将会走向衰亡。美国主流文化已经被极端的个人主义所侵蚀，唯我论和男性中心主义成为小说中西方文化的实质。在这个以死为乐的社会中，任何事情都是没有意义的，生命只是虚无。人与人之间没有任何爱与情，社会俨然变成一个冰冷的资本运作的机器，人的信仰也全部皈依到了利己主义之下。

---

① Sven Birkerts, "Apocalypse Now," p. 41.

一、消失的爱

整部小说中的主要人物虽多达 70 余人，但在这些人物之间却没有发生过任何一段真挚的情感。亲情、友情、爱情已完会被无度的肉欲、对金钱和利益的贪欲所吞噬。人与人之间只有为了达成某种目的时，才会相互依存、相互利用。毫不夸张地说，《死者年鉴》中的美国社会就是一座爱的坟场。

原本这世界上最伟大的母爱、最真挚的母子间的亲情，在《死者年鉴》中却被描写成一段段冷漠如冰的负债。西尔科笔下的母亲不再是那些被歌颂的伟大形象。母亲这一称位在她们看来，并无任何神圣感，她们从未真正爱过自己的孩子，更不用谈尽母亲的责任。与此相对应的是，他们的孩子对母亲也没有任何的亲情可言，有的只是对于他们母亲的鄙视和咒怨。小说中，年鉴的守护者莱卡和泽塔（Zeta）这对双胞胎看似共同抚养着费罗（Ferro），但她们间却没有任何感情可谈。莱卡虽是费罗的亲生母亲，但她却从未尽过做母亲的职责。小说并未提及费罗的父亲是谁，只说道，"莱卡在她的儿子费罗只有一周大的时候便遗弃了他，把他丢弃在了泽塔的厨房里，"自己则踏上了飞往洛杉矶的航班。① 在失踪了一年后，莱卡虽然回到了泽塔的家里，但"似乎已完全忘记了"儿子的存在，惊呼到"噢对，那个孩子，……他在哪里？你叫他什么名字？"② 虽然泽塔承担起养育费罗的职责，但她也并非出于爱，她只是要完成一份妹妹交予她的任务而已。小说中其他人物的母爱也已荡然无存。博费雷（Beaufrey）只是他母亲与法国男人调情后的一个不受欢迎的产物，生下他不过是因为他母亲害怕流产时的疼痛。特里格（Trigg）强烈地感觉到他母亲对他的厌恶，以他的存在为耻。鲁特（Root）的母亲为鲁特是一个语言障碍者而感到羞愧，甚至一度有想要杀了她的孩子的冲动。

母爱的稀薄，亲子关系的破裂，导致孩子报之以母亲鄙视、诅咒和怨恨。索尼（Sonny）与宾戈（Bingo）冷漠地直呼他们妈妈利娅·布卢（Leah Blue）的名字，从未认为利娅是他们俩人的母亲。宾戈甚至时常幻想，有一天他们的母亲会被谋杀，"想象母亲死了"不过是想验证自己是否会因此难过。小说中，

① Leslie Marmon Silko, *Almanac of the Dead*, p. 19.
② Leslie Marmon Silko, *Almanac of the Dead*, p. 125.

塞斯（Seese）是唯一一位想要保护自己孩子的母亲，但也是最无助的母亲。她的儿子蒙特（Monte）是小说中仅有的一个新生儿，却在刚出生不久被博费雷绑架并残忍地杀害了。西尔科用蒙特之死来表征母爱之死、亲情之死，也象征着这个几近僵死的社会已没有半点希望，也没有任何未来。

没有亲情的社会，更不会存在爱情。无论是在同性之间抑或是异性之间，所谓的"爱情"只不过是释放兽欲的手段。小说中的人物都无法抑制他们内心的贪婪和欲望，致使他们把每段感情和婚姻都建立在金钱和利益之上。阿莱格里亚（Alegria）是一位女设计师，受雇于梅纳多（Menardo），为他设计别墅的室内装潢，由于与梅纳多发生了私情而被公司解雇。虽然阿莱格里亚与梅纳多最后还是结合了，但是这桩婚姻却完全不是建立在爱情之上。对金钱的膜拜和对毒品的依赖使阿莱格里亚无奈地走进了这段婚姻，而梅纳多把他的这位新婚娇妻看成是对他的财富和地位的一种肯定。尽管在读大学时，阿莱格里亚曾与马克思主义者曾有过频繁的接触，并在心中悄然播下马克思主义的种子，但在与梅纳多结婚后，她却完全被梅纳多的价值观所同化。在阿莱格里亚看来，"穷人生下来就应该受穷，受苦就是他们的宿命。阿莱格里亚不可能去改变她现在的生活，因为她生来就应该不劳而获地过着奢华的生活。她虽在两所不同的大学学习过哲学，但她也只能将这一切称之为'命运'。"① 所以对阿莱格里亚而言，"无论这桩婚姻有多么无趣，哪怕他们之间根本没有任何性生活，"她都不会放弃这段婚姻，因为"没有一个人会像梅纳多那样爱她，为她无度地挥霍金钱。"② 仅仅是这段婚姻给予她的财富，就足以让她表面上永远忠诚于梅纳多。这种完全建立在物质基础的婚姻只能以悲剧收场。最终，梅纳多死于一次荒诞的试验，而在闻知丈夫的死讯后，阿莱格里亚不仅"没有一丝的抽泣，反而想要大笑。她紧贴着梅纳多的尸体跪下，双手掩面，她笑到了眼泪从她的脸颊滑落。接着她开始大哭起来，因为她知道终于结束了，（这段婚姻）终于结束了。……她是为自己而哭，而不是为梅纳多。对于她来说，活着的梅纳多要比已经死掉的他价值更大。"③ 所以，于阿莱格里亚而言，这桩完全建立在金钱之上的婚姻或爱情，也随着金主的死亡而殆尽。

---

① Leslie Marmon Silko, *Almanac of the Dead*, p. 668.
② Leslie Marmon Silko, *Almanac of the Dead*, p. 507.
③ Leslie Marmon Silko, *Almanac of the Dead*, pp. 508 – 509.

　　小说中，同性间的"爱情"，在西尔科的笔下，也无法摆脱成为男性中心主义和拜金主义牺牲品的宿命。在这两种价值观的熏染下，书中像博费雷一样的"成功"男士，其内心深处早已没有了爱的能力。在博费雷看来，伴侣更多可以算作是打磨时间的消遣方式或是证明其成功的标志，所以他宁愿自己的"爱人"是一具"温暖的尸体"。博费雷的爱完全是畸形的、扭曲的。他的同性爱人除了是他凸显男性霸权思想的战利品外，更是满足自身畸形癖好的牺牲品。在博费雷、埃里克（Eric）与大卫（David）这三个男性的畸形三角恋之中，埃里克和大卫最终以自己的生命为代价满足了博费雷的变态嗜好。埃里克由于不堪忍受这种不伦的三角恋情，最终选择了结束自己的生命。然而，对于这位昔日爱人之死，大卫所做的反应却是让人始料不及。"在发现埃里克的尸体后，大卫仅仅是按动快门拍下几张照片。在埃里克的尸体边，他调动着相机的反光片、捕捉着光线，好让埃里克身体里流出的鲜血呈现出一种像瓷釉画般明亮、有光泽的颜色。"① 在大卫看来，他是在创作一组"艺术品"。② 但大卫在这场人性泯灭的感情纷争中也非最后的赢家。在看到博费雷拍的一组关于他的孩子被肢解的照片后，大卫顿时精神崩溃而自杀。博费雷并未因此而感到半点内疚、自责，甚至没有丝毫悲恸之情。当目睹自己的爱人自杀时，出乎人们意料的是，他也拿出了相机，记录下大卫自杀后的每个"精彩"瞬间。在欣赏他的这些佳作时，博费雷找到了前所未有的快感和满足。看着他曾经的爱人那满是血腥、惨不忍睹相片，他感觉到心中的男权主义思想得到了最高的升华。然而，这种升华却是完全建立在人与人之间互相蚕食的基础之上。因为在博费雷看来，他们这些人"不仅处于社会同一阶层，并且同样对生命和他人之死持有淡漠之情。博费雷曾经读到过一段这样的欧洲历史，使他从中意识到食人族与贵族阶级有某种必然的联系。"③ 在他看来，无论是看到鲜血还是闻到鲜血，无疑都是一剂天然的催情药。他眼中的"杀戮自是自然界的本质，那些胆怯血腥的物种最终会败给嗜血为乐者。"④ 对权力的痴迷也是造成这些男人无爱的原因之一。在西方资本主义价值观的主导下，博费雷完全暴露出他那种极端个人主义、拜金主义以

---

① Leslie Marmon Silko, *Almanac of the Dead*, p. 108.
② Leslie Marmon Silko, *Almanac of the Dead*, p. 108.
③ Leslie Marmon Silko, *Almanac of the Dead*, pp. 534 – 535.
④ Leslie Marmon Silko, *Almanac of the Dead*, p. 337.

及男性霸权主义的思想特征，并从中为其变态的癖好找到了某种合理存在的论证。

诚如上述，西尔科笔下的这些"感情缺失"的人物，他们将物质享受和感官快乐视作其人生目标的终极价值追求，他们的存在感和安全感要完全依仗性、金钱和权利的过度积聚来实现，从而使他们将剥夺他人的生命视作是一种特权的象征，而死亡在他们眼中也成了一种特殊的艺术。从某种意义而言，西尔科笔下的资本主义社会，其文化堕落、道德沦丧等因素，都可以在拜金主义或商品拜物教中找到其思想根源，这也为整个社会埋下了重重的危机和隐患。

二、危机四伏的社会

《死者年鉴》中，除了人与人间的情感不复存在以外，整个社会的运作更是由一群畸形和病态的人来操控。毒品、谋杀、色情、暴力成为这个社会的主色调。西尔科将小说的故事背景选定在美国亚利桑那州的一个城市——图森。这个城市被作者定义为"自从 19 世纪 80 年代的阿帕切战争（Apache War）后，①便成为投机者、骗子、盗用公款者、律师、法官、警察以及其他罪犯，当然也包括瘾君子和非法销售者的大本营。"② 在美国霸权主义思想的引领下，人们在这个资本主义社会中居于何种地位完全取决于资源的占有额度。无论是物质、金钱，抑或是土地，甚至是他人的生命都成了被交易的商品。同时，这些也成为衡量一个人是否成功的标识。因此，这种潜藏在资本主义意识形态下的唯心性与虚伪性，使物欲的巨大诱惑成了美国社会走向死亡的主要原因。从小说各个小节的题目中，我们不难发现，西尔科将书中的美国社会建构在死亡的废墟之上。诸如"堕胎""自杀""浅墓""恐怖炸弹""吸血鬼式的资本家""血癫""鱼先生，食人者""杀死有钱人""可卡因之殇"等题目比比皆是，它们无一不在勾勒一幅幅形象、生动的画面，来烘托小说中当代美国社会的那种颓废景象。但作者并非止步于只在题目上做文章，她在小说中还运用了许多细节描写，来为读者打造出更为毛骨悚然的镜头，使他们仿佛亲历一般。例如，小

---

① 阿帕切战争（Apache War）是指美国政府与阿帕切族（美洲的一个印第安部族）之间一系列的武装冲突。该冲突发生的地点在美国西南部，起始于 1849 年的，虽然小的敌对冲突一直持续到 1924 年，但主要战争结束于 1886 年。

② Leslie Marmon Silko, *Almanac of the Dead*, p. 17.

说中有这样的情节描写："在墨西哥城，拾荒者每天都能发现四百个死胎或刚刚出生的死婴，还不算那些漂浮在总统府外喷泉池中的死婴。"① 还有，美国驻墨西哥的大使以及其首席助手的头颅被装入塑料袋里漂在霍奇米尔科湖中。

然而，上述这段话中最为恐怖之处是，这种滋生在美国社会中的邪恶力量正在逐步演变为一种社会契约。小说中的大多数人物所从事的职业均为非法职业或不正当行当。走私军火、贩卖毒品、倒卖器官、制作色情制品等成为像博费雷、梅纳多、马克斯·布鲁（Max Blue）等社会"成功"人士主要从事的行业。酒精、毒品和枪支是这些人财富和资本积累的主要来源；性则是他们自我满足或操控他者的粗暴工具。即便是年鉴的守护者、双胞胎姐妹之一——泽塔也未能逃脱资本主义商品拜物教的魔爪。为谋巨利，她在最初也成为了毒品和军火走私犯中的一员。泽塔的姐姐莱卡则利用自己能够通灵的能力，通过在电视节目上寻找失踪的人口来大肆敛财。由于莱卡的出现，这个节目的收视率不断攀升。然而，收视上升的原因却是"因为在节目中充斥着或是可以伤及无辜的古怪又变态的巫术、或是精神病人折磨或杀害受害人那恐怖的场景、或是小孩失踪或死亡的画面，这些足以吊起观众们在白天收看这个节目的胃口。"② 所以莱卡的这档节目并非是为了帮助那些失去亲人的人们。相反，从某种意义上来说，她更加满足了某些人当面对他人经受死亡或灾难时，那种幸灾乐祸的扭曲及变态的心理。此时，所有的"观众们不要听到关于（不是死亡）的案例，他们只对死亡感兴趣。这也是他们最近最想要听莱卡讲的事情。"③ 小说中的另一个典型人物便是特里格，他的职业是人体器官的贩卖者。为了收集足够多的器官，他经常会将目标锁定在那些流浪者和无家可归的人。通过威逼利诱，在这些人同意卖血或是身上的器官时，他们便再也无法逃脱特里格的掌心。特里格丝毫不会在意这些人的生死，只会关心他们的器官是否会带来更多的利益。小说中的其他人所从事的"事业"也都大致如此。博费雷积累财富的方式包括绑架孩童以及那些沉迷于毒品的流浪汉。塞洛（Serlo）一直在密谋着自己的"伟大"的事业。这项事业就是，等到"地球将无法居住时……（他要带走）地球上最后没有被污染的泥土、水与空气，并把它们装载到（飞船）上、发射

① Leslie Marmon Silko, *Almanac of the Dead*, p. 47.

② Leslie Marmon Silko, *Almanac of the Dead*, p. 161.

③ Leslie Marmon Silko, *Almanac of the Dead*, p. 162.

到外空轨道……在那里只有在当下为数不多的有钱人才能够继续存活下去。他们生活依旧奢侈、安逸。他们可以轻快地走在那不锈钢制的光亮甲板上，有时边喝着鸡尾酒、边透过玻璃窗鸟瞰地球,"欣赏地球上的普通百姓们在为仅存的一点资源而相互残杀。① 小说中那些执法者和正义的维护者均与邪恶罪犯或极端利己主义者为营。警察局长和法官那近似疯狂的贪欲揭露了个人的道德已经几近沦丧。在这样一个商品化或原子化的社会中，恶毒和堕落显然是权势与地位的先决条件，所有的伦理道德恐怕也早已让位于弥漫盛行的拜金主义思想。无论是何种政府职能部门，都无法避免由那些玩忽职守的人来操控。

在《死者年鉴》中，那些醉心于个人主义及利己主义的社会成功人士，最终几乎全都葬身于金钱和地位的得失之中。商人梅纳多就是其中的一个典型代表。他经营着全球最大的保险公司，他的目标是成为世界上最伟大的承保人。为了这个目标，他的业务范围除了涵盖正常的天灾人祸之外，更包括了为军火走私、毒品贩运承保。事业的成功并未给梅纳多带来一丝愉悦，反而使他每日都忍受着害怕被人暗杀的折磨。由于对高科技的过于迷信，梅纳多为了防止被人暗杀，他从 J 将军那里购得一件科技含量最高的防弹衣。尽管他深信这件防弹衣的防弹能力，可以让他"……不再害怕（被暗杀），因为（他）随时都穿着防弹衣。"② 无论是睡觉，还是在家办公，防弹衣从不离身的他十分相信这件高科技的产物可以保护他的安全。为了证实这一观点，梅纳多竟荒谬地让自己的司机塔科（Tacho）进行一次试验。"你想知道这件防弹衣是否有用吗?"③ 当梅纳多自信满满地对塔科说这句话时，他并没意识到，正是他深信不疑的高科技产物将会让他断送性命。他给了塔科一把 9 毫米的史密斯和韦森第三代半自动枪，并示意塔科向后退几米，而梅纳多则上身只穿着防弹衣，下身穿着西裤和皮鞋站在塔科的对面，让塔科对着自己的开枪。此时的梅纳多"因为兴奋而心跳加速。他几乎无法相信接下来的这个（实验）会给他带来多大的乐趣。"④ 因为他马上就会向人展示一次"奇妙的死亡逃脱游戏"。⑤ 当塔科扣动扳机的一

---

① Leslie Marmon Silko, *Almanac of the Dead*, p. 108.
② Leslie Marmon Silko, *Almanac of the Dead*, p. 499.
③ Leslie Marmon Silko, *Almanac of the Dead*, p. 501.
④ Leslie Marmon Silko, *Almanac of the Dead*, p. 501.
⑤ Leslie Marmon Silko, *Almanac of the Dead*, p. 501.

瞬间，当梅纳多还在幻想着这一实验会让他周围的人大吃一惊之时，他却应声倒地，倒在了血泊里。就这样，梅纳多亲手导演了自己的死亡，他死在了自己的枪口下，最终他还是幻想着他的防弹衣是最有效的，可以保护他不被暗杀。不得不说，正是梅纳多所迷恋的西方科技害死了他。

在《死者年鉴》中，西尔科直指美国社会的畸形和病态的一面，人与人间除了彼此的不信任之外，没有任何情愫可言，所有的情感和感情都只剩下了其社会品性。在他们心中，只有金钱、物质才是他们最可靠的朋友。对物质和金钱的过分迷恋无形中也目睹了他们如何自掘坟墓，同时也为整个西方社会带来了不仅仅社会的混乱，还有重重的伦理灾难。这一点也引起了作者对西方社会所谓的文明进行再思考。

三、荒芜的"文明"

在欧洲人初抵美洲大陆时，他们对土著民族那种以拜物情结为基准的传统生活方式和文化表露出极为浓厚的兴趣。但当对印第安人进行评论时，白人却并没有将这种异质文化置入文化多元性的范畴内加以思考，而是对缺少书面文字的土著文化充满了歧视和偏见。他们认为，印第安人缺乏文明社会相应的习俗、技术与制度，并没有任何知识文化，也没有历史。所以白人眼中的印第安人文化是属于人类文化的低级形态，不具有文明社会所应具备的特质。较之"文明"的欧洲人，这些土著人则被视作生活在黑暗和不幸之中。"文明人"的优越感使得这群欧洲人开始以自身的社会和文化标准来要求印第安人，他们标榜着要以"文明开化"印第安人为己任。但由于其自身需求的不断膨胀，他们所做的并非在文明开化印第安人，而是掀开了美洲大陆被殖民的血腥史。

然而，即便是那些让白人引以为傲的社会文明，尤其是进入了工业时代以后，在西尔科的笔下却呈现出一幅截然不同的景象。正如前两节所述，小说中最为直观的死亡状态，直指这种文明正是摧毁整个美洲大陆的危险所在。从上文中，我们可以很明显地感受到，西尔科笔下的西方文明呈现出的最直观影像是资本主义社会中的"吃人"（cannibalism）意象和货币拜物教。

西尔科在小说的第一章中便提及了白人塞斯被印第安人莱卡和泽塔聘为私人秘书这一情节。塞斯做这份工作的直接目的只是为了寻找她失踪的儿子蒙特。通过对塞斯寻子之路的描述，西尔科将资本主义社会制度下那种嗜血和食人的文化本质刻画得淋漓尽致。塞斯在这部小说中起初与绝大多数的白人角色一样，成为了酒醉金迷名利场中的牺牲品。作者笔下的塞斯俨然成为她所在的社会那种颓废和死亡文化的真实写照。她集脱衣舞女、瘾君子、妓女等角色于一身，随后与大卫的结合使她深陷大卫、博费雷与埃里克这段畸形的三角同性恋之中，从而也导致了蒙特——她与大卫的儿子——的悲惨命运。博费雷出于嫉妒她与大卫的关系，更无法容忍大卫的舐犊情怀，他将仅六个月大的蒙特绑架，并残忍地杀害了这个小婴孩，随后将其尸首分解出售。小说中，西尔科并没有详细地描述蒙特是如何被杀、被肢解，尸体残块是如何被出售等一系列画面。然而，这种一带而过的笔法却给读者留下了更多的遐想空间。结合着小说中其他的血腥画面，读者已无法阻止自己不去想象小婴儿死时那惨绝人寰的场面，也无法不去联想这一切的始作俑者博费雷面对分解的尸块时，他的脸上会流露出怎样的阴森、恐怖的微笑。对于博费雷来讲，这个尚在襁褓之中的小婴儿是唯一可以抢走大卫注意力的人，是他绝对的敌人。这种极端变态的爱恋使蒙特成为所谓感情的殉葬品。同时，蒙特之死更清晰地勾勒出博费雷的那种嗜血的本性。

西尔科将这种令人发指的残忍行为，描述成一种弥漫在白人世界的致命瘟疫，并在不断地扩散。小说中的另一位人物殖民者古兹曼（Guzman）也将人性中的这种食人本性表现得淋漓尽致。作为一名早期的殖民者，古兹曼是 位性格相对懦弱的人。即便这样，他的存在也代表了某种帝国主义的征服行为，即，代表着压迫和剥削的冷酷本质。因此，古兹曼的内心深处也潜藏着人性恶的一面。那种对生命的漠视使古兹曼这个角色成为白人殖民者的典型代表。他随意践踏印第安奴隶们的生命，即使是他妻子约米的印第安裔亲戚，他也不曾放过。当古兹曼面对挂在杨树上约米亲人的尸体时，他的冷漠令人战栗。那些尸体由于悬挂的时间过久，都已经"风干为肉干"。[①] 在此，西尔科将人的尸体比作肉干（jerky），除了用这个词生动地刻画殖民者的残暴之外，更多的是将印第安人比作了一种可供白人食用的食物，从而凸显殖民者这种嗜食同类的本性。这时的印第安人已经被置于食物连的最底端，他们所处的地位远不及奴隶主们的喜好之物，哪怕只是一草一木。西尔科在此呈现出一幅完全是"狗吃狗"的同类相残的画面。

---

① Leslie Marmon Silko, *Almanac of the Dead*, p. 118.

西尔科认为像古兹曼与博费雷一类的人，其本身是"毫无生机、只会行走的尸体，并不是一个真正的人。"① 作者在小说中除了刻画美洲大陆上所存在的这种嗜血和食人的文化外，西尔科还将矛头直指西方社会当下流行的疯狂的拜金主义、自我膨胀的个人主义以及让人不寒而栗的恐怖主义和集权主义，认为它们才是导致种种血腥和暴力的源头，而这一切又都无法脱离西方资本主义社会的拜物教话语的操控。

西尔科在《死者年鉴》中，将土著民族的传统拜物教与西方资本主义制度下的货币拜物教进行了比较，从中作者直抒其对西方拜物教所持的强劲批判观点，从而也引出了两种不同文化之间的较衡。拜物教（fetishism）其原意是指把自然界的某物当作神灵来崇拜的原始宗教。在印第安民族传统中，拜物教是传达土著人民信仰的一种途径。在他们的文化中，他们敬天地、敬万物。在印第安人眼中，自然万物都是神圣的，他们朝拜神圣的山川与河流，从自然中汲取力量。相较之下，在商品生产者的社会中，人们只是把商品看似为一种具有生命并可以支配自己的某种令人费解之物。不得不说，这种观念恰如虚幻的宗教迷信一样，因此马克思用一种比喻的说法将其称之为"商品拜物教"。商品拜物教是资本主义发展的必然归宿。正如马克思所说，理解拜物教，需要"找一个比喻，我们就得逃到宗教世界的幻境中去。在那里，人脑的产物表现为赋有生命的、彼此发生关系并同人发生关系的独立存在的东西。在商品世界里，人手的产物也是这样。我们把这叫拜物教。"② 当人们对于金钱的崇拜已远超过理性的范围时，那么，就产生了货币拜物教。货币原本是人类种族的代表性符号，是为了方便商品交换而产生的，它是商品交换发展到一定阶段的产物。所以，货币的本质只是一般等价物，其本身并不具有任何价值。它只是人类生活整体的内外关系的表达形式、手段和功效。它的存在是帮助商品的使用价值与价值的相互转化和表达。然而，由于商品拜物教的产生，使货币成为绝对相等的表现形式和一切价值的等价物，从而导致货币符号被主体化、目的化，其本真意义被反向。

小说中，西尔科呈现出一个因迷恋货币幻象，而导致人性扭曲、危机四伏

---

① Leslie Marmon Silko, *Almanac of the Dead*, p. 116.
② ［德］卡尔·马克思：《资本论》（第1卷），北京：人民出版社，1975年，第89页。

的美国社会。大多数人物都被不断主体化的货币统治着，他们相信金钱是万能的。人们对金钱的疯狂攫取欲已经完全超出了理性的范围。博费雷就是典型的货币拜物教的拥护者。在他金钱至上的观念中，他的良知早已灭绝。在博费雷看来，一切物体的价值是取决于它能够带来多少利润，这无形间也使像他一样的资本家们所进行的货币游戏变得越发的残忍。正如前文所述，博费雷不但将不足一岁的小蒙特残忍地杀害，更灭绝人性地将其分尸。表面上看，他是想要除掉这个所谓的"小情敌"，但博费雷的实际行为却更令人发指。他将小蒙特的尸体分割成了若干块出售。不仅如此，当他看到他最心爱的人大卫的尸体时，他并无太多的伤心和难过。因为在他看来，即便为了留住大卫，他不惜杀死小蒙特，也无法改变大卫只是他众多自杀的爱人中的一位的事实。博费雷不仅没有伤心难过，反而他将大卫的相机拿在手中，拍摄大卫死亡时的场景。在他看来，"大卫死了可比他活着值钱多了。埃里克的那套（照片）已经很值钱了，大卫的相片也可以卖个好价钱。"① 此时，极为讽刺的是，他的爱人大卫竟然成了他的那些色情照片的静止模特。

在此，西尔科只想说明，在货币和资本主宰的社会里，一切都已异化为物质，伦理也已扭曲为商品，理性和道德对此似乎早已无能为力。对金钱无度的贪欲已"把人们心中最激烈、最卑鄙、最恶劣的感情、把代表私人利益的复仇女神召唤到战场上来。"从而，资产阶级揭掉了罩在无论是亲情、爱情、友情之上的"温情脉脉面纱，把这种关系变成了纯粹的金钱关系。"② 至此，西尔科也将西方工业社会催生下的这种"文明"直指为社会伦理和道德退化的直接因素。

四、死亡意象中的抵抗与希望

虽然，西尔科的《死者年鉴》仿似一份宣判美洲大陆死刑的判决书，但作者之意并非只是将整部小说打造成一部描写各种死亡和犯罪的合集。在印第安的文化中，死亡代表另一种重生，死亡和重生处于无限循环的模式之中，这也使印第安人能够坦然面对死亡，并期盼着在死亡中孕育着重生。从土著文化中对死亡的观点来看，我们不难看出，西尔科是在死亡中寻找抵抗白人的话语体

---

① Leslie Marmon Silko, *Almanac of the Dead*, p. 565.
② 《马克思恩格斯全集》（第 1 卷），北京：人民出版社，1979 年，第 208 页。

系的方式，同时也为土著身份话语的重构寻得一丝希望。

小说中，西尔科通过死亡这一意象不断地强调，印第安文化中的生命与死亡无限循环这一特质，死亡并不意味着生命的结束，因为灵魂还在。正如印第安学者维恩·德洛尼亚（Vine Deloria）在《红色的神》一书中所指出的："许多印第安人不但认为来生是当下存在方式的延续，也认为人们的灵魂通常会停留在他们去世的地方或者是曾经受苦的地方。"① 印第安人应对死亡的方式是缘于他们对生命的感悟。"人类是自然世界中不可或缺的组成部分，人死了后，他们会将身体回赠给曾经哺育他们的植物和动物。无论在何种环境下，他们把部落群体和家庭看作是生命的一种延续，死亡只是永恒生命中一个短暂的过渡而已。"② 西尔科在《黄女人与美丽心灵》一书中，也描写了印第安人这种不同的死亡观。西尔科说道，古老普韦布洛族人为了表达生者对逝者的爱和尊敬，依据他们葬俗会将故去的亲人埋在一个空屋子里面的松软的沙土里，这同时也表示"在他们人生的旅途中，他们在中点（midpoint）停歇，并重归于尘。"③ 在印第安文化中，死亡只是一个中点，而非终点。从这一点上而言，西尔科将小说的题目定为"死者年鉴"，也暗指美洲大陆上的文明和文化并非已走向终点，而只是正在经历一次涅槃重生。

由于印第安人对时间也持有与白人不同的理念，这也是土著民族拥有不同死亡观的原因之一。印第安人认为"时间是循环的，而非是线性的。因果关系源自精神，而非机械物质，即使是在启示录中，也没有什么被摧毁，只是被改变。"④ 西尔科从土著民族的时间观念入手，阐释了《死者年鉴》中的死亡主题：

对于从前的人们来说，时间是呈圆形的——就像是玉米圆饼一样，时间有具体的时刻和具体的地点，所以那些我们挚爱的已故去的祖先们并没

---

① Vine Deloria Jr., *God Is Red: A Native View of Religion*, Golden, CO: North American Press, 1992, p. 171.

② Vine Deloria Jr., *God Is Red: A Native View of Religion*, p. 171.

③ Leslie Marmon Silko, *Yellow Woman and a Beauty of the Spirit*, p. 137.

④ William Blazek & Michael K. Glenday, *American Mythologies: Essays on Contemporary Literature*, Liverpool: Liverpool University Press, 2005, p. 161.

有湮没在死亡中，只是迁移到了另一个叫作"悬崖之屋"（Cliff House）的地方。在悬崖之屋内，人们可以如旧时一般继续生活，尽管只有精神在，尽管（他们）不再是活生生的人，但精神却可以在时间的罗盘上自由穿梭。所有的时间都并列共存来达到永恒。没有一个时刻会遗失或被摧毁。这里没有未来与过去，所有的时间只是略有不同，就像是在玉米圆饼的不同位置一样。过去与未来是一样的，因为它们仅仅存在于我们想象中的当下。①

无论是在《仪典》还是在《死者年鉴》中，西尔科都在反复强调印第安文化中循环往复的时间观念，这一点不仅仅颠覆了西方父权制线性时间观，还为读者提供了一个想象的时间维度。因为在印第安人眼中，"时间是有生命力的，……时间永远不会死亡；而且，每一天和每一周最终都将周而复始。"② 这也恰恰说明，在西尔科看来，这片土地或早或晚会迎来死亡后的新生，只不过是时间问题而已。同时，在是川流不息、永恒往复的时间之网中，想要获得死亡后的重生，也并非易事。西尔科认为："对于印第安人而言，真正的威胁不是来自于肉体的死亡，而是来自于精神或文化的死亡。他们世代传承的故事和共有的知识以及那些富有创造力的和道德的力量才是印第安人的本质，"这些才是让这片土地重生的希望。③

即使整部小说都笼罩在死亡的气息下，正如土著评论家克莱尔（Clair）评论《死者年鉴》那样，"这部小说绝对不是没有希望存在。"④ 的确，由于对死亡有不同的诠释，死亡对于印第安人来说不再是一件可怕的事情。西尔科也试图在犹如一片废墟的图森中，找寻印第安文化重新复苏的希望。同时，她也在这片废墟中为不同种族的受压迫者寻求一片生机。评论家凯瑟琳·萨格（Katherine Sugg）认为，"（《死者年鉴》）这本具有预言作用的启示录标志着（作者）

---

① Leslie Marmon Silko, *Yellow Woman and a Beauty of the Spirit*, p. 137.

② Leslie Marmon Silko, *Yellow Woman and a Beauty of the Spirit*, p. 136.

③ Louise K. Barnett&James L. Thorson, *Leslie Marmon Silko: A Collection of Critical Essays*, p. 78.

④ Janet St. Clair, "Death of love/love of dead: Leslie Marmon Silko's Almanac of the Dead," *MELUS*, Vol. 21, Iss. 2, 1996, p. 151.

急切希望将陈腐的社会秩序彻底清除、一扫而空。"① 除此之外，在小说中的反复出现的有关"死亡"这一主题的片断和形象还引起西尔科对生命短暂的思考，尤其是对那些受到压迫与践踏的生命。这也导致西尔科想要在死亡之中寻找一种抵抗方式。她将希望寄予在了重书美国历史以及瓦解美国虚伪的文明制度之上。

---

① Katherine Sugg, *Gender and Allegory in Transamerican Fiction and Performance*, New York: Palgrave Macmillan, 2008, p. 68.

第八章

《死者年鉴》中天命论的瓦解

　　"天命论"（manifest destiny），或称为"昭昭天命""天定命运论"，是19世纪的美国政府进行殖民扩张时所持信条，其主旨是使"种族优越论"得以延续，使大陆扩张有理有据。随着大批移民涌入、经济快速发展，为了有效掠取更多的资源，以保障足够的配给，美国政府打着拯救"落后""愚昧"的土著人及其他种族的旗号，开始进行领土扩张。此外，美国一直标榜以天命论为基础的"民主政治"，使鼓吹扩张的政治家们相信上帝赋予了他们权利来传播"美利坚式文明"，从而使民主政治可以恩泽更多的人。然而，西尔科在《死者年鉴》中，却对美国社会的民主和文明做了另一番诠释。西尔科借助《死者年鉴》中呈现出美国社会的霸权主义、极端个人主义以及男权主义，来讽刺"天命论"和"民主政治"。此外，西尔科更大胆地预言了会发生一场由少数族裔领导的政治革命，同时也预示在美国政坛会出现一次政治变革，从而挑战在美洲大陆已主宰数百年的天命论思想。

一、天命论与土著话语之殇

　　一如前文所述，《死者年鉴》的出版引起了评论界巨大争论，褒贬之声不一，一方面是由于小说的场景庞大、气势恢宏，整部小说的时间跨度长达500余年，记述了整个美洲大陆的殖民史；另一方面是缘于作者在小说的字里行间流露出其强韧的政治诉求，以及以此对美国历史、政治话语书写的深刻反思。在《仪典》大获成功后，《死者年鉴》的问世的确颠覆了许多人对西尔科的评价。正如作者自己所述："……我不想写那种现代语言协会想要的东西。我只想写让那些现代语言协会的人感到惊恐的东西。"① 尽管如此，许多评论家对这部小说还是持以极为肯定的态度，印第安评论家巴奈特与托尔森（Barnett and Thorson）在著述中说道："《死者年鉴》是近来美国土著小说中最有意思的一部，比起这个世纪下半叶出版的其他小说而言，它的故事更为复杂、情节更具震慑力，也更具启示作用。"② 土著评论家琳达·尼曼也提到，"西尔科的《死者年鉴》是一种很彻底，并让人大吃一惊的（政治）宣言，"暗指作者对美国官方话语进行了强而有力的反拨，《死者年鉴》中政治主题早已不言自喻。③ 由于土著文学中蕴含的特殊历史和政治因素，小说的政治性便成为谈论其性质和功用时难以规避的主题。而这一切却似乎超出了许多白人评论家对此部小说的心理期许，强大的政治意图导致小说一问世便遭到一众白人批评家的攻击。这些评论者大都刻意回避小说那过于明显的政治主题，将对这部小说的批评范式框定在西尔科过于激进的政治思想之上，从而避而不谈小说中提出的美国印第安人所面临的生存问题，反将矛头直指其中存在的过多暴力与色情的描写，意图将读者的注意力从小说中一系列与印第安民族生存息息相关的政治问题上转移开来。其中一些书评这样写道："《死者年鉴》的作者是如此'残忍''目中无人''尖刻'（纽约时报书评）；她是多么的'复仇心重、非常愤怒、狂暴、自以为是'（泰晤士报）；她'狂怒了'（新闻周刊）。"④ 其他的批评家们，如艾伦·赖安（Alan Ryan），试图将道德伦理问题以及文学创作标准牵涉到小说的评论之中。他认为不仅《死者年鉴》中的人物刻画让人乏味，就连小说的基调和主题也显得格外低俗。在赖安看来，西尔科"对男性性器官那种无休止的关切不仅仅表明这部小说需要被治疗，"更表明西尔科本人的心理健康也确实有待商榷。⑤

然而，这些评论家却忽略了小说提出最直观的政治问题——印第安人的生存问题。在一次与琳达·尼曼访谈中，西尔科清楚地表达了小说应有的功能，

① Ellen L. Arnold, *Conversations with Leslie Marmon Silko*, p. 69.
② Louise K Barnett &James L Thorson, *Leslie Marmon Silko: A Collection of Critical Essays*, p. 1.
③ Linda Niemann, "New World Disorder," p. 2.
④ Ellen L. Arnold, *Conversations with Leslie Marmon Silko*, p. 107.
⑤ Alan Ryan, "An Inept Almanac of the Dead," *USA Today*, 21ˢᵗ January 1992, p. 6.

"（小说）就应该是这样，就应该具备一种力量。"① 显然，此处她所指的是一种政治反抗的力量，目的是为了驳斥在美国社会弥漫已久的天命论。虽然建国初期的美利坚合众国对外反对欧洲盛行的帝国主义，但对内奉行的政策却仍是以天命论为旗号的帝国主义之延续。这一论调似乎为持扩张态度的西进运动者注入了无限的力量，并赋予他们一种天赐的使命感，来改造以土著人冠称的旧世界。即使这一过程不免对印第安人的奴役、剥削甚至杀戮，也无法改变美国统治阶级"征服有理"的思想。《死者年鉴》中这样写道：

> 一些其他伟大的领导人与思想家都有着这样的忧虑。（他们）认为如果不适当保持种族基因平衡，那么人类将会灭亡。"领主享有奴隶新妇的初夜权"一直以来其目的只为将贵族优秀的血统不断地注入贱农的血液中……而非他们的性欲过强，因为他们相信这是"天赋的"职责去改良那些混血和纯种印第安人的血统。②

面对殖民者以天命论为借口对殖民统治所做的正当辩护，土著人的回应是，"每一年，这些白人入侵者都会更加的贪婪、苛刻、傲慢、让人无法忍受……为他们提供必需品和被他们压迫成了我们的宿命。自古以来就属于我们的自由日复一日地被他们剥削得所剩无几。"③ 小说中，西尔科通过对保留地中印第安人生存境况的描写，进一步驳斥殖民者的这一辩护。《死者年鉴》中多处写道，他们虽打着拯救落后、愚昧印第安人的旗号，但在美洲大陆上却扮演着"贪婪的土地破坏者"的角色。④ 一如小说所述，扩张后留给印第安人的保留地是一片片"荒凉的沙漠与白垩的平原，"⑤ 而政府根据自定的法规条约来购买印第安人的土地，并鼓励他们，卖掉了土地才是走向文明的第一步。这意味着他们要放弃以部族、以土地为依托的生活、生产方式。失去了生活来源的印第安人当面

---

① Ellen L. Arnold, *Conversations with Leslie Marmon Silko*, p. 108.

② Leslie Marmon Silko, *Almanac of the Dead*, p. 541.

③ David L. Ghere, "Indian Removal: Manifest Destiny or Hypocrisy," *OAH Magazine of History*, Vol. 9, No. 4, Native Americans, 1995, p. 36.

④ Leslie Marmon Silko, *Almanac of the Dead*, p. 156.

⑤ Leslie Marmon Silko, *Almanac of the Dead*, p. 222.

临生存危机时，"联邦印第安事务委员会却没有足够的粮食配给来分配，来自纳瓦霍村的报道提及村民们挨饿受冻、不断死亡。"① 小说中，作为印第安人的斯特林是天命论思想下境遇悲惨的少数族裔之代表。在失去了土地，离开了部族后，他并未实现美国政府为其规划的美好蓝图。由于半生远离他的族人和部族，在被部族驱逐后，斯特林把白人社会当作了"救命稻草"。② 但经过数十载的努力工作，最终他还是发现跻身于白人社会只是主流文化为他们营造出的一座海市蜃楼。虽然美国总统托马斯·杰斐逊（Thomas Jefferson）曾说过，"在他有生之年，他坚信白人与印第安人将会融为一体。"③ 然而，这份坚信对斯特林来说却真真切切地成为了一纸空谈，无论他如何努力，也无法全然融入主流社会。正如一些美国历史学家所述，"（印第安文化）注定会在更大一轮的英美文化攻势来临前消解、不见。现在印第安人都滚到了西部，这是众心所盼。"④ 这种鼓吹文明进步方式的实质却是西方殖民者的殖民掠夺行径的一种托词和掩饰，借此获取更多的土地、抢夺更多的资源，以便安置不断涌入的移民潮。然而，在这种"天命论"的思想主导下的美国社会却给印第安人带来了不断上演的噩梦。

二、天命论与美国社会文明

西尔科不仅描述天命论打破了印第安人祥和与宁静的生活状态，更披露了深藏于美国社会中与"美利坚文明"截然相反的价值观。西尔科曾说道，"弥漫在图森的死亡与衰败迹象是随着殖民者的到来而出现的。"⑤ 无论从小说对角色的塑造，还是对社会的描写来看，极端个人主义和资本主义拜物情结成为西方文明在美洲大陆演变至今无可争辩的基调之一。

西尔科笔下的资本主义畸形和扭曲的价值观促使小说中的成功人士为达目的不择手段。他们所从事的行业，从走私军火，到贩卖毒品，再到非法倒卖人体器官，都证明天命论下的美国社会正逐步走向失衡。作为一个极具权势的房

---

① Leslie Marmon Silko, *Almanac of the Dead*, p. 32.

② Leslie Marmon Silko, *Almanac of the Dead*, p. 35.

③ 参见：http://www.monticello.org/site/jefferson/american-indians.

④ Leon Dion, "Natural Law and Manifest Destiny in the Era of the American Revolution," *The Canadian Journal of Economics and Political Science*, Vol. 23, No. 2, 1957, p. 227.

⑤ Leslie Marmon Silko, *Almanac of the Dead*, p. 129.

地产开发商，利亚·布鲁（Leah Blue）依仗暴力掠夺财富，而从未顾及他人为此承受的痛苦。为谋暴利，利亚通过收买当地政府官员，获得了地下水的拥有权，并吸走其他的地下水资源，使他人无水可用。她的目的则是使建立在亚利桑那州的沙漠之城"威尼斯城"，可以小溪、运河交错，喷泉处处可见。由于受父母的熏染以及成长经历的影响，在利亚的字典里只有占有，没有付出。无论是对待丈夫还是两个儿子，感情的付出对她来说只是种无能的表现。只有成功，才可以使她的欲望得以满足。利亚的情人特里格（Trigg）同样臣服在商品拜物教下。为了非法谋取巨额利润，特里格从事着倒卖人体器官的勾当。无论是对那些无家可归的流浪汉还是吸毒成瘾的瘾君子，只要可以从他们身上得到器官，他都不会错过"商机"。他千方百计哄骗这些人，甚至为他们口交，从而在他们精神麻痹时窃取他们的器官，却无视他们的死活。在特里格看来，这些人只是"容易上钩的猎物而已"。① 同时，他认为这些人也"从他的身上也得到了好处，"使他们污秽的欲望得以满足。② 利亚和特里格只是小说中众多沉溺于极端个人主义和资本主义拜物中的代表。这些人的汇集、交错，使西尔科给予美国社会一种全新的释义。

在西尔科的笔下，美国社会处于一种畸形的状态。社会的安定和平稳所依仗的不是先进的民主政体，而是可卡因、海洛因这些毒品来麻痹人们的神经。这便催生了像博费雷这样的"成功"商人，政府成为他们非法经营的后盾。博费雷深知"……让社会中存在的大量可卡因是由美国的战略家们策划出来的，他们认为这样贫民区中那些瘾君子便不会很快地把艾滋病传播到贫民窟以外的地方。"③ 政府与这些商人沆瀣一气、相互依存，虽然博费雷对中央情报局会如此合作还是心存疑虑，但巨额利润还是驱使他铤而走险。对当政者来说，他们深知博费雷等人与他们的关系是唇亡齿寒。自西贡失利后，中央情报局下属的公司仅在鸦片一项的收益上就已损失数十亿美金，所以美国政府别无选择，只能"用在美国本土上贩卖可卡因的收入来为中央情报在墨西哥及中美洲的行动提供财政上的资助。"④ 小说中，贩卖可卡因已成了中央情报局蓄意已久的计

---

① Leslie Marmon Silko, *Almanac of the Dead*, p. 444.
② Leslie Marmon Silko, *Almanac of the Dead*, p. 444.
③ Leslie Marmon Silko, *Almanac of the Dead*, p. 549.
④ Leslie Marmon Silko, *Almanac of the Dead*, p. 549.

划。如果没有可卡因，在美国的许多城市中，数已百万被封禁在贫民窟里吸食毒品的黑人和其他少数族裔的男男女女们就会发起暴乱。如果没有大量价格便宜的可卡因提供，整个美国将会再一次淹没在"曾经出现在纽约、华盛顿、洛杉矶、底特律及迈阿密（暴动）中。"① 很显然，毒品已成为当权者统治这个国家强而有力的武器。

西尔科也承认，这部小说就是政治性的。当她在选择"死者"成为小说题目的一部分，使"死亡"成为小说的主旋律之一，其意图是通过描写小说中的美国社会那种颓废、恐怖状态，达到否定天命论。小说中，美国社会的畸形和病态除了揭示着天命论的荒诞和可笑，也暗指美国社会的民主政治实质也只是纸上空谈。

三、天命论与美国民主政治

在《死者年鉴》中，西尔科除了揭露美国虚假的社会文明之外，对美国政府一向高举的民主大旗也做了另一番阐释。亚历克西斯·托克维尔（Alexis de Tocqueville）与约瑟·爱泼斯坦（Joseph Epstein）共著的《美国民主完整版》（*Democracy in America*）第二卷第一部分第八章的标题为"对美国人来讲，民主政治是怎样成为一种人类无限完美的理念，"② 从标题以及随后的篇章中可见，美国的民主已成为政治体制中的标杆，而"平等"则是这种体制首推的准则之一。据托克维尔的观点，平等虽不会使人类达到完美，但却是会赋予人类完美性以新的特质，"人性也因此得以提升许多"。③ 西尔科却对这种平等做了全新的阐释。在她的笔下，人权和种族平等只是建立在保障白人政府自身利益的基础之上。西尔科不禁质问道，当小说中的印第安人被驱逐到贫瘠的保留地时，种族平等在哪里？当像斯特林一样的印第安人、墨西哥人、黑人在社会中受到歧视与侮辱，并被剥夺选举权时，美国民主在哪里？当特里格等人肆意残杀流浪汉只为获取他们的器官时，人性的完美又在哪里？美国总统伍德罗·威尔逊（Woodrow Wilson）曾经说道，"美国将使世界走向一个祥和的民主政体，"俨然

① Leslie Marmon Silko, *Almanac of the Dead*, p. 549.
② Alexis de Tocqueville & Isaac Kramnick, *Democracy in America*, Trans. Gerald Bevan, Cambridge: Sever and Francis, 1862, p. 514.
③ Alexis de Tocqueville & Isaac Kramnick, *Democracy in America*, p. 514.

这种民主实实在在地缺少了一份祥和。①

西尔科在小说中描写了一个虚伪、专制的政治体制，但主流社会却把他们的政体看作是开明政府的卓越表现。一些哲学家夸赞到，"借用托马斯·霍布斯、约翰·洛克等人的表述，美国人创建了一个新的政府，这个政府没有受到欧洲君主政体的影响，完完全全以被统治者的意志为建国之本、立法之道……"② 如果美国民主真如这些哲学家所言，那么西尔科在小说中也不会直言道，"把英国或美国称为'民主国家'真是天大的笑话。"③ 因为在真正的民主制度下，那些劳动人民、妇女以及少数族裔会有选举权，政府更会将他们的利益最大化，以达到平等。可现实却是"……在这两个国家中，公民不用为投票而劳心费神……而只能傻乎乎地在新的税收政策所造成的恐慌中糊里糊涂地混日子。"④ 选举权原本是公民的权利，但在《死者年鉴》中，却成了某些人的特权。

在一次访谈中，西尔科提到，"……我始终是在努力探寻着这种不公正的来源。"⑤ 在这种不公正下，有人抗争、有人妥协。因为绝大多数的无辜民众和普通百姓，在斗争无望下，只能绝望地幻想着自己是受控于君主政权之下，把美国总统及家人像准皇室一样来拥护。这正是在天命论下美国民主极力灌输的一种思想："在自然界中，有着严格的生物法则，那就是，只有血统纯正的物种才可以要求其他大众对其绝对服从。"⑥ 正如思想家约瑟夫·熊彼特（Joseph Schumpeter）提及的那样，"也许是我们对民主政治期许太多。"⑦ 因为小说中所反映出的民主政治已远不是18世纪那些乐观主义者憧憬的那样——"人与人间

---

① Steve Jones，"American Manifest Destiny：A Historical Concept With Modern Foreign Policy Implications，"〈http：//usforeignpolicy. about. com/od/introtoforeignpolicy/a/American – Manifest – Destiny. htm〉.

② Steve Jones，"American Manifest Destiny：A Historical Concept With Modern Foreign Policy Implications，"〈http：//usforeignpolicy. about. com/od/introtoforeignpolicy/a/American – Manifest – Destiny. htm〉.

③ Leslie Marmon Silko，*Almanac of the Dead*，p. 549.

④ Leslie Marmon Silko，*Almanac of the Dead*，p. 549.

⑤ Ellen L. Arnold，*Conversations with Leslie Marmon Silko*，p. 105.

⑥ Leslie Marmon Silko，*Almanac of the Dead*，p. 549.

⑦ Alan Wolfe，*Does American Democracy Still Work*，New Haven：Yale University Press，2007，p. 52.

总是有种叫作'共同利益'的东西，这种利益完全要取决于普通百姓，并由选举出的代表来行使民众的意愿。"① 西尔科笔下的美国政府早已将财富庸俗化，在所谓的民主政体下，"一些人格低劣的社会渣滓却见缝插针，迂回地窃取了政权，"② 为此，西尔科不禁讥讽道，"最佳的政治就是让这些暴徒掌控议会、国会与所有集会，只有这种佯装'民主'才会有效地安抚民众，使他们安心。与此同时，私下里惯于暗箱操作的政府却根本不会受民众的干扰。"③ 因为政治家们无一不是政治阴谋策划者，而对民众百姓的疾苦，他们却熟视无睹。他们策划战争，"战争对于人民群众自身来讲意味着死亡，但对那些将军们以及商业大亨们却是截然不同。"④

从 19 世纪的墨西哥战争到一战再到伊拉克战争，美国政府打着民主的旗号，以拯救生活在"疾苦"中的人民为由，开始进行扩张领土、搜刮财富。对于美国的普通民众，尤其是少数族裔来说，"政治它从来没有帮到过任何人，但它的的确确存在。"⑤

四、天命论与西尔科的政治预言

《死者年鉴》中除了流露出强烈的政治反抗精神外，其中的政治预言性更是使它颇受关注的原因之一。西尔科在绘制在小说首页的地图上已清楚地表明这部小说具有的预言性。小说首页上写道，"通过对美洲古老落部所遗留下的文本进行解译，死者年鉴将预示美洲大陆的未来。"⑥

虽然这部小说创作于冷战时期，但冷战背景下经济、政治、外交上的两大阵营相互遏制的局面并未对作者的构思形成任何冲击和影响。相反，西尔科在小说中呈现出的美墨两国逐渐强化的关系、国际贸易合作的增加、跨国军火与毒品的走私、危害性科技的研制，以及由此造成的土著人民被迫迁移，都为作者进一步刻画冷战后跨国资本主义或资本主义全球化的产生埋下了伏笔。此外，

① Alan Wolfe, *Does American Democracy Still Work* , p. 52.
② Leslie Marmon Silko, *Almanac of the Dead*, p. 541.
③ Leslie Marmon Silko, *Almanac of the Dead*, p. 565.
④ Leslie Marmon Silko, *Almanac of the Dead*, p. 711.
⑤ Leslie Marmon Silko, *Almanac of the Dead*, p. 219.
⑥ Leslie Marmon Silko, *Almanac of the Dead*, p. 1.

西尔科还写道，普通民众在资本主义全球化下，将面临新一轮的剥削、压迫和不公正。当面对剥削和压迫时，西尔科选择了彻底反抗。她以黑人退伍军人克林顿、土著双胞胎兄弟塔科和埃尔·费奥（El Feo）为先锋来领导一次革命，以抗击资本主义全球化下的消极效应。然而，小说中所发生的革命却在1994年的墨西哥得到了应验。西尔科本人也提及过，她的这部于1991年出版的小说与发生在1994年墨西哥南部恰帕斯州的萨帕塔起义（the Zapatista uprising）之间存在的某种联系。在《黄女人与美丽心灵》中的一篇题为"向1994年1月1日的马雅萨帕塔主义者致谢"的随笔中，她感谢萨帕塔主义者实现了她小说中的预言。尽管她认为这次革命还有很大的局限，并未取得小说中的完全胜利，但这次革命的主旨却与小说中革命的目的几乎相同。同时，作者认为，"恰帕斯州的那些无畏的玛雅人……他们站出来反抗墨西哥政府的种族灭绝的政策，而政府即为贪婪的人谋利的工具，他们亵渎了大地母亲，并毒害着她的孩子。这不是一场战争，它已经有五百年的历史了，这是一样相同的战争，美洲大陆上的土著人民从未停止的抗争。"①

西尔科认为《死者年鉴》为这场发生在墨西哥的运动提供了理论依据。作者在小说中并未对白人文化，以及经济全球化进行全盘否定，而是抨击在全球化的背景下，资本主义生产方式对人性的侵蚀、对环境的破坏以及对不发达国家与地区利益的损害。同样，萨帕塔民族解放运动，虽认同资本全球化已是大势所趋，但对经济全球化后带来的负面效应却极力反对。他们主张一种"另类全球化"（alter – globalization），认为经济全球化对人文价值已有损害，或至少不足以提升人们的价值观。因为经济全球化所付出的代价是对环境保护、经济公正、劳动保护、土著文化以及人权保护的缺失。在这场运动中，他们要求恢复土著民对当地资源的拥有权，尤其是对土地使用。另外，萨帕塔民族解放军的领袖副司令马科斯（Subcomandante Marcos）与西尔科笔下的革命领袖安吉丽塔极为相似。他们十分具有革命意识，他们都在静候来自己故去祖先与大自然的讯息，以决定反抗的时机。虽然《死者年鉴》的出版早于萨帕塔起义三年之多，但西尔科似乎早已经预感到这场出现在恰帕斯的暴动，并在小说中将马科斯化身为安吉丽塔，领导土著人民以及美国的少数族裔进行一次彻底的反动。

---

① Leslie Marmon Silko, *Yellow Woman and a Beauty of the Spirit*, p. 153.

此外，《死者年鉴》表达了西尔科对美国民主政治的一种期盼。在一次接受访问时，西尔科说到了小说的写作目的：从另一层面讲，是为了促进"民主政治真正地实施。"① 小说中对弱势群体从被剥削到起身革命的描写，表明在美国"那些被剥夺选举权的人，如无家可归与一直被排挤的有色人种，是可以真正地参与投票。"② 并预言，"在不久的未来，我们的社会可以进行逐步、平稳的过渡。……人们可以真正享有社会进步所带来（的利益），在未来的50年里，你可以看到妇女、有色人种、非职业政客的普通人在政府里任职。"③ 小说是写于1991年，不可否认，这部小说具有一定的预言性。2001年1月20日，当乔治·沃克·布什（George Walker Bush）就职为美国第43任总统，同时任命康多莉扎·赖斯（Condoleezza Rice）为国务卿时，美国的政坛发生了史无前例的质的变化。虽然赖斯是继克林顿政府的马德琳·奥尔布赖特之后美国历史上第二位女国务卿，但其黑人身份却为美国政坛写下了崭新的一页，成为史上的第一位少数族裔国务卿。随后，在2008年11月4日正式当选为第44届美国总统的贝拉克·侯赛因·奥巴马二世（Barack Hussein Obama）更创造了黑人入主白宫的神话，成为美国历史上第一位黑人总统。奥巴马的当选再一次验证了这部小说的某种预言性。虽然，上述的赖斯和奥巴马并未像西尔科描述的那样，希望是位非职业政客，但却以少数族裔的身份参与并见证了西尔科所期盼的那样——美国向真正民主演进。同时，预言的应验也终止了美国"天命论"这一思想。

虽然《死者年鉴》的出版在学术界引起一片哗然，但其中蕴含的政治反抗精神和政治预言性却不可置否。西尔科通过对印第安人在美国生活状况的描写，对美国社会文明与民主政治实质的揭露，抗击在美洲大陆已逾数百年的天命论思想。同时，西尔科在小说中以政治预言的方式，表达其对真正民主政治的热切期盼，也为少数族裔如何能享有真正的公民权利提出一些思考。

---

① Ellen L. Arnold, *Conversations with Leslie Marmon Silko*, p. 111.
② Leslie Marmon Silko, *Almanac of the Dead*, p. 237.
③ Ellen L. Arnold, *Conversations with Leslie Marmon Silko*, p. 111.

第九章

《死者年鉴》中玛雅年鉴与土著历史话语的无声抵抗

在《死者年鉴》中，"年鉴"与死亡一样，是贯穿整部小说的线索之一。西尔科将莱卡和泽塔守护着的这部年鉴，认定为是当今仅存的四部玛雅年鉴的其中一部。在《黄女人与美丽心灵》一书中，西尔科说道："现存知名的三部玛雅幕折书（screenfold books）（分别是）：德勒斯登法典（Dresden Codex）、马德里法典（Madrid Codex）、巴黎法典（Paris Codex）。① 它们是以现今被保存的城市命名。当然，在我的小说《死者年鉴》中，两位雅基族女人拥有第四部玛雅（年鉴）的绝大部分，而在美洲大陆的 500 年战争中，这部年鉴仍得以保存。"② 西尔科在小说中虚构的这部从 16 世纪流传至今的法典，上面除了记载着土著先辈们的评点和遗训以外，在数代相传的过程中，这部决典以及相关的笔记上镌刻着殖民的种种历史痕迹，成为一份历史见证的文化符号。小说中，西尔科以此为契机，通过追踪这些历史痕迹来瓦解白人的殖民话语，表达了她对历史遗失问题的关切，并逐一揭露"破坏者在统治（近 500 年间的）人性的扭曲状态"，进而揭示其中的白人殖民话语在历史、文化、政治方面的虚假性，以此颠覆在美国社会盛行已逾数百年的霸权主义历史观。③

---

① 幕折书（screenfold books）一般是由动物的毛皮或龙舌兰的外皮制成。它的用途和现在的纸张无异，当在它的表面上涂有薄薄一层石灰泥后，待石灰泥干掉，人们便可在上面绘画，这样便成了一本画册一样的书籍。但幕折书并非像西方的书籍那样，它是按照非线性的思维作画来记录一些信息，所以，人们可以同时看若干页并不会引起歧义。当将它们折叠时，幕折书便成了一种壁画。

② Leslie Marmon Silko, *Yellow Woman and a Beauty of the Spirit*, p. 158.

③ Jeff Berglund, *Cannibal Fictions: American Explorations of Colonialism, Race, Gender, and Sexuality*, Madison: University of Wisconsin Press, 2006, p. 158.

一、年鉴与历史话语的裂隙

西尔科在小说的开头便描写了这样的一段话：

> 泽塔将水槽注满冷水来漂洗她那刚刚染过色的布料。她把她所穿着的每一件衣服都会染成深棕色。没有什么原因，泽塔说，她就是有个想法。但是莱卡警告过塞斯不要就这么相信。这里只是偶尔的风平浪静。深棕色的染料使墨西哥瓷砖间的白色水泥斑驳不已，在瓷砖上画着蓝色图案和拖着如黄花般蛇尾的鹦嘴鸟图案。莱卡那神秘的笔记本上也画有鹦嘴蛇和虎头人的图案。①

表面上看，这段似乎与年鉴并无太大关联，但一句"这里只是偶尔的风平浪静"和"深棕色的染料使墨西哥瓷砖间的白色水泥斑驳不已"，却暗示着小说中的印第安人以年鉴为导火索正在酝酿着一系列巨大的变革。泽塔把所有的东西都染成棕色并非是一种随意之举，通过这一幕西尔科在小说的开头就以这种隐晦的方式告诉读者，"由一对玛雅兄弟率领的棕色皮肤的部队（指印第安人）将会从美国的北部一直推进到墨西哥的南部，来重新夺回这片属于他们的土地，而这对兄弟其中一人一直受一只蓝黄相间的猫头鹰精灵所指引。"② 瓷砖上的图案象征着玛雅的象形文字，最终墙体上的白色水泥逐渐变得斑驳并最终变成了棕色，也暗示着这场革命战争胜利的一方将会是土著民族。这便是年鉴在小说中最初的功用——记述着玛雅人对未来的预测。这种预测还包括，"那只雄性的、嗜血即狂的死眼狗将会死去；美洲大陆将会进入充满活力的、以精神（为指导）的社会团体的复兴时代。"③ 此处的死眼狗指的正是在美洲大陆上作为殖民者的白人。由此可见，在西尔科的笔下，这部年鉴预言了美洲大陆最终会归还给土著民族。同时，西尔科在澄清诸多历史沉积的问题时，也以此作为对美

---

① Leslie Marmon Silko, *Almanac of the Dead*, p. 21.

② Brewster E. Fitz, *Silko: Writing Storyteller and Medicine Woman*, Norman: University of Oklahoma Press, 2004, p. 156.

③ Janet St. Clair, "Death of love/love of dead: Leslie Marmon Silko's Almanac of the Dead," pp. 141–157.

国历史真实性的一种考问，并强调少数族裔在美洲大陆的历史书写中的意义所在。

　　作为一部土著民族史诗般的巨作，小说除了在读者面前呈现出充满死亡气息的现代社会，并进行预测未来之外，也用玛雅年鉴来揭示白人历史书写中的盲点。作者在小说的首章便以"未解决的问题"（Unanswered Questions）作为第一小节的标题，西尔科可谓是一语双关。一方面，它表示莱卡手中的这份由祖母遗留下来关于玛雅文化的年鉴和笔记之中的确有许多未解决的遗留问题以及无法成功解码的地方；另一方面，作者以未解决的问题为名，直击美国历史叙述的真实性，暗示在美国历史中，还有许多问题存在，而这些问题至今仍未得到有效的清算。

　　想要破译约米祖母传给莱卡这本古老手记以及相关的笔记所蕴含的真正意义并非易事。造成这一难题的部分原因在于书写年鉴上所撰画的编码无法得到有效的破解。在过去的 500 年间，年鉴以及附带笔记已相传于数代印第安人。在这个过程当中，其中部分书页已破损，甚至缺失，还有一部分年鉴的去向，正如约米告诉泽塔那样，"……偶尔，那些怯懦的（年鉴）守护者们出于各种无聊的原因，将年鉴的书页廉价出售。"最主要的原因还是在于它上面记载着的过于久远的殖民史。西尔科这样写道：

　　　　在 1540 年，美洲大陆上的许多规模较大的图书馆都被欧洲的侵略者烧毁，这些入侵者中的绝大部分虽然是目不识丁，但他们并不蠢笨。他们烧掉了图书馆是因为他们希望可以树立这样一种观念，即，在这个新世界居住的都是一些野蛮人。野蛮人可以被宰杀或是奴役，野蛮人与野兽并无二异，因此也就不具备拥有财产与知识的权利。国际法可以保护那些被征服民族的命运，但却不顾及那些野蛮人或是野兽。①

　　据此，年鉴的缺失恰恰影射了殖民者刻意掩盖某种历史真相这一事实。因为自"五月花"号抵达美洲大陆后，白人政府一贯的做法是采用否认的态度，

----

① Leslie Marmon Silko, *Yellow Woman and a Beauty of the Spirit*, p. 157.

来回复对印第安人实行种族灭绝的政策。然而，从年鉴的角度纵观这段历史，我们可以发现美国历史中存在的裂隙和间断性。年鉴的缺失直接影射着美国历史的缺失，而西尔科通过确立历史话语的缺失或非连续性，对建立在排他基础上的美国历史的整一性结构进行消解。小说中年鉴的缺失即是美洲大陆历史的非连续性的隐喻，这种"不连续性曾是历史学家负责从历史中删掉的零落时间的印迹，而今，这种不连续性却成为分析历史的基本方法之一。"① 西尔科探寻着这些被遗落掉而凌乱的历史痕迹，重现一段段险些被抹去的历史。正如福柯所言，"人们越是接近最深的层次，断裂也就随之越来越大。"②

作为年鉴的守护者之一，约米能将年鉴的缺失部分补充完整一直视为毕生的己任。小说中这样写道：

> 自从多年前，年鉴传到我这里，我便一直收藏着这些记事本与这本古书。就在这年鉴交予我不久之前，记事本中的一个部分被不小心遗失了。一直保存这些年鉴的女人向我解释那部分丢失的内容，当然，尽管那部分也是以代码形式写成的，所以它的真正含义并不会立即变得很清楚。她要求我，如果可能的话，在我人生中的某一时刻可以将这部分重新写下来。③

将年鉴中缺失的部分重现，从某种意义上讲，是要再现那些在历史中被淹没了的他者之音，从而确立他们的历史地位。因为年鉴中缺失的部分恰恰论证了美国的历史并非是以一种过去式的形式存在，对印第安人来说，如何面对被刻意删去的历史片断，也成了他们身份话语是否在现在和未来有效建立的关键所在。所以约米认为，补写年鉴对于她而言，是她"这一生都在思索这一问题。即，丢失的那部分的含义到底是什么，……要找到一个方式来替代它。自然而然，这会反映出这个人一生所经历、所感触的事情。"④ 这种感触和经历也正是世代印第安人对于历史的见证。约米找寻年鉴缺失部分的行为，正是将土著民

---

① 米歇尔·福柯：《知识考古学》，谢强、马月译，北京：生活·读书·新知三联书店，2007年，第2页。

② 米歇尔·福柯：《知识考古学》，第2页。

③ Leslie Marmon Silko, *Almanac of the Dead*, p. 128.

④ Leslie Marmon Silko, *Almanac of the Dead*, p. 129.

族遗失了的过去与正在进行的现在和印第安人的未来紧密相连。这促使着约米
将缺失的历史重新撰写出来，从而治愈美国政府"正在抑制着美国历史的真实
性的不断加重的健忘症。"①

如何挖掘湮没在美国官方宏大历史叙事中的话语裂隙，还原一众被刻意改
写或遗漏的少数族裔历史，小说中约米以其亲身经历给予了答案。约米的这份
对历史见证其中的一部分是缘自她的婚姻，以及她的丈夫所珍爱的杨树林，从
中她揭示土著民族的生存困境。小说中，约米嫁给了一位德国裔的矿主，一位
血统纯正的白人古兹曼。约米正是以她这段婚姻经历来补写年鉴中遗失的片断。
在约米看来，她与古兹曼的这桩婚姻可以视为是她对部族所做的一种牺牲，是
雅基族的部族文化与白人的主流文化间所做的一种妥协。她是这样描述她的这
段婚姻的：

> 他们到处屠杀印第安人。这就是场战争！那群白人就是来发挖掘更多
> 的银子，就是来偷取印第安人的土地。就是那群白人拿着几页文件，就这
> 样为自己圈了大大的农场。古兹曼与我的族人们达成了协议。不然，你认
> 为我为什么会嫁给他？是为了有趣？为了爱？啊哈，就是为了监视他，以
> 确保他还遵守协议。②

依照这份协议，古兹曼应当保护雅基族人免受白人的屠杀与抢掠，从而使
印第安人可以在白人的法规范围内继续沿袭部族的习俗和文化，作为回馈，古
兹曼有权开采当地的银矿。尽管约米以牺牲自我为代价，换取族人的安全；尽
管从西方的法律来讲，古兹曼已经与约米的族人们成为了姻亲，可事实却是古
兹曼如同其他白人殖民者一样，不仅仅奴役着印第安人，还"杀害了前来看望
（约米）的族人和亲戚"。③ 西尔科在这本长篇巨著中对古兹曼所用的笔墨并不
是很多。即便如此，也未能阻止西尔科从他身上影射出其对白人殖民史的种种
控诉。约米还在孩提时代，便目睹了她的族人们常被吊死在那片美丽的杨树林
中，而且那些尸体由于悬吊在树枝上、久未被取下遂而风干"就像是牛肉干"

---

① Mary Ellen Snodgrass, *Leslie Marmon Silko: A Literary Companion*, p. 138.
② Leslie Marmon Silko, *Almanac of the Dead*, p. 116.
③ Leslie Marmon Silko, *Almanac of the Dead*, p. 117.

一样。① 当她决定离开古兹曼以及他们的孩子时，约米和其他三个印第安奴隶将这古兹曼从千里之移植过来的杨树全部砍断。正是约米的这一举动引起古兹曼对她的仇恨。小说通过古兹曼对杨树的情有独钟，揭露了殖民史中鲜被提及的片段。为了消解了文学叙事和历史话事之间的鸿沟，作者特意将小说中殖民者的代表命名为古兹曼，这一名字是与早期殖民者努诺·德·古兹曼（Nuño de Guzmán）同名，从而加强小说叙述中的历史真实性。② 在约米追溯对古兹曼记忆的过程中，作者通过约米的经历不断地强调，在当时的美洲大陆上，殖民地中的奴隶制度是完全合法化的。这也直接造成了殖民者的残暴行径越发地毫无顾忌。作为矿主的古兹曼，由于他对杨树的喜爱，便命令他的奴隶们去将杨树苗从千里之外移植过来。在搬运的过程中，"奴隶们拉着它们走了数百公里。天气实在是太热了，所有的水只能供给骡马与树苗，而奴隶们只允许把他们嘴唇贴在缠住树根的湿布上。"③ 从这简短的描述中我们不难看出的是，对于像古兹曼一样的奴隶主来说，他们对奴隶的生死表现出极为漠然的态度。在他们的殖民话语体系中，奴隶的地位永远被置于牲畜与他们的喜爱之物之下，而那些奴隶就这样"在苍白无力的法律制度中被吸吮着公正与生命，"最终走向死亡。④ 自此，西尔科通过将历史人物古兹曼与小说中的古兹曼相结合，来凸显殖民者的贪婪、残忍，而并非帮助印第安人开化、演进为"文明人"。而那些记载着印第安人被剥削、被屠杀的历史片断却很快就会被人忘却，于是乎西方殖民者的诸多残暴行径就这样隐匿于历史的长河之中，成为一个一个历史话语裂隙。

---

① Leslie Marmon Silko, *Almanac of the Dead*, p. 118.

② 在历史上，努诺·德·古兹曼（Nuño de Guzmán, 1490 - 1558）是一名西班牙的殖民者。古兹曼最初是西班牙国王查理五世的卫士，他于 1525 - 1533 年间时任帕努科省（Pánuco 墨西哥）的总督，于 1529 - 1534 年间任新加利西亚省（Nueva Galicia）的总督，从 1528 年到 1530 年，他出任第一听审会的主席。在古兹曼不断地向墨西哥的西北部远行中，他创建了数个城市，其中就包括瓜达拉哈拉（Guadalajara）。同时，他也俘虏了数千印第安人作为奴隶，并把他们运送到了加勒比海的殖民地。古兹曼在 1537 年被逮捕时，其中一项罪名就是虐杀原著民，进而被遣送回西班牙受审。在记述古兹曼的资料中，他是这样被描述的：他是一个残忍、暴力、无理性的专制君主。小说中，西尔科将历史中真实的古兹曼与约米的丈夫、德国人古兹曼融为一体，借此来披露白人在殖民过程中对印第安所犯下的罪行，以此揭露一段被隐蔽的历史。

③ Leslie Marmon Silko, *Almanac of the Dead*, p. 116.

④ Brewster E. Fitz, *Silko*：*Writing Storyteller and Medicine Woman*, p. 164.

小说中的年鉴不仅仅是玛雅人对这个世界所做出的一种预言，预言着西方文化将会枯竭、美洲大陆的印第安人将会重获他们的土地。西尔科更多地是将年鉴视为一种对过去 500 年的历史话语的考问，是对美国官方历史叙事的公开质疑和挑战。在阅读的过程中，读者不难发现，他们所读的不单是一本小说，在这本小说中，西尔科巧妙地将历史叙事融入到了文学叙事之中，让那些曾经遭到刻意掩埋的历史真相以文学的形式重新步入人们的视线之中，以此来表达作者对美国历史公正性的强烈诉求。

二、杰罗尼莫的追随者

如果说小说中的年鉴是将遗失的历史碎片逐一寻回并粘贴到一起，还原历史的真相。那么，西尔科对杰罗尼莫（Geronimo）的描写则是将年鉴中土著历史话语的各个片段，更加完整地呈现在读者面前。作为美国印第安阿帕奇部落的领袖以及抗争西方殖民话语的先锋，杰罗尼莫的形象和精神一直渗透在西尔科的作品中。[1] 回顾西尔科前期的作品，如《仪典》《讲故事的人》，杰罗尼莫这个人物形象在小说中或多或少地成为了一种文化意象，传递着土著民族抵抗

---

[1] 杰罗尼莫（Geronimo，1829 年 6 月 16 日 –1909 年 2 月 17 日）是美国西南部阿帕切族的印第安领袖，是领导阿帕切的印第安人抗击美洲欧人入侵的领军者。出生在阿帕切部落的 Bedonkohe 分支的杰罗尼莫最初的名字叫作"Goyahkla"，意为"瞌睡人"。童年至少年时期的杰罗尼莫在新墨西哥州的荒野中过着无拘无束的生活。然而，1851 年 3 月的一天，400 名墨西哥士兵突然袭击了杰罗尼莫的部族，包括他的母亲、妻子及 3 个孩子在内的亲人和其他数百名族人都不幸遇难，而外出而归的杰罗尼莫逃过一劫。幸免于难的杰罗尼莫率领一彪人马，前往索诺拉复仇。战斗中，"瞌睡人"毫不畏惧敌军射来的子弹，眨眼间便冲到墨西哥人的阵地面前，刀光闪过，离他最近的墨西哥士兵当即身首异处……战斗以阿帕切族大获全胜告终。据说，一名墨西哥士兵为求"瞌睡人"手下留情，由于他不会说阿帕切的语言，便诚惶诚恐地称他为"圣杰罗姆"（St. Jerome），这位天主教圣徒的西班牙语发音正是"杰罗尼莫"。在随后的数十年间，杰罗尼莫率领他的族人们以及其他部族多次袭击美国新墨西哥州、亚利桑那州以及德克萨斯州西部等地，从此以后，这个名字在蛮荒的西部一传十、十传百，几乎成了复仇之神的化身，令白人谈之色变。然而，在经受了漫长的通缉与抓捕后，杰罗尼莫于1886 年向美国官方投降。从为战犯的他，在晚年时期竟成了名人，但却至死未能再度回归他的故乡。1909 年，杰罗尼莫死于肺炎并发症。小说中，西尔科再次将真实的历史人物和历史事件融入虚构的故事背景和故事情节中，不免使读者重新思考小说中所描述的历史与真实的历史事件之间是否存在着某种必然联系，从而对美国官方宏大的历史叙事的真实性产生了质疑。

白人殖民话语的精神。

在西方的历史记叙中，杰罗尼莫被描述成一个野蛮的战士，是令白人闻风丧胆、如恶魔般的刽子手。就连杰罗尼莫晚年时回忆自己对墨西哥人所犯下的杀戮时，他认为死于自己手中的墨西哥人皆是"可杀之徒"。同时，在自传中他毫不讳言，"我不清楚到底杀了多少（墨西哥人），他们不值得我去统计。长久以来，我就对墨西哥人没什么好感。在我眼里，他们都是些背信弃义的骗子。"① 从某个方面来讲，虽然杰罗尼莫在抗击殖民统治、维护民族完整方面起到了积极的作用，但在历史文献的记述中，他的功绩却难以掩盖其残暴、杀戮的本性，以及对无辜的墨西哥民众所犯下的罪行。

西尔科在《死者年鉴》中将这样一个充满争议的历史人物与雅基族的神话相结合，从而使杰罗尼莫在小说中融合了印第安文化中的恶作剧者（tricker）身上的某些特质。如，身份的不确定性、出现的不可预见性等等。在以"错误的身份"（Mistaken Identity）命名的小节中，西尔科的第一句话便是——"当然，他们从来没有抓到过那个真正叫杰罗尼莫的人。真正的杰罗尼莫早已经逃走了。"② 小说中，杰罗尼莫的身份是难以确定的，其中的一个原因便是，"一旦白人命名了一件事物，那么他们似乎就无法再认清这件事物本质了。"③ 在此，西尔科以此句暗讽，一贯以文明自诩的白人却永远看不到事物的本质与真相。"对于这个世界，欧洲人有太多的盲点。对他们来说，无论在哪里发现的'石头'就仅仅只是'石头'，尽管这些石头在形状、密度、颜色或是它所处的位置有所不同，这些石头要与它们周围的事物密切相关。"④ 这一点直指西方文化中将物体看成是独立的个体，而非彼此之间相互联系的整体而存在的本质。在他们眼中，所有的印第安人都是不安分的反抗者，无一不在撼动他们的殖民政权，而这一点也正是白人眼中无法有效辨识到底哪一个才是真正杰罗尼莫的原因所在。所以他们便将所有被认定是杰罗尼莫的印第安人全部杀掉，而这也引起了印第安人的大规模反抗行动。正如小说中所述，通过约米祖母，西尔科讲述这段真实的历史事件，"当墨西哥的军队在美国的南亚利桑那州杀害了杰罗尼莫的

---

① http://qnck.cyol.com/html/2013-01/09/nw.D110000qnck_20130109_1-22.htm.

② Leslie Marmon Silko, *Almanac of the Dead*, p. 224.

③ Leslie Marmon Silko, *Almanac of the Dead*, p. 224.

④ Leslie Marmon Silko, *Almanac of the Dead*, p. 224.

妻子和他的三个孩子后，他才把犯罪作为最后一根稻草。"① 除此之外，西尔科还告诉莱卡、泽塔以及读者，关于杰罗尼莫雅基族流传着这样的故事，他一直躲藏在墨西哥境内的马德雷山脉，这样可以逃脱墨西哥和美国军队的抓捕。所以小说中的杰罗尼莫并未像官方记载的那样，投降美国政府。他以不同的身份与墨西哥和美国政府周旋。一如美国评论家约翰·穆萨拉（John Muthyala）所述，"准确地讲，杰罗尼莫的能量在于他的缺场，更在于他所留下的踪迹……这是一种抗争的策略。"②

　　小说中，西尔科将杰罗尼莫的故事幻化为一种抗争精神，从而将此种精神赋予到小说中的每一位印第安战士身上。不可否认，西尔科也是杰罗尼莫的追随者之一，只不过她的抵抗不再充斥着枪林弹雨，而是以文字进行着无声的呐喊与抗争。小说中，作者将这一人物形象抽象化，"他们正在搜寻那群追随着那个名叫杰罗尼莫的阿帕切人。杰罗尼莫并不是那个人的名字。怪不得那些白人以及他们的历史学家对他如此的困惑。这个男人引起了更多的疑惑。他曾经被称作巫医，但这个称位是有误导性的。他是可以取得一定功绩的人。"③ 西尔科认为，这个名字就是一种精神的象征。这种精神除了包含印第安民族坚韧不折的抗争精神外，更多的是体现着民族抗争历史中印第安的角色和地位。在《死者年鉴》中，西尔科通过对杰罗尼莫身份之谜的描写，肯定了这种抗争精神会在印第安民族中永存。正如约米所言：

　　　　我看过那张被标注是"杰罗尼莫"的相片。……当然，照片里的那个阿帕切族的男人并不是美国军队一直在追捕的那个人。这个阿帕切族男人总是陪伴在取得一定功绩的人旁边。这个阿帕切族男人同意去扮演保护其他的人角色。……照片里的那个男人非常的英雄，又非常的足智多谋。他也许还不知道，在终生的监禁中，他可以功成名就，但却无法再次看到那些大山。逃走的那个人却肩负更多无法在监禁中完成的重任。④

---

① Leslie Marmon Silko, *Almanac of the Dead*, p. 39.

② John Muthyala, *Reworlding America：Myth，History，and Narrative*, Athens：Ohio University Press, 2006, p. 130.

③ Leslie Marmon Silko, *Almanac of the Dead*, p. 129.

④ Leslie Marmon Silko, *Almanac of the Dead*, p. 129.

在约米的这段关于杰罗尼莫的叙述中，我们不难发现，有若干个杰罗尼莫同时共存，他们共同的使命就是与殖民者抗争。当白人部队抓获一个自称为杰罗尼莫的人时，另一些杰罗尼莫会相继出现，并继续战斗。小说中各式的杰罗尼莫使白人殖民者感到束手无策，他们一直无法理解就是为什么会有这么多的杰罗尼莫出现。但在印第安人的眼中，"杰罗尼莫"只是一个代名词而已，并非特指某一个人，任何一个可能抵抗西方殖民话语的人都可以被称作杰罗尼莫。在印第安人的历史中，因为他们的抵抗从未停歇过，所以杰罗尼莫的存在已长达数百年之久。因此，众多杰罗尼莫也象征着印第安民族历史话语的整合。

与此同时，在与墨西哥和美国部队的游击战中，西尔科也将杰罗尼莫视为一种"瓦解种族界线的标志。"西尔科认为，"印第安人如果将自己视为上帝的选民，那么便是与白人处于一样的危险境地。"[1] 可见，西尔科并不想把印第安人定位成为天赋人权的人群。从某种意义上讲，作者希望探寻到一种正义的方式，来破解主流历史话语对少数族裔话语的压制，从而建构一个各民族平等，各种族和睦相处的世界。

三、探寻正义之路

虽然，在历经数十年的民权运动后，西尔科本人也承认印第安人在美国国内的境遇的确有了一些积极的改变。但在作者看来，这种改变却未能有效改善土著民族所遭受的不公正待遇。在西尔科探寻主流历史话语中盲点的这一过程中，不难发现，这其中蕴含着西尔科对美国社会公平性和公正性的诉求。在一次访谈中，西尔科说道，"我感觉写作……会比咆哮和歇斯底里地责骂更有效果。我感觉这样更能触及人（的心灵）。"[2] 对西尔科而言，小说或是故事都为其提供了一种有效的方式来记录社会的变迁、历史的更迭，而历史和故事在不断的重述中又为西尔科提供了某种精神动力，驱使作者以笔为刃试图达成先前印第安运动中所未能实现的目标——对正义的探寻。

评论家萨拉·斯珀吉翁（Sara Spurgeon）认为《死者年鉴》是一部充斥着

---

[1] Janet St. Clair, "Uneasy Ethnocentrism: Recent Works of Allen, Silko, and Hogan," *Studies in American Indian Literatures.* Series 2, Vol. 6, No. 1, 1994, pp. 83 - 98.

[2] Ellen L. Arnold, *Conversations with Leslie Marmon Silko*, pp. 7 - 8.

"正义的暴力和看似合乎情理的战争"的小说。① 整部小说的文本都湮没在过去 500 年间那数以百万计被屠杀的亡灵之呐喊声中，而"这些灵魂皆已愤怒！他们需要正义！"② 因为"这正是我们祖先的遗愿，他们死得不公，从更具意义的角度来讲，他们的死亡并没有'过去'，但却只能从当下所做的行动中获得存在的意义。"③ 故而西尔科将这些灵魂的愤怒之声汇集于年鉴之中，她借年鉴将过去和现在有效地连接，从而使那些已故的亡灵可以重获他们缺场已久的正义之音。书中是这样描述的，"现在所有的灵魂都来了，"④ 的确如此，"整个美洲大陆充斥了愤怒的、痛苦的亡魂；五百年的杀戮已经使得美洲大陆上拥满了数以百万计的亡灵，他们从未得到过安息，也没有办法安息，除非他们的正义得到伸张。"⑤

　　在小说的起始处，西尔科直指印第安人在近 500 年的殖民统治中所遭受的种种不公正。小说的扉页上这样写道，"16 世纪到 17 世纪之间，有 6000 万的美国土著人丧命。他们对欧洲人的反抗和抗争从未削减过。在美洲大陆上，印第安战争从未停止过。美国印第安人认为是没有边界存在的，他们仅仅是寻求将所有部族土地返还给他们。"显然，这部巨著的目的之一便是挑战和质疑过去 500 年间美国政府所做的"合法"行为。由于强势话语权的存在，西方社会一直扮演着决定什么是合法、什么是不合法的角色。初到美洲大陆时，当白人们看到那些与他们所规定的"规范行为"相左的行径时，他们便会认为这些是"不合法的、低级的、不正常的，"他们以"文明化"这些土著人为目的，开始了书写他们漫长的殖民史。然而，在西尔科看来，任何的"……故事或者'历史'都是神圣的，在历史中蓄藏着寻求着正义的那些无眠无休的力量以及带有复仇目的的强大精神。"⑥ 西尔科曾经不止一次重审，"我们都是古老故事中的一部分，无论你是否知晓，那些古老的故事却知道我们。自太古时代起，这古

① Sara L. Spurgeon, *Exploding the Western: Myths of Empire on the Postmodern Frontier*, Texas: Texas A&M University Press, 2005, p. 109.
② Leslie Marmon Silko, *Almanac of the Dead*, p. 723.
③ Jonathan Boyarin, *Remapping Memory: The Politics of TimeSpace*, Minneaplois: University of Minnesota Press, 1994, p. 11.
④ Leslie Marmon Silko, *Almanac of the Dead*, p. 140.
⑤ Leslie Marmon Silko, *Almanac of the Dead*, p. 424.
⑥ Leslie Marmon Silko, *Almanac of the Dead*, p. 316.

老的故事便容括所有的事物，无论是有关过去还是未来。我们祖先的神灵呼喊着正义的到来，……美洲大陆上将不会再和平，直至大地与她的孩子们获得了正义。"① 而在不断地通过年鉴来探究历史真实性的过程中，西尔科逐步瓦解了白人社会所谓正义的话语权。

年鉴守护者约米一言道出了美国社会公正的本质，"白人的公正等同于不公正。"在通过年鉴来捕捉历史中那些被遗漏的片段时，西尔科将年鉴中的历史记载，转书为土著民族所遭受种种不公正待遇的证据，这也导致了年鉴自身也未能逃脱殖民者的迫害。西尔科在《黄女人与美丽心灵》一书中这样写道：作为殖民者的"西班牙人注意到了他们（印第安人）对于这种画的热衷。于是从1520 开始，那些传教士们开妈焚烧这些书籍，自此拉开了（美洲大陆）殖民史的帷幕。"② 然而，正如小说中残章断节的年鉴一样，即使残缺不全，年鉴仍然记载着这 500 年来印第安人所遭受的不公正待遇。在年鉴流传的过程中，西尔科始终坚持这样一种观点："我们在白人抵达的几千年前就已经在这里了。我们在地图以及要求我们放弃主权的那些条文出现之前，已经在这里了。在这片土地上我们深知我们身属何处。"③

一如评论家萨格（Sugg）所述，通过在《死者年鉴》"运用西方思想的实证逻辑，西尔科揭露了欧美现代性话语中的诸多诡计，这种话语权是完全基于财产权之上。"④《死者年鉴》中美国社会的腐败和堕落已经是一种内化了的本质，西尔科将其视为是殖民者在这 500 年来肆意书写关于压迫、剥削、操控和破坏的历史之结果，从而使作者将小说中的种种骇人听闻的场景均归结为是一种不公正的后果。小说中包含了我们想象范围之内几乎所有的可怕行为，如杀婴、自杀、卖淫、毒品走私、贩卖枪支、政治暗杀、倒卖器官、拍摄色情影片、性侵、女性割礼、堕胎、肢解胎儿、人兽性交、恋童癖、强奸、食人、非法移民、环境破坏等等。除此之外，小说中还揭露出整个社会对于那些无家可归的穷人、残障人士等社会弱势群体的全面镇压。在名为"吸血鬼的资本家们"（Vampire capitalists）的一节中，西尔科将资本主义社会中那些"文明"的上层

① Leslie Marmon Silko, *Yellow Woman and a Beauty of the Spirit*, p. 154.
② Leslie Marmon Silko, *Yellow Woman and a Beauty of the Spirit*, p. 157.
③ Leslie Marmon Silko, *Almanac of the Dead*, p. 216.
④ Katherine Sugg, *Gender and Allegory in Transamerican Fiction and Performance*, p. 85.

人士滥用职权描写得淋漓尽致。图森那宽阔的大街，正是白人在这片偷来的土地上进行剥削和殖民的结果。同时也是"对无辜的阿帕切妇女和儿童进行屠杀的证据。"① 小说中所呈现的死亡状态，不仅仅包括印第安人，还包括从非洲贩运过来的黑人奴隶。这个新大陆的"文明"是建立在无数无辜者的鲜血染红土地之上。在西尔科看来，政府也无法阻止这片土地湮灭于一片死亡的废墟之中，政府的存在从来就是毫无意义的，因为"如果政府本身就是最十恶不赦的盗贼，那么一个人怎么可能去偷盗。"② 同时，西尔科在小说中直指资本主义政治的虚伪性，"资本主义工业社会中那些银行家和基督徒们使数以百万计的人饿死。环顾四周看看吧，无论是看向哪一个方向，死亡都是即在眼前。"③ 小说中，西尔科描绘出一幅渐已失控的西方社会。正如西尔科在小说的封页所写的那样，"自从 19 世纪 80 年代以及阿帕切战争开始，"这里便混杂着各色的"投机者、骗子、私吞公款者、律师、法官和其他的罪犯，也包括瘾君子以及非法销售者。"在这样的社会中，"对公平与正义而言，法律丝毫不起作用。"④

正如斯皮瓦克所述，在帝国主义话语权中，她所要做的不仅仅是去发声，还要被倾听。然而，结局也如她本人提出的问题一样，"谁会听？"这一问题至今仍未得到解答。⑤ 小说中，西尔科将斯皮瓦克的这一问题再次提出，却以另一种方式来回答。在看到了受压迫者承受的种种不公正后，西尔科所选择的解决方法并不是简单的抱怨，而是通过年鉴的流传和保存以及年鉴中所记录的历史，将那些不同种族、不同性别、不同国籍的人们联结到了一起，来共同抵抗殖民和侵略，以完成他们对正义的诉求。作者在小说中将安吉丽塔以及一对印第安双胞胎兄弟埃尔·费奥与塔科化身为杰罗尼莫，共同领导土著人民和其他受压迫的阶级进行抗争和起义。这场反抗运动的规模不断壮大的、势如海啸一般，波及了美洲大陆的每一个角落。小说中，在随着他们抗争不断加剧与扩大，不同民族和种族之间的文化分歧已经消失，因此西尔科也将政治斗争的局限性

---

① Leslie Marmon Silko, *Almanac of the Dead*, p. 80.

② Leslie Marmon Silko, *Almanac of the Dead*, p. 133.

③ Leslie Marmon Silko, *Almanac of the Dead*, p. 316.

④ Leslie Marmon Silko, *Almanac of the Dead*, p. 79.

⑤ Gayatri Spivak, *The Post - Colonial Critic: Interviews, Strategies, Dialogues*, New York：Routledge, 1990, pp. 59 - 60.

缩减到了最小。同时，在聚集反抗力量时，由于祖先灵魂的存在，西尔科使小说中的斗争不仅仅存在于当下，她更多的是用这种斗争来控诉印第安人数百年来遭受的不公平待遇。西尔科相信，这种跨民族、跨性别、跨国界的联合是抵抗不公正性最行之有效的方式。这也是西尔科在《死者年鉴》中提出的"跨文化的精神联盟"，共同抵抵制社会、经济、政治的不公正。①

西尔科认为"关于邪恶和残忍的那些故事是革命的驱动力"。② 无论是出于什么原因，"没有任何借口去进行犯罪。"③ 埃尔·费奥与塔科这对土著的双胞胎预言白人世界的邪恶力量终有一天会消失。西尔科坚信，关于何时还土著民族公正的待遇，"这只是时间的问题，欧洲人的一切总有一天会逐渐退出美洲大陆。无论印第安人是否付诸行动，历史总会惩罚白人的。历史是神圣的文本。最为完整的历史是最为强大的力量。"④ 虽然，历史本身具有不可还原性，但西尔科却捕捉到存在于宏大历史叙事中的诸多裂隙，以此作为一种话语，重新书写美国大陆上的历史话语。

---

① Channette Romero, "Envisioning a 'Network of Tribal Coalitions': Leslie Marmon Silko's Almanac of the Dead," *American Indian Quarterly*, Vol. 26, No. 4, 2002, p. 623.

② Leslie Marmon Silko, *Almanac of the Dead*, p. 316.

③ Leslie Marmon Silko, *Almanac of the Dead*, p. 40.

④ Leslie Marmon Silko, *Almanac of the Dead*, p. 316.

第十章

《死者年鉴》中的第四世界建构与政治伦理书写

　　一如前文所述，西尔科的第二部长篇小说《死者年鉴》一经出版便引起了巨大的争议。西尔科一改成名作《典仪》中略显狭隘的民族主义情结，而将创作的关切视域扩大到整个受压迫群体的生存问题之上，而其中表现出的强烈政治诉求以及对西方文化的最尖锐批判，更使《死者年鉴》成为当代当之无愧最具爆发力的反抗小说。虽然，小说在出版后，西尔科便被众多白人评论家苛责其思想过于激进，认为西尔科是一位充满"复仇心"的作家，而小说由于其过于晦涩的言辞和复杂的结构，也导致了评论家和读者的阅读体验都与第一部《仪典》大相径庭。但总体而言，这部小说仍是一部瑕不掩瑜的优秀作品。正如一些评论家不禁为西尔科喝彩一样，他们　致认为该小说是部当之尢愧的杰作。美国学者凯茜・摩西（Cathy Moses）在肯定《死者年鉴》这部小说的主题的同时，也谈到了主流评论家的偏颇之处："主流评论者们完全选择忽略掉《死者年鉴》所关切的事实是阶级压迫以及在抵抗运动中阶级融合的可能性。"① 原因在于《死者年鉴》这部小说"让这些评论家（以及美国主流文化）感到惧怕和内疚，以至于他们完全忽略了小说的真正关注点"。② 美国土著评论家琳达・尼曼也指出：西尔科的《死者年鉴》正是"要在旧世界的废墟中重建一个新世界"。③ 如果尼曼这里提到的"旧世界"，可以理解为现实中的美利坚合众国或

---

① Cathy Moses, *Dissenting Fictions: Identity and Resistance in the Contemporary American Novel*, Garland: New York, 2000, pp. 88 – 89.

② Cathy Moses, *Dissenting Fictions: Identity and Resistance in the Contemporary American Novel*, p. 88.

③ Linda Niemann, "New World Disorder", *The Women's Review of Books*, Vol. 9, No. 6, 1992, pp. 1、3 – 4.

整个美洲大陆，那么，"新世界"就是西尔科在小说中，以美国城市图森为中心而建构的第四世界。

《死者年鉴》的故事叙述横跨美洲大陆近 500 年的殖民历史，通过对这段历史的描述，作者有意将读者逐步引至对美国社会政治道德的叩问。在充分挖掘后殖民社会中民众殖民经验的基础上，西尔科不断反思美国政治话语的书写意图和特征，将对美国社会矛盾的思考指向了整个西方社会的内在结构问题，并聚焦于少数族裔和弱势群体的集体生存状况，从而使伦理关怀和社会批判构成这部小说的基本向度。西尔科以建构第四世界为理念，在小说中建构了一个阶级平等、各种族趋近融合的政治空间，主动肩负起重新书写美国社会政治伦理的责任，最终实现逆写帝国叙事的目的。

一、第四世界与平等理念

《独立宣言》中写有这样一句话："人人生而平等"，也就是说同一社会中的公民应享有平等的政治权利，而且"对平等的关切是政治社会至上的美德"。[①] 但反观当今美国社会，政治领域的不平等却仍然存在，精英政治与等级政治仍然是美国政治话语的主色调。如何将平等与民主纳入美国政治伦理的书写范畴是西尔科在《死者年鉴》中致力探寻并力图解决的关键问题。

西尔科在创作《死者年鉴》之时，美国旷日持久的种族问题虽然得到缓和，但在美国政治领域，不平等现象却仍旧清晰可见，社会等级观念仍是实现政治平等的首要大敌。正如美国学者安东尼·豪尔（Anthony J. Hall）所说，"在全球历史进程中，西方世界的使命无疑等同于文明（世界）的使命"。[②] 这句话折射出当下西方社会的现实政治状况：西方社会的意识形态俨然成为最基本的社会事实，它按照权利关系进行社会阶层划分，严格坚守社会等级制度。这种"普世性"的概念无疑成为西方霸权"用于构设'优劣文化'的批评工具"。[③]

---

① 德沃金：《至上的美德：平等的理论与实践》，冯克利译，南京：江苏人民出版社，2008 年，第 190 页。

② Anthony J. Hall, *The American Empire and the Fourth World：The Bowl with One Spoon*, Montreal&Kingston：McGill – Queen's University Press, 2003, p. xi.

③ 比尔·阿希克洛夫特、格瑞斯·格里菲斯：《逆写帝国：后殖民文学的理论与实践》，任一鸣译，北京：北京大学出版社，2014 年，第 141 页。

然而，从 20 世纪 60 年代开始，大规模的民族解放运动不断涌现并逐渐演化为一种全球性的政治运动，以抵御主流社会对人类等级划分持有的绝对话语权。其中，目睹第三世界民族主义和民权运动开展的美洲印第安人，也开始积极争取自身权利。1975 年，第一次"土著民族世界大会"（World Council of Indigenous Peoples）在美国召开。"第四世界"（Fourth World）① 这个概念在这次会议上被正式提出，用来指代第一世界中因经济、文化发展落后而受压迫的群体，从而纠正因第三世界过度使用而造成的种族主义倾向。② 其实早在 1974 年，萨斯瓦普族首领乔治·曼纽尔（George Manuel）与迈克尔·波斯伦斯（Michael Posluns）在其合著的《第四世界：印第安人现状》（*The Fourth World: an Indian Reality*, 1974）一书中，便提出了"第四世界"这个概念，并将其定义为：在美洲大陆上受压迫的全体少数族裔所处的生存状态与抗争状态。③ 无论是上述哪种界定，第四世界这一概念意在团结后殖民社会中被剥夺话语权的群体，共同打破阶级划分造成的欧洲中心主义，实现各民族政治地位平等的政治理想。这一理念贯穿《死者年鉴》整部小说，成为西尔科实现各个种族政治平等之夙愿的良方。

在小说中，西尔科首先将目光聚焦当下西方社会传统政治范畴中把人们分成不同等级与阶层这种食物链式的划分制度。西尔科描绘了诸多第三世界的民

---

① 迄今为止，学界对于如何界定"第四世界"（Fourth World）这个概念尚未达成一致。许多学者认为，如果按照经济水平划分，那么第四世界应该属于第一、第二与第三世界的等级延续，用来定义第三世界中仍处于贫穷状态下、经济规模最不发达的某些国家与地区。不同领域学者对此问题也存在不同见解：经济学家认为国家居民每年收入少于 100 美金的即可被归入这一类别；政治学家认为第四世界是指那些主权没有得到有序交接的民族；社会学家则认为第四世界的社会缺少一种凝聚力。不难看出，无论这一概念缘于上述何种界定，第四世界中的国家与地区都尚处于经济贫困、发展滞后的状态，他们的民众都属于同一群体——那就是贫民（have - nots）。

② 对于"第四世界"这个概念的不同见解主要来自于以下学者：比尔·阿什克罗夫（Bill Ashcroft）、理查德·比塞尔（Richard E. Bissell）、拉金德·乔杜里（Rajinder Chaudhary），等等。参见，《后殖民研究：主要概念》（Postcolonial Studies: The Key Concepts）、《联合国中的第四世界》（"The 'Fourth World' at the United Nations"）、《第四世界：马克思主义的、甘地主义的、环境主义的……》（"Fourth World: Marxian, Gandhian, Environmental..."）。

③ George Manuel&Michael Posluns, *The Fourth World: an Indian Reality*, Cambridge: Collier - Macmillan Canada, 1974, pp. 40 - 42.

众，他们或是萨义德笔下的"东方"，或是斯皮瓦克书写的不能说话的"属下"，抑或是莫汉蒂塑造的第三世界的妇女，这些人无不是一众受西方社会制度压制的食物链末端种群。作者不禁讽刺地写道：

> 一些伟大的领导人与思想家都有着这样的顾虑。（他们）认为如果不适当保持种族基因平衡，那么人类将会灭亡。"领主享有奴隶新妇的初夜权"一直以来其目的只为将贵族优秀的血统不断地注入贱民的血液中……而非他们的性欲过强，因为他们相信这是"天赋的"职责去改良那些混血与纯种印第安人的血统。①

从这段叙述中，我们不难看出，以肤色或经济状况为基准的阶层划分方式，使得帝国主义势力与阶级压迫纠缠在一起，从而导致美国政府推崇的正义、平等与民主政策无法荫及第三世界的民众。小说中的印第安人斯特林便是这一典型代表。斯特林将白人社会当成了"救命稻草"，② 但当他被部族驱逐后，却不能真正地融入白人社会。他与西尔科第一部小说《仪典》的主人公塔尤一样，都成了两种不同文化与社会间的"夹缝人"（in－between）。在白人社会等级森严的阶级划分中，他们只能游走于社会边缘地带，生活贫瘠困苦，并陷入身份认同的危机。虽然斯特林自我抚慰他所遭受的一切"只是一场噩梦罢了"，③ 但这种"噩梦"却真实地折射出美国政治伦理书写存在的问题。

根据《论美国的民主》（*Democracy in America*，2000）一书，民主政治被视为政治伦理中"无限完美的理念"。此书也赋予了平等以极高的地位，认为"平等"会赋予人类以新的特质，"使人性得以提升"。④ 但西尔科在《死者年鉴》中却重新阐释美国的"政治平等"。小说中的资本家们为确保他们财富与地位，不惜剥削、涂炭贫苦人民的财产与生命。例如，博费雷通过绑架孩童和那些流浪的瘾君子们积累财富；特里格以盗取社会底层民众的器官谋取暴利；塞洛在

---

① Leslie Marmon Silko, *Almanac of the Dead*, p. 541.
② Leslie Marmon Silko, *Almanac of the Dead*, p. 35.
③ Leslie Marmon Silko, *Almanac of the Dead*, p. 762.
④ Alexis de Tocqueville& Isaac Kramnick, *Democracy in America*, Trans. Gerald Bevan, Cambridge：Sever and Francis, 1862, p. 514.

密谋着自己的"伟大"事业，将"地球上最后没有被污染的泥土、水与空气装载到（飞船）上，……在那里只有为数不多权贵们……边喝着鸡尾酒，边透过玻璃窗鸟瞰地球，"欣赏地球上普通百姓在为仅存的一点资源而相互残杀。① 这些角色形象地描绘出小说中西方政治的实质——恶毒与道德沦丧成为权势与地位的先决条件，平等也只是一种理论上的虚妄。通过小说中不同人物的遭遇，西尔科凸显民主政治只是一种假象：当像斯特林这样被剥夺选举权的少数族裔在社会中受到歧视与侮辱时，美国民主在哪里？当土著居民被驱赶到保留地时，种族平等在哪里？当特里格等人为获取流浪者的器官而戕害无辜时，社会正义又在哪里？所以作者认为，这种依附等级而存在的人权思想与平等理念，不过是帝国主义使其霸权支配地位永久化的又一掩饰。

但在批判这种社会等级架构的差异性时，西尔科并未将由此衍生的矛盾直接简化为无产阶级与资产阶级之间的矛盾。尽管小说中也存在着邪恶势力与剥削阶级，如博费雷、塞洛、梅纳多等人，但小说中更有一众像埃尔·费奥与莱卡、泽塔一样，虽为富人，但却是抗争与革命运动的领导者。在此，经济地位已无法有效区分人们在这个社会中的身份以及在政治斗争中的立场，小说中呈现出的斗争也已不能再用简单的阶级冲突来限定。可见，《死者年鉴》中的美国社会已不再是阶级社会，在这一点上，西尔科似乎与后马克思主义学者拉克劳、墨菲达成了共识。拉克劳与墨菲眼中的现代社会"不存在可以被固定在根本阶级核心上的……构成原则，更不存在由历史利益定位的阶级立场"。②

西尔科笔下的第四世界建构，是基于她对重组美国社会阶层划分以获取平等权利的期待。在作者看来，平等是在社会不断进步中获得，而非构建在某种社会契约之上。第四世界的实现无疑加强了政治话语书写的道德性，使社会不断向着至善的方向前进。在第四世界中，不同种族、不同阶级的人，以身份政治取代阶级政治，以身份概念取代阶级概念，他们由于政治认同而集结在了一起，从而使第四世界表现为，多种群及多文化之间的共同协商。这种协商基于平等原则，打破帝国主义关于文化、认知及价值体系存在等级性的普世性假说。同时，第四世界也将种族关系从阶级对立的模式中解脱出来，将土著民族的抗

① Leslie Marmon Silko, *Almanac of the Dead*, p. 618.
② 恩斯特·拉克劳、查特尔·墨菲：《领导权与社会主义策略：走向激进民主政治》，尹树广、鉴长今译，哈尔滨：黑龙江人民出版社，2003年，第95页。

争模式认定为没有阶级之分，其主旨即在消除美国社会中二元对立的格局，团结一切受压迫的民众，聚集更多的力量。

不容置否，西尔科的第四世界建构是一种逆写帝国话语的叙事策略，是极左于第一世界的话语模式。作者可谓在后殖民文化中进行了一次最具革命性的实验，是对美国社会阶层划分的一次彻底重组。它不仅逆转了阶层秩序，更加质疑了该秩序所基于的政治伦理学假设，而这次重组的最终目的是要实现西方社会缺失已久的社会正义。

二、第四世界与社会正义

社会正义是政治平等理念的实现基础，指在社会成员之间平等分配责任与利益。这一观点来自于美国思想家约翰·罗尔斯，他视正义为"社会制度中的第一美德"，① 也是政治伦理中第一要素。正义的社会系统是政治正当性及政权合法性的保障，所以一个社会是否可以确保公民的权利和利益，也成为了评判该政治道德系统的最基本原则。然而，一系列战争的爆发，尤其是二战与冷战相继到来，导致无论是政府的职能部门或社会的权贵人士都各怀鬼胎，企图利用战争将他们的利益最大化。正义与平等只不过是他们各自为政的幌子，社会正义的实现更是遥遥无期。虽然西尔科在《死者年鉴》中并未对美苏两大阵营的冷战着以太多笔墨，但作者不经意间流露出恐慌心理与小说中的地缘政治导致的偏执政治文化，都说明冷战对美国民众的影响之大。

《死者年鉴》出版之际恰逢美苏两大阵营之间长达40余年冷战告一段落，但这部小说在创作时却正值冷战的第二阶段。② 此时的冷战文化已深入美国社会，它不光加剧了美国政府的焦虑与偏执，也导致美国民众深陷由此产生的恐怖幻象。在《死者年鉴》中，西尔科将冷战时期美国政府实施地缘战略而产生的社会动荡、民众不安，以及最终影响到社会正义的实现描写得淋漓尽致。

---

① John Rawls, *A Theory of Justice*, Cambridge: the Belknap Press of Harvard University Press, 1971, p. 3.

② 冷战的第二阶段或称为"第二次冷战"（1979－1985）指的是20世纪70年代末至80年代初开始，冷战剧烈升温。在这个时期，美苏集团双方的军事对峙变得更加明显。美国政府这一时期的冷战政策由于里根上台而大为转变，从原本的围堵、缓和，转变为明确的对抗，里根的目标不只是要美国在冷战中持平，而是要取得胜利。

　　然而这并非是西尔科的创作初衷，在一次访谈中，作者直言，她最初只想写一部"关于商业的、比较简单的短篇小说。任何人都可读懂、不涉及政治的小说"。① 不可思议的是，一次梦境却改变了原有计划。在谈及这个梦时，作者说道：

> 　　这个梦很久远，发生在 1981 年。这是一个十分真实、但却可怕的梦。我家所在的阿布拉峡谷那里有许多小的基地，……图森的空军基地就在那里训练。我不敢想象致使我最终动笔的灵感是来自于那里，这简直就是种折磨。……在一天早上醒来之前，我做了这个梦。直升飞机就在我家上空盘旋。在梦中，我看到这些飞机飞得十分低。这个梦让我感觉到，不管出于什么原因，在某一天将会有战争发生。②

　　无论西尔科的噩梦是否会成为现实，这个梦境却折射出处于冷战时期普通民众的焦虑心理，冷战情绪造成的民众恐慌也已积重难返。较之 40 年代末开始的美苏两大阵营的对峙，这一轮冷战导致的冲突则更为危险、局面更为难以控制，大规模的社会问题不断涌现，如更加严峻的种族问题、愈演愈烈的道德沦丧，都无疑加速了社会动荡不安的局面，以及偏执政治文化的复苏。

　　在偏执政治思想的主导下，里根政府在许多第三世界国家提出了所谓的"促进民主运动"（Democracy Promotion Campaigns），③ 其目的是为了更好巩固在一战、二战中美国取得的经济、政治的优势地位，欲将更多地区划入反对共产主义的阵营中，并以此使美国推行的地缘政治（geopolitics）得到进一步的发展。这些国家或地区包括：洪都拉斯、危地马拉、萨尔瓦多、哥斯达黎加，等等。然而，在这些第三世界国家中，民主运动的推进并未使社会正义得以实现，反而导致美国政府过于偏执地在"我们"与"他们"之间强行划出界线，不遗余力地去除任何夹杂在"我们"中间的"他们"，使潜藏在冷战地缘政治下的西方文化中的种族主义思想暴露无遗。"地缘政治"因此也成为种族主义的延

---

① Ellen L. Arnold, *Conversations with Leslie Marmon Silko*, p. 154.

② Ellen L. Arnold, *Conversations with Leslie Marmon Silko*, p. 101.

③ Thomas Carothers, *In the Name of Democracy：U. S. Policy Toward Latin America in the Reagan Years*, Berkeley：U of California P, 1991, p. 238.

续，是霸权思想的理论变形，是一种不道德的政治手段。

这种冷战背景下的地缘政治战略在《死者年鉴》中被刻画到极致。这部小说的人物角色颇多，随之而来的故事线索也颇为繁杂，但西尔科却将情节与人物命运的发展与如下两个地方密切关联：美国城市图森与墨西哥城市图斯特拉－古铁雷斯。其中，图森是美国的边疆要塞，美国政府以此为据点，密谋与实施所有反对共产主义的地缘政治运动，并将其打造成为一座冷战时期美国军事与情报行动的中心基地。一方面，政府秘密操控伊朗反政府组织，暗地与神秘的 B 先生以及军火商格林利勾结，加强反共势力；另一方面，政府怂恿马克斯·布卢一干人等进行政治暗杀，密谋扩大其地缘政治的影响。这种阴谋政治最终导致图森集结了所有的恐怖势力与非法行径，城市四处弥漫着死亡的气息，使生活于此的居民时刻都处于恐慌之中。在墨西哥方面，图斯特拉－古铁雷斯则成了图森在第三世界中的一个缩影。这里的政治精英们一致接受美国冷战时期的化约论，将不同场域的内在逻辑统一化约为二元对立关系，否定一切阶级之间必然的对应联系，反对各个阶层的政治、文化自主性，将一切可能挑战他们权威势力者，都认定是共产主义的颠覆分子。小说中，以一半印第安血统的资本家梅纳多和以美国前大使 J 上将等为代表的墨西哥精英阶层，寄期于在政治与经济上与美国政府达成依附关系，因为他们相信，只要在全球共同抵抗共产主义蔓延的战役中取得胜利，他们便可实现对第三世界民众的霸权统治。

不得不承认，西尔科笔下的这种美国社会偏执狂的心态与阴谋论的思想，俨然已成为极权主义的一对共生体，其邪恶的形象潜伏在美国政治体系中的黑暗角落，政治道德危机与民众思想恐慌逐成当下美国社会的主色调。西尔科在创作《死者年鉴》时便已意识到这种地缘政治带来的后果：

> ……图森的警察系统十分腐败。……原来美国政府生产可卡因，因为他们要供给尼加拉瓜反抗军来对抗桑地诺民族解放阵线成员。这一点已经众所周知，也成为了一个很大的丑闻，美国政府想要极力地掩盖它。……他们用军用飞机来运送这些毒品，这在图森也是人尽皆知的。①

---

① Thomas Carothers, *In the Name of Democracy*：*U. S. Policy Toward Latin America in the Reagan Years*，p. 154.

这种政府的非正义行为揭露了作为统治者的资产阶级其贪婪的政治本性以及冷战时期西方民众所处的焦灼境地。所以，当西尔科开始提笔时，她"便意识到这部小说不会那么简单，也意识到这部小说将会写些什么"。①

小说伊始处的一句"美洲大陆上的印第安战争从未停止过"，② 坚定地表明西尔科的这部小说意在颠覆地缘政治与民族身份的冷战范式。在冷战时期的地缘政治模式下，作者以一种全球化的视角，将不同种族与不同民族的联合，来共同抵抗冷战时期美国社会中的偏执现象。为了达到正义的目的，西尔科在小说中筹划了一次革命。她以图森为中心，将原本已被美国政府圈定为反共联盟战线的一些拉丁美洲国家，转变成为第四世界共同抗争的联盟。小说中的年鉴成为第四世界民众反抗的精神动力。贯穿整部小说最重要的一个线索便是如何解读由莱卡和泽塔共同守护的玛雅年鉴。作者此处刻意让读者见证这份年鉴的破译过程，一方面，可使读者了解年鉴上记载的业已遗失、与部落物质文化密切相关的历史记忆；另一方面，也强化了读者对土著民族遭受五百年殖民的政治与文化压迫的感知，从而引起对美国社会中正义问题的关切。在西尔科的笔下，这部年鉴成了土著文化之脉，也成了第四世界民众的精神武器。正如小说中所言，"年鉴具有一种力量，能让美洲大陆所有部族的人联合起来夺回土地"。③

在古老年鉴的指引下，西尔科将西方马克思主义融入到了这次革命斗争之中。作者在小说中塑造了安吉丽塔这样一个人物角色，她是一名典型的马克思主义者。安吉丽塔不仅熟知马克思思想，也深谙其中的政治力量。她同马克思一样谴责资本主义那种"盗窃""掠夺""抢劫"的占有规律，并且希望通过斗争获取政治权利的平等，最终达成资本主义政治制度的正义性。在安吉丽塔眼中，马克思是一位"用流着血的双手擒制大英帝国资本家"的救世主，④ 也只有"马克思了解部落人们的思想"，⑤ 因为他把正义视为合理的社会标准。安吉

---

① Thomas Carothers, *In the Name of Democracy: U. S. Policy Toward Latin America in the Reagan Years*, p. 154.

② Leslie Marmon Silko, *Almanac of the Dead*, p. 16.

③ Leslie Marmon Silko, *Almanac of the Dead*, p. 569.

④ Leslie Marmon Silko, *Almanac of the Dead*, p. 312.

⑤ Leslie Marmon Silko, *Almanac of the Dead*, p. 520.

丽塔在第四世界中传播马克思主义的思想，鼓励第四世界民众反抗白人的种族殖民压迫。她将她所理解的马克思主义汇集成了另一部"年鉴"，上面记载着从古到今土著民族一系列的起义和抗争。安吉丽塔认为，"马克思明白……在历史中蓄藏着寻求着正义的那些无眠无休的力量……"。① 为此，她建立了"正义与资源重分军"（Army of Justice and Redistribution），希望发动更多第四世界民众加入印第安人的反抗运动之中。

除了安吉丽塔及土著双胞胎兄弟塔科与埃尔·费奥这样的抗争领导者外，西尔科还塑造了一系列其他人物角色来共同抵制冷战下的美国意识形态与政治压迫。如亚裔电脑黑客阿瓦·吉帮助泽塔和其他一些革命分子攻击美国的电网系统；残疾退伍军人黑裔土著人克林顿创办了一个电台广播节目，为反抗造势；退役军人蓝博·雷在图森的周围秘密召集无家可归的流浪者及退伍老兵，成立了"流浪者之军"。

这些原本属于边缘群体的第三世界民众，在西尔科的笔下成为反抗第一世界、瓦解地缘政治阴谋、寻求社会正义的第四世界斗士。此时的西尔科已意识到文化身份的重构必须摆脱狭隘的民族主义，要吸纳全球化下的各种优秀理念与观点。最终，西尔科小说的目标是使人们逾越了种族、民族、性别、阶级的鸿沟，为不同社会文化现象之间创造联系。诸如，不同的身份、不同的地域及不同社会关系，在全球化的趋势下都变得彼此相互交错、关联。所以说，从长远的观点来看，西尔科的小说具有某种启示性，在她的笔下，全球化与本土化的互动，或者说是一种"全球本土化"的发展趋向，已成为未来世界文化发展的可能。

三、融合观的初现与政治伦理理想

一如上文所述，西尔科将不同民族、不同种族的人民联合起来共同抵抗冷战格局下美国政府的政治阴谋，作者的最终目的是要书写一种以正义、平等、民主的融合观为主线的政治伦理。不难看出，西尔科这部后殖民小说中描写的世界，已逾越殖民者与受殖者简单的二元对立模式。此时作者已不再拘泥于将《死者年鉴》打造成一部表述土著民族身份的重要意象来源，她希望将世界变为

① Leslie Marmon Silko, *Almanac of the Dead*, p. 316.

一个第四世界的"地球村"（global community）。① 这里可以包容不同文化传统的差异性，也可以包容各种文化之间的共同特征。正如作者曾经说道，这个世界上的族群"没有什么可以只是黑色，或只是棕色，或只是白色"。②

西尔科笔下的西半球俨然成为一个整体，在这里没有国家、民族等政治界线的存在。作者将不同种族、不同类别的人聚集在小说的中心地点——图森。他们有非裔美国人、阿兹特克人、古巴人、危地马拉人、海地黑种印第安人、霍皮人、因纽特人、拉古纳人、拉科塔人、墨西哥人与雅基族人。这些人的身份更是种类杂多，从黑手党到退役军人，再到流浪者；从企业家到毒枭，再到脱衣舞娘，等等。他们"就像是杰弗里·乔叟《坎特伯雷故事集》里的前往坎特伯雷大教堂去朝拜圣托马斯·贝克特圣像的人们一样"。③ 他们最终希望可以打造一个公平、公正的第四世界，不再是帝国话语延续表达的第四世界。

在破解年鉴的过程中，西尔科刻意将塞斯设定为关键角色，她也是小说中唯一一位被拯救的白人女性。印在《死者年鉴》封底上的《纽约时报》书评这样评价塞斯：

> 处于《死者年鉴》核心地位的是塞斯，她这个深受困扰而又神秘的幸存者，得以从一个充满投机、高风险的贩毒世界中逃脱。在这个世界中，现代美洲大陆需要与美国土著传统共同处于危险之中。……在图森，她遇到了一个十分有名的灵媒——莱卡……。莱卡更重大的任务是去抄录写有她族人们历史的笔记——美国土著人的死者年鉴，这本笔记十分古老，而且已经残破不全。

塞斯之所以处于整部小说的核心地位，是由于她见证了西尔科融合观的实现。塞斯还是一个幸运儿，她的幸运不仅是由于摆脱了皮条客蒂尼与毒枭博费雷，最为关键之处是融合观使她成功地寻得新的人生目标与真谛。在抄录与翻译年鉴的过程中，塞斯将自己经历的痛苦与不幸融入这部记录着印第安人点滴

---

① Mary Ellen Snodgrass, *Leslie Marmon Silko: A Literary Companion*. Jefferson: McFarland, 2011, p. 48.

② Leslie Marmon Silko, *Almanac of the Dead*, p. 747.

③ Mary Ellen Snodgrass, *Leslie Marmon Silko: A Literary Companion*, pp. 48–49.

的史书中,从而使这部年鉴也成为记述白人遭遇的一部融合的典籍。可见,作者笔下的这种联盟不仅仅是跨文化、跨宗教的联合,还包括持有不同政治目的的人共同合作、共同对抗美洲大陆上的不公正。

在西尔科看来,第四世界的构建并不是将尘封许久的土著文化习俗强加到当下的美国社会中,而是重新挖掘并革新土著文化中的优势与精神信仰。西尔科在小说中充分地表现出土著民族文化的宽容性与忍让性,她渴望用一种语言描绘文化多元性的全球交集,以土著文化的包容与融合特质来化解全球冲突。

在《死者年鉴》中,西尔科将融合的土著民族性扩展到"西半球、甚至是全球的范畴上"。① 但作者对于"泛部族"(pan-tribal)融合的提倡,却触动了一些顽固的民族主义者与历史修正主义者的敏感神经。对西尔科这种跨文化的融合,土著学者保拉·古娜·艾伦(Paula Gunn Allen)的批评很是尖锐,她认为西尔科的第一部小说《仪典》就是一部"混血儿"的作品,西尔科创作的唯一目的就是"一个作家如何企求(被主流文学)接受"。② 民族主义者库克琳(Cook-Lynn)认为西尔科与其他一些当代土著作家,如司哥特·莫马戴、路易丝·厄德里奇、詹姆斯·韦尔奇等人一样,虽在文坛获得了成绩,但却"为了获取主流读者的兴趣,而远离民族关切,"她在评价《死者年鉴》时,认为小说并没有有效地维护部族的主权。③ 这些评论家认为,西尔科小说强调的跨文化政治与精神融合并不会加强美国印第安部落的主权诉求,只不过是作者受到其成长环境的影响,将事物憧憬得过于美好而已。然而,这些评论家都忽略了小说中西尔科对民族文化与民族传统的挚爱。在西尔科看来,这种跨民族、跨文化的联合更加强了作者对美国土著民族身份问题的关切。

不可否认,西尔科笔下的第四世界构想,是在社会现实性与历史进步性之间的张力中寻得发展动力,并不断向作者心中理想的融合观前进。作者认为,对融合观的批评是因其未能以印第安人的视角来思考。作为土著民族中的一员,

① Claudia Sadowski-Smith, *Border Fictions: Globalization, Empire, and Writing at the Boundaries of the United States*, Charlottesville: University of Virginia Press, 2008, p. 74.

② Paula Gunn Allen, "Special Problems in Teaching Leslie Marmon Silko's Ceremony", *American Indian Quarterly*. Vol. 14, No. 4 (1990), p. 383.

③ Elizabeth Cook-Lynn, *Anti-Indianism in Modern America: A Voice from Tatekeya's Earth*, Urbana: University of Illinois Press, 2007, p. 80.

西尔科与其他印第安人及他们的祖先一样，真挚地欢迎并接受新的居民与新的文化，他们不会在人与人之间去刻意筑起一道城墙、划出一道界线，因为他们的"人性……与灵魂不需要边界"。① 正如阿希克洛夫特所言，"文化融合是所有后殖民社会最有价值和不可避免的特性，它恰恰是后殖民社会特殊的力量源泉"。② 当西尔科的融合观一再受到土著批评家的否定时，作者并没有放弃，而是不断通过融合观寻求的普适性正义标准，使该主题在第三部小说《沙丘花园》中更加完美地展现出来，成为西尔科界定土著身份话语的新坐标。自此，《死者年鉴》为作者的融合观正式拉开了序幕。

《死者年鉴》延续了西尔科作品对土著民族身份建构一如既往的关切，但又不同于以往的作品，此刻的西尔科以第四世界为图景，更多地强调印第安文化与西方世界、其他文化间的关系。这种关系体现为一种包容、大同的融合观。所以，第四世界无疑成为土著民族未来发展的一个走向，而这一未来正是构建在他们先辈的信仰、力量及价值观的基础上。除此之外，作者将目光移至美国政治话语书写的伦理向度，直指潜藏于西方历史进步话语之下的种族、政治与文化的问题。在西尔科的塑造下，第四世界俨然成为帝国话语的有效"反述"策略。虽然"第四世界"这个术语在后殖民文学批评中尚未被广泛使用，但其政治与理论含义却十分耐人寻味。

---

① 赵丽：《论诺斯替主义与西尔科的世界融合观——以〈沙丘花园〉为例》，《东北大学学报》（社会科学版）2014 年第 3 期，第 219 页。
② 比尔·阿希克洛夫特、格瑞斯·格里菲斯：《逆写帝国：后殖民文学的理论与实践》，任一鸣译，北京：北京大学出版社，2014 年，第 26 页。

第十一章

"花园"与文化差异

继《仪典》和《死者年鉴》之后，1999年出版的《沙丘花园》是西尔科的又一部力作。同《死者年鉴》一样，《沙丘花园》的问世无论是在学术圈抑或在读者群都引起了不小的轰动。较之西尔科前两部小说或是深厚的民族文化情结或是强烈的政治性，《沙丘花园》在风格和题材上似乎都为之迥然不同。尤其是与第二部《死者年鉴》中的"死亡"主题相比较，《沙丘花园》则仿佛将读者引入了一个异国园林的世界，书中不再充溢着死亡的气息，而是连空气中弥漫各色花香，加之各种园艺，使人不由得为之眼前一亮。然而，这并不表示西尔科在《沙丘花园》中完全放弃了对土著文化身份的建构和对美国历史的政治诉求。只不过西尔科一改以往完全依托于印第安的神话和地方观来书写土著身份话语的写作模式，而是更多地以现实主义的笔法，透过主人公旅行的视角，向读者娓娓道出美国和欧洲主流社会中存在的问题以及印第安文化的弥足珍贵之处，这也让不少评论家不禁为西尔科多变的创作风格为之一叹。

《沙丘花园》是以19世纪末为故事背景，整个故事讲述了生活在美国西部贫瘠保留地的印第安姐妹樱迪歌（Indigo）和萨尔特（Salt）的离家—归家之旅。从小便生活在保留地的姐妹二人为躲避政府的同化政策，一路逃亡，却在途中失散，妹妹小樱迪歌被一对新婚白人夫妇海蒂·阿尔伯特（Hattie Abbott）和爱德华·帕尔默（Edward Palmer）收养，跟随养父母开始了一段环游世界的旅程。小说以妹妹在旅行中遇见形形色色的花园为主要线索，以不同的花园隐喻不同的民族文化，借此表达出作者对不同民族和文化在相互碰撞后所引发的矛盾的思考。透过小女孩天真无邪的眼睛，西尔科比较了土著文化和西方文化，进而论衡了两种不同的世界观和价值观。在小樱迪歌的旅行中，西尔科也逐步实现了其融合观构想。此外，需要注意的是，该小说一反土著文学的惯常做法，故事场景不再囿于美国本土，而延伸至欧洲和南美洲，这正是作者融合观的一个表现。

随着故事情节的展开，代表着不同文化和不同价值观的花园景象跃然于读者面前。西尔科之所以选取花园作为小说的中心意象，其原因之一便是，无论是在美国土著文化中，还是在西方的文化中，花园都有着很重要的文化地位。在印第安人的日常生活中，园艺和农业是土著人为之骄傲的技能。而在印第安文化中，他们所信奉的神祇大多都与自然界有着密不可分的联系。他们的观念体系认为，人与自然始终处于核心地位，自然万物对于印第安人来说都是具有生命的，他们相信万物有灵论。同时，他们坚信人与河流、土地、动物、树木等自然界的一切生物都处于平等的地位，人应该对提供给他们生活必需品的自然界心怀感激。故此，花园在印第安人心中是崇高与圣洁的地方，它蕴载着人类的生活和希望。

相比之下，在西方的宗教文化中，花园这一意象也有着十分重要的地位。西尔科阅读了许多西方文学经典著作，她发现"花园在早期的基督教中，如在《圣经》中，都十分重要的意象，对《古兰经》而言，花园也是非常重要的意象。在三大一神论的宗教中——犹太教、伊斯兰教与基督教——花园这一意象具有十分重要的意义。"① 花园作为一种意象出现在西方的文学作品中，最早可以追溯到《旧约全书》（*Old Testament*）中的"伊甸园"（Garden of Eden），它在《圣经》中亦被称作"上帝之园"（Garden of God）。在《旧约全书》中，花园这个意象主要是集中在《创世记》（*The Book of Genesis*）之中。而在《以西结书》（*The Book of Ezekiel*）、《以赛亚书》（*The Book of Isaiah*）以及《新约全书》中，花园这一意象也直接或间接地被提及。此外，在古希腊神话中，也有专门描写花园的章节，其中的"赫斯珀里得斯花园"（Garden of the Hesperides）就是一座与伊甸园相似、充满喜悦和幸福的花园。根据希腊诗人斯特西克鲁斯（Stesichorus）在诗歌"吉里昂之歌"中的描述，这个花园坐落于伊比利亚半岛。它是宙斯之妻赫拉的果园，在那里种植着可以让人长生不老的金苹果树。② 依上所述，花园无论是在印第安文化中，还是在早期西方文化中，这一意象都被

---

① Ellen L. Arnold, *Conversations with Leslie Marmon Silko*, p. 167.
② 参见：http://en.wikipedia.org/wiki/Hesperides.

看作是快乐、幸福、纯洁的，人们或是可以从这里通往天堂，或是可以在这里联结着保护人类的神祇。然而，随着时间的流逝，当整个欧洲逐步迈入资本主义工业社会之后，花园的作用似乎也不再如从前一般。这一点，通过西尔科笔下所展现的不同花园，便可得到很好的诠释。

一、西方花园与消费社会

花园这个意象在早期的西方文化中虽被视作幸福、美好之地，意指与天堂一步之遥的地方。但就是这最初的一步之遥却使花园随着西方现代资本主义的蓬勃发展而越发地远离了这个意象。西尔科在第二部小说《死者年鉴》中，对马克思主义进行了新的阐读，而在《沙丘花园》中，作者延续其对资本主义经济形式的批判，将矛头直指当下西方消费社会存在的一些弊病。小说的故事背景虽选取在 19 世纪末，西尔科却在影射当今资本主义制度下消费理念的改变。使物品脱离其最初的价值体系是小说批判的主要观念之一。由于消费社会的产生，花园的意义也逐步过渡为一种消费产品。法国哲学家波德里亚认为，此时，制约花园的不再是"自然生态规律，而是交换价值规律。"①

小说中，最为明显的一个例子就是爱德华的妹妹——苏珊（Susan Palmer James）精心打造的花园。对于这座花园的设计，苏珊可谓是大费周章、极尽奢华。当小樱迪歌第一次踏入苏珊的花园时，她惊愕不已。因为映入眼帘的是"一幢幢宏伟、崭新的温室，从海滩上方的牧场中拔地而起。"② 这也是樱迪歌人生第一次与如此奢华、规模如此庞大的物化社会正面接触。花园整体设计为蓝色，并被命名为"假面舞会下的蓝色花园"（the Masque of the Blue Garden）。为了建造这个花园，苏珊将原有的意大利式花园拆除并重建，目的就是想要参观这个花园的客人感受到其中的奢靡，从而进一步肯定她在上层社会的地位和形象。在苏珊的眼中，此时的花园"……好似一条链子、一个几乎无法分离的整体，它们不再是一串简单的商品，而是一串意义，因为它们相互暗示着更复杂的高档商品，并使消费者产生一系列更为复杂的动机。"③

---

① 让·波德里亚：《消费社会》，刘成富、全志刚译，南京：南京大学出版社，2000 年，第 2 页。

② Leslie Marmon Silko, *Gardens in the Dunes*, p. 155.

③ 让·波德里亚：《消费社会》，第 4 页。

当海蒂与小樱迪歌一行人到达蚝湾（Oyster Bay）时，正值当地的夏天，为了能达到让"七月份的水仙、盛夏的紫藤花，在这里全部都已实现……"① 苏珊用冰块来给温室强制降温。西尔科对这一场景给予了如下的描述：

> 就在这（温室）里（几乎不可能的）事情都实现了。苏珊打开了玻璃门，樱迪歌感觉到一般清爽的冷空气直面而来。由于每周三次要运送冰块过来，所以在这位苏格兰园艺师的温室里可以感到一阵阵的凉意。（在这里）甚至是温室里的光线强度也是受到控制的，（他们）用薄棉布进行遮盖来影响光照的时长，这样，一盆盆的紫藤花，被修剪成优雅的树状，为了假面舞会下的蓝色花园，紫藤花上面将装点着天蓝色的小瀑布与怒放着的、纯白色的花朵。②

不仅如此，为了使花园的背景达到伊甸园般的效果，苏珊命令她的园艺工人用各式的花朵来"制造一个闪闪发亮的布帘，上面嵌满那些鲜艳欲滴、含苞待放的花朵。"③ 此外，苏珊不惜斥巨资，将那些原本不属于这里的植物统统地移植过来，而这些花木的价值仅仅存在于苏珊的盛大晚会的那一晚，过后便会被丢弃。当苏珊与她的苏格兰园艺师将高价购得的树木远抵花园时，西尔科透过樱迪歌那双纯真的眼睛，审视着这有违自然规律的一幕，揭露了苏珊一类人对于自然缺乏最基本的尊重：

> 樱迪歌被眼前的景象所惊呆了：一棵被帆布包裹着的参天大树无助地躺在花满铁链的平板马车上，它的叶子随着树干摇晃的节奏无力地颤动着，那些潮湿土壤的印迹仿若暗红色的血液一般渗过帆布。当大树被一寸一寸挪动时，樱迪歌听到了咯咯吱吱的声音，好像在痛苦地呻吟——这声音不是来自马车，而是发自那棵大树。那个苏格兰的设计师与苏珊就坐在随后的小马车里。④

---

① Leslie Marmon Silko, *Gardens in the Dunes*, p. 183.
② Leslie Marmon Silko, *Gardens in the Dunes*, pp. 183 – 184.
③ Leslie Marmon Silko, *Gardens in the Dunes*, p. 195.
④ Leslie Marmon Silko, *Gardens in the Dunes*, p. 183.

这一切只是为了展示苏珊的财富是可以掌控自然的以及其强大的欲求模式。这座花园的最终目的也只是为了满足苏菲心理上的荣誉和礼仪上的需要。因此，苏珊在意的只是"这些树是否会在晚会当晚及时恢复生机和外貌。"① 这便是"在现代所谓'消费社会'中需要和渴望已经超越基本的需要和生理渴望了。"② 在苏珊的眼中，所有的植物只不过是她用来衡量其名望、凸显其阶级地位不同的一种标志，以此来得到社会认同感，从而帮助其跻身上层社会。这种肤浅的价值观俨然成为苏珊的信仰，恰如让·波德里亚所说，"这里所信仰的，是标志的无比威力，富裕、'富有'其实只是幸福的符号的积累。"③ 同时，由于其欲望和需求的不断扩大，苏珊的"消费"显然已变得没有止境。这一价值观也很好地诠释了"商品"和"消费"会成为后工业社会中的"独宠"。

与她有同样想法的人还有她的哥哥爱德华·帕尔默。帕尔默身为一名植物学家，为了获取更多的利益，他完全抛弃了他在学术上的追求，挺身涉险地寻找那些价钱昂贵的植株。在纸醉金迷的美国社会中，帕尔默将他多年来习得的知识作为谋利手段为自己开辟销售市场，而这也正迎合了美国人的消费需要。因为人们不再把植物单纯地视为或观赏或食用的存在，而是将其看作彰显身份和地位的象征。这正是在后工业社会，消费俨然成为人类活动的主宰，它成了自我实现的全部过程。这便给帕尔默以很大动力来走私大量的外来植物再运回美国，以谋取巨额利润。从某种程度上讲，无论是苏珊还是帕尔默的做法都是作者对西方资本主义的一种控诉。它将消费提升到了前所未有的高度，并以消费构成一个欲望满足的对象系统。人们再也无法从精神世界中寻求慰藉，只能从消费中得到精神的满足，甚至是人生的幸福和意义。

然而，不难看出，像苏珊的这种消费已逐渐发展成了一种消耗。在摆脱了理性的束缚后，过度消费俨然成为了一种实实在在的破坏，这样做的目的只是为了证明他们的存在和价值。实际上，过度消费揭示了西方社会中对物质过度崇拜与迷恋的病态状况。正如波德里亚所言："今天在我们的周围，存在着一种由不断增长的物、服务和物质财富所构成的惊人的消费和丰盛现象。它构成了

---

① Leslie Marmon Silko, *Gardens in the Dunes*, p. 183

② http://www.culstudies.com/rendanews/displaynews.asp? id=3709.

③ 让·波德里亚：《消费社会》，第9页。

人类自然环境中的一种根本变化。"① 随之产生的经济活动除了带来了生态环境的破坏之外，也带来了文化危害。共同价值的判断变得越发的难以确定。尽管这个花园极尽繁华，但却是透露着已被伪装过的虚伪，它只是主人苏珊那种风头主义（exhibitionism）的一种表现，但却无法掩饰繁华过后，苏珊那种内心空洞。这恰恰证实了"消费社会的主要代价，就是它所引起的普遍的不安全感……"②

　　花园这一意象一直伴随着西方文化的发展，当西方社会迈入资本主义阶段之时，花园在某种程度上也会反映出资本主义的某些特质。所以当西尔科在小说中对不同的花园进行描述时，很难不让人联想到小说中一些花园的意象是否是依靠着资本主义经济的发展才得以存在，如小说中所描写道的苏珊为了使花园达到她的理想状态，而不远万里从国外移植珍惜的植株回来。在面对此种质疑时，西尔科的回答是，"这便是为什么樱迪歌要成为那个在长岛上看见罗伯·巴伦花园的人。因为她会爱上这些花园，花园在她的眼中与在读者眼中是不同的。那些可怜的树是没有什么过错的，或者说花园本身是没有过错的。这就是一种挥霍性的消费。"③ 这种消费理念似乎是西方社会在不断发展过程中所残留下来的糟粕。在西方人的世界观中，人类一直被视作自然的主人。首先，基督教的神学目的论传统是西方现代文化体系的重要渊源和基石。与美洲大陆上的印第安宗教的自然观不同的是，基督教中的创世学说坚信，只有人类是被上帝赋予了神性，从而相较其他生命而言，具有明显优越的价值属性。所以说，自然万物存在的价值则是以人类的利益为需求的，人类因此成为自然的主宰者。在西方社会中，人类中心论一直居于文化思想演进的中心位置。到了中世纪时期，著名的经院哲学哲学家和神学家托马斯·阿奎那曾指出，一切动物的存在均以人的存在为目的，这是神的安排，而启蒙哲学家们对理性的推崇再一次强化了基督教的人类中心主义这一观点。西方现代哲学思想的奠基人勒内·笛卡尔也曾反复论证，并提出，在自然界中，只有人类才拥有上帝赋予的理性意识和不朽灵魂。到了 18 世纪，欧洲最具影响力的思想家之一康德也认为人类因理性能力的存在而优于其他动物，并提出人类主宰动物的合理性。19 世纪时期，

---

① 让·波德里亚：《消费社会》，第 1 页。
② 让·波德里亚：《消费社会》，第 21 页。
③ Ellen L. Arnold, *Conversations with Leslie Marmon Silko*, p. 181.

西方现代哲学的开创者尼采便已经对工业社会下的消费概念给予了肯定，"规则就是力量，为拥有'多余''更好''更快''更经常'的野心所进行的斗争。"由此可见，在西方的思想体系中，人类的位置始终居于自然之上。这一思想只有在达尔文的进化论遭到了驳斥。达尔文认为，因为人类是与自然界的生命形态有着血缘关系，所以进化论揭示了人与自然万物应该处于平等地位。这无疑撼动了人类中心主义的思想基础，导致人类开始重新思考人与自然万物之间的关系。但进化论对这种关系的阐释却是基于科学主义经验论之上的，而不是在超验层面上对生命现象进行思考，更不能像美国土著文化那样，以想象的方式寻求与造化众生的不在场的生命本体的精神交流。作为新的部落神话，西尔科笔下的消费意识已经成为西方社会的风尚，而这种风尚在作者看来，却是逐步摧毁西方社会的导火索。

不可否认，现代工业社会所产生的生产主义和消费主义经济模式已将所有事物商品化，从而使自然万物成为附属于现代文化和文明的人工制品。所有自然之物的存在之目的就是要满足人类日益膨胀的消费欲望以及贪婪逐利的生产需求。这便导致生产与消费之间的无休止加速循环，从而成为现代文明向自然界大肆扩张的经济动因。广袤的大自然被无情地卷入人类现代文化的进程中，饱受着人类的奴役、摧残和杀戮，目的旨在满足人类无法被满足的享乐欲望。小说中，诸如爱德华和苏珊一类人已经被统治者所刻意制造出来的物的符号这种消费系统所钳制。西尔科在《沙丘花园》中无不在告知大家，在当今这个以消费为指称的当代资本主义世界，社会的政治机制运转已不再依靠生产与积累，而是依仗消费，这样便造成了人对自然单向度的功利主义态度。在此，爱德华扼杀了自己作为一名植物学家的前途，还扼杀了他的家庭、他的爱情，这一切却均发生在消费社会为其所营造的海市蜃楼中。作为这一过程的主体性的人，只能怀揣所谓的物质社会的真实感，在不知不觉中将自我扼杀。这是西尔科想要揭露的西方资本社会最大的恐怖之处。西尔科通过这部小说，给读者以空间，可以从更多理性的角度来思考社会发展的代价。

然而，西尔科在这里并不是执意否定资本主义所有的经济模式，在一次访谈中，西尔科自己也说道："在此，我并不是在谈论自由市场经济或者私有财产。我是在讲崇尚放任主义（laissez faire），将人踏于脚下、视为尘土，并不断地摧毁地球的资本主义。"① 不难看出，对于经济的论断西尔科有着自己的一种构想，她认为：

> 美洲大陆上的土著人民也有市场。好多人也想要运用资本主义这一名词：你制作一些东西，你来到市场，我做了一些东西，我也来到市场，我们进行交易。这却不是资本主义。你制作东西，我种植东西，我们以物换物，这里没有钱、没有银行职员、没有中间商的存在。这里也不会有骗子存在，也就没有资本主义的存在，那仅仅是交易，那才是经济。才是个人企业。资本主义就是一个中间商、是银行、是政府、是所谓的经济系统，只会予利于大人物，而挤压普通百姓。②

在西尔科看来，无论是资本主义、还是共产主义、或是社会主义都是一种社会机器。这种由功利主义的文化思想引发的压迫性的观念框架，从古至今，始终贯穿于各种哲学思想、宗教信念、科学范式以及社会经济体制中，从而造成了现代人的人类中心主义的价值取向。功利主义操纵着人们的行为和意志。不得不承认，西尔科对资本主义的看法稍显偏激，她所认同的经济发展模式的确已经不能再适应当今社会的发展，这也许就是作者作为一名理想主义者所拥有的局限性吧。

二、土著花园与自然崇拜

鉴于花园这一意象在西方文化和印第安文化中的重要性，西尔科认为，花园所起的作用"或是作为一种文化意象；或是作为一种历史范畴。它们象征着审美价值和思维定式，它们代表着某种社会阶级，或是人与自然相对，或是人与自然统一。"③ 小说中，西尔科对于花园的喜爱之情已溢于言表。在作者看来，这是一种与自然相融的方式，同时，也表达了西尔科为印第安人以自然宗

---

① Ellen L. Arnold, *Conversations with Leslie Marmon Silko*, p. 185.

② Ellen L. Arnold, *Conversations with Leslie Marmon Silko*, pp. 185 – 186.

③ Angelika Köhler, " 'Our Human Nature, Our Human Spirit, Wants no Boundaries': Our Human Nature, Our Human Spirit, Wants no Boundaries ," *American Studies*, Vol. 47, No. 2, 2002, p. 241.

教信念为核心精神的原始文化之生态价值进行解蔽的不懈努力。由于深受印第安文化的影响，西尔科对花园的这份挚爱可以追溯到她的孩提时代。在她的记忆中，小时候拉古纳部族的房屋前后院里都会被开垦出来，作为菜园来种植一些他们日常所需要的食物，而在植物的种植过程中，印第安人始终会与自然保持一种良性的循环。

在小说的开头部分，西尔科便描绘出一幅人与自然和谐相融的画面：

> 雨水闻起来有种神圣的味道。曼陀罗花盛开着，就像满月一样又圆又白，遍布各个沙丘，到处都可以呼吸到这种神奇的芬芳。……在（樱迪歌）脚下的沙土还是温热的，但是在微风中飘逸的细雨却是那样的清凉——如此清凉——打在脸上让人为之一振。她深吸了一口气，跑上了沙丘，萨尔特姐姐正赤裸着身体躺在雨中。她把粗糙的麻布衣拉到头上，感受那雨和风打在她的身上是如此的清凉、如此的芳香。远处传来阵阵低沉的雷声，风也开始旋转地刮动，雨滴更大了些，她将头仰起，像萨尔特姐姐那样张大了嘴。她吞下的雨水就像风一样凉爽。她在空气中奔跑着、跳跃着，在温暖的沙子上一遍又一遍地翻滚着，这真是太美妙了。她抓起数把沙子，放置到了腿上、肚子上和肩膀上——雨滴变凉了，但沙土的余温却让她感到如此的美好。①

这一段的描写恰如其分地表现出印第安人在自然中所享受到的快乐。由于"所有印第安人的生活都跟大自然密切相关，"② 他们的衣、食、住、行都离不开自然的眷顾。在他们的观念中，人的生存是完全依仗于自然的恩赐。人对自然充满了尊重与敬畏，无论是狩猎还是伐树，他们从不过多获取任何资源。在他们看来，对自然资源肆意掠取是有违天意的行为，必然会招致恶报。在美国土著文化中，花园是种充满了圣洁物质的意象，它保障着印第安人的生活所需，使他们从花园中获取食物，而印第安人更是对花园怀揣着感激和敬意。植物也被赋予了生命，"他们仿似照看婴儿一般来照顾这些植物。……这些植物会聆

---

① Leslie Marmon Silko, *Gardens in the Dunes*, p. 13.

② 威尔科姆·沃什拍恩：《美国印第安人》，第19页。

听，……（弗利特奶奶）总是满怀敬意地与这些植物打着招呼。不要在植物周围争吵或打架——这种不好的感觉会让植物枯萎的。"① 亲近自然、敬畏动物的土著文化精神尤其体现为超越实用层面的对动物灵性的强烈认同和尊崇，以及对人与自然神圣关系的深切领悟。这也是西尔科之所以将她虚构的沙蜥族描述成为一群沙漠的居住者的原因，他们正是处于与自然和谐共处的环境中。从这一点来讲，沙蜥族身上所体现的特质正是整个印第安民族的性格特点之一，尤其在祖母弗利特对孩子的教育上尤为可见。她与她的两个孙女不畏艰辛地将贫瘠的沙漠改造成为一座花园，虽然里面没有种植任何名贵的植物，但却足以保障他们的生活。在白人殖民者还未到达这片大陆的时候，沙蜥族的人民守护着这片在沙漠上的花园，过着自给自足的生活。沙蜥人相信自然会赐予他们雨水和阳光。弗利特奶奶，作为沙蜥族现存的长者，她遵循着祖先们的做法，对自然世界充满了崇敬之情，并以身作则地来训诫小樱迪歌和姐姐。小说中，西尔科这样描述印第安人的这个文化传统：

> 沙蜥族告诫他们的孩子要学会分享：不要贪婪。每到丰收的季节，第一批收获物的食物是属于我们至爱祖先的灵魂，而他们将换化做细雨飘落于我们身上；第二批收获的食物是属于鸟儿和野兽们，为了感谢它们在春天没有吃掉种子和幼苗。将第三批收获的食物送给蜜蜂、蚂蚁和螳螂，以及那些一直照顾着这些植物的生灵。（我们将）一少部分的精选西葫芦、南瓜、豆类植物留给沙地、放在根叶下，让它们慢慢枯萎、回馈给大地。下一个季节，在雨水过后，那些豆子呀、南瓜呀、西葫芦呀就会在上一年留下的干枯的根茎和叶子间发芽、生长。这是古老的沙蜥人一直坚持以这种方法重新播种，因为人类是不可能独立生存下去的；如果他们忘记在适当的时候播种，那么，下一年他们也许会没有办法生存下去。②

土著民族文化中强调与自然共存的这一特质，还包括要与鹰或狼分享它们猎到的食物，也包括在饥饿、无食物的时候到鼠窝去寻找田鼠们盗运回来的食

---

①　Leslie Marmon Silko, *Gardens in the Dunes*, p. 14.

②　Leslie Marmon Silko, *Gardens in the Dunes*, p. 15.

物和种子。世代相传的狩猎生活，使印第安人学会了通过细心的观察和灵敏的判断去感知动物的灵性，从而使他们可以以直观的生命体验去探索自然界中所存在的精神禀赋。弗利特奶奶经常会教导两个孩子，"老鼠做的这些都是为了你们，所以不要去伤害她。"① 在白人殖民者没有到来之前，这片土地拥有"广阔的平原，美丽的山峦，蜿蜒的溪流，所有这一切对印第安人都是驯良美好的。"② 对印第安人来说，只有与自然共融他们才能继续繁衍，人类不应该对自然有过多的干涉。

从某种意义上讲，对自然的守护就是对印第安整个种族进行守护。这一点在小樱迪歌的旅行过程中彰显无遗。她随着爱德华夫妇游走在美洲与欧洲大陆各地，当她遇到陌生的植物时，樱迪歌所采取的方式与爱德华大相径庭。她会小心翼翼地将这些植物的种子包起来、放入纸袋里收藏好，期待着将它们带回她的家园，种在家中的花园里。这样做的目的是为了不破坏植物原有的生态，又可以在新的地方将它们继续繁殖。同时，由于种子象征着一种希望，将种子种在印第安人的花园中，也象征着他们的文化和生命会永不停息。而爱德华以及苏珊等人却没有意识到种子所包含的这一层寓意。他们过于功利、急于求成，将植物整体运回美国，却完全忽略了自然的感受。于樱迪歌来说，食物是与播种和收获紧密相连的，当她来到白人的世界，在她经过一片久未耕作的土地时，她为之诧异的是，"如果他们不耕种这些土地，那些白人是在哪里得到食物的呢？"③ 小姑娘不经意的一句话折射出了两种不同文化对待自然截然不同的观点。在印第安人的价值体系中，自然已经离白人的世界越来越远，似乎只有沙蜥族还是按照古老的习俗进行生活，与自然相互依存。由于可以超越具体形态的差异，印第安人可以洞察到存在于所有生命体的共同的神圣精神本质，这使得美国土著文化中对万物相互关联的深刻感受力以及人与动物的亲缘关系有着独特的理解。"悬崖峭壁、水草地、小马还有人，统统属于同一个家族。……对我们人民来说，地球每一部分都是神圣的……所有的事物都联系在一起，就像

---

① Leslie Marmon Silko, *Gardens in the Dunes*, p. 47.
② 李剑鸣：《文化的边疆》，第 19–20 页。
③ Leslie Marmon Silko, *Gardens in the Dunes*, p. 165.

血缘把一个家族联系在一起一样。"①

然而，白人却并不认同土著民族的自然观。关于印第安人与自然的关系，早期的殖民者便有很详细的记叙：

> 未开化的人完全沉浸于大自然的生活中，以至他们根本不区分自然的活动和人的精神活动，而把两者视为浑然一体。而我们，由于从年轻时起就习惯于把灵魂和身份、精神和自然分开，发现我们在这方面几乎不可能把自己改变成像未开化人那样生活；然而，这种对自然的思想和感情却构成了未开化人心智的主要部分。②

从上述话语中不难看出，当时已步入工业时代的欧洲人，在面对印第安人这种淳朴的自然观时，所流露出的只有不屑和蔑视。印第安人对土地、对自然的尊敬恰恰与西方社会企图征服自然的思想形成了鲜明的比照。白人对自然征服有理的思想，源自人文主义思想。这一思想可追溯到古希腊时期，早期的西方思潮坚持以人为中心，而现在为了追求现代化与城市化，自然俨然已为鱼肉，任人宰割。

这恰恰与印第安文化形成了鲜明的对比。印第安文化的中心思想之一就是提供一个新的视角来审视人与自然的关系。在小说中，西尔科尝试着逆转"人类中心主义"的思想，把人类从自然征服者的身份转变为自然的子民或成员。人类不应将自己视为自然的主人，我们应该学会如何去尊重自然、敬畏生命、肩负起维持生态和谐的责任和义务。在印第安人看来，"地球是一个完整的存在物，……我们可认识到了地球——它的土壤、山脉、河流、森林、气候、植物以及动物——的不可分割性，并且把它当作一个整体来尊重，不是作为有用的仆人，而是作为有生命的存在物。"③ 在此，西尔科阐述了土著文化的自然观："一切有生命的东西都应当受到尊重，甚至大自然中的一切，包括山脉、河流、

---

① 罗德里克·弗雷泽·纳什：《大自然的权利》，杨通进译，青岛：青岛出版社，2005年，第142页。
② 转引自威尔科姆·沃什拍恩：《美国印第安人》，第20页。
③ 何怀宏：《生态伦理：精神资源与哲学基础》，石家庄：河北大学出版社，2002年，第450页。

天空、大地，在内部都体现了宇宙间的一种神圣的和谐。"① 借此，作者也表达出其希冀于人类能与大地、与自然之间建构一种互惠、共生的良性关系之美好夙愿。

三、文化融合与完美花园

逾越不同文化、不同民族、不同种族之间的界线一直是西尔科的小说最为突出的特点之一，她的后两部小说《死者年鉴》和《沙丘花园》尤为明显。此时西尔科的写作目的，已经不仅仅局限于土著民族文化身份的建构，而更多的是在全球化的视域，来探究当下人类生存问题所在。如果说《死者年鉴》在某种程度上可以被视为一部政治预言小说，预示着在不久的未来政治和经济格局的改变。那么，《沙丘花园》便是一部着眼于当下的小说。在当今已被物化的社会中，西尔科无疑在着重强调一种精神生存方法。在一次访谈中，西尔科谈及这一点时说道：

> 我想这就是我试图要表达的事情——关于精神性以及不同的耶稣和弥赛亚的问题。它（《沙丘花园》）会为你提供一种方法，但它给你提供的是更为平和、更为个人、更为注重人与人交往的方法。相形之下，《死者年鉴》则以一种更为群体、更为全球的方式来表现出来。……我认为它（《沙丘花园》）给人们提供了看待事物的另一种方式，并提供了一种可能性，从而使人们以精神方式联合起来，去反抗。最后，我认为人与人之间一定会存在某种精神的共融。②

上述这段文字中所提到的"精神的共融"，是小说要传达的最终精神意向。通过这种精神共融，多种文化不再相互排斥，而是相互接受。其中，樱迪歌的环球旅行便可以被视为不同文化之间相融合的一个过程。小姑娘无论走到哪里都会收集当地特有的植物种子，再将这些种子装进一个蜡纸带里，小心地保管。这一点除了"表现欧洲花园植物种类繁多之外，还表现了她有意想把新的植物

---

① 鲁枢元：《生态文艺学》，西安：陕西人民出版社，2000年，第66页。
② Ellen L. Arnold, *Conversations with Leslie Marmon Silko*, p. 183.

种类引进到沙丘里面。"① 樱迪歌所收集的种子代表了印第安文化的一种复苏，而这种复苏正像是这些西方的种子一样，在土著文化的土壤中也得以生根、发芽。西尔科认为，"（无论哪里的）植物都是一种全世界的、跨文化的元素，并以此来界定文化全球化这一概念。"② 除此之外，西尔科将小说置于园艺者的视角下来打造这部全球化的小说。小说中，这些园艺者涉猎的范围极广，从印第安人，到中产阶级的白人，再到黑人，从而西尔科将印第安传统文化放入到一个更广阔的殖民主义框架内，使其可与更多不同种类的文化相连接。同时，通过这些不同国别和民族的园艺者，西尔科表达了所有的人都应当承担起他们对这个世界、对地球的责任。

在一次接受阿诺德的访问时，当谈及这本小说中所含有的多种文化时，西尔科这样说道：

> 在过去很长的一段时间里，我对在基督教之前的欧洲信仰颇有兴趣，所有那些异教徒们都会投身于那些神圣的树林和神圣的溪泉。我的德语翻译给了我一本关于古时欧洲奇妙的考古学的书籍。在这本书中，我竟然发现了，欧洲一些古代的物品表达出了欧洲的古文化对蛇的崇拜，就像我们普韦布洛的印第安人一样。所以，在世纪交替之际，我决定把这些元素，如兰花、剑兰，以及古代的花园、维多利亚时期的花园、印第安人的花园、古代欧洲的蛇鸟女神的形象写进这本关于两个小姐妹的小说中。③

西尔科并非迁强地把各种不同文化之间的差异采取很极端地同化方法，也没有把这些不同的文化都预想成为没有界限的存在，而是将全球化的世界看成是一个没有极权思想和霸权主义的整体。在这一点上，西尔科与爱德华·萨义德对全球化的看法大相径庭。爱德华·萨义德在《东方学》及《文化与帝国主义》中，将全球化诠释成为殖民主义的现代化表达。在西尔科看来，全球化可

---

① Mary Ellen Snodgrass, *Leslie Marmon Silko*: *A Literary Companion*, pp. 173–174.
② Elvira Pulitano, *Transatlantic Voices*: *Interpretations of Native North American Literatures*, Lincoln: University of Nebraska Press, 2007, p. 95.
③ Laura Coltelli, *Reading Leslie Marmon Silko*: *Critical Perspectives through Gardens in the Dunes*, Pisa: Pisa University Press, 2008, p. 9.

以消除那些人为建立在各个民族间、各个国家间的，用于把人阶级化和种群化的文化边界。白人眼中的小樱迪歌还只是"一个在白人的世界中游弋的沙蜥族小姑娘，"① 是低于白人阶级的印第安人。但樱迪歌在游历的过程中，她眼中的世界却是一个没有阶级的整体，人与人之间没有区别，只有不同的植物间才存在差异。她在各地收集了各种植被的种子，并将它们带回了丽都（Needles），种植在了弗利特奶奶留下的花园中。这些种子代表着不同的文化，最终将它们种在同一个花园中，则象征着不同文化的融合。

随着樱迪歌开始她的环球旅行，这个小姑娘在印第安文化与外界文化之间架起了一座桥梁。在樱迪歌与萨尔特姐姐重逢并返回丽都时，她将新的文化也注入进了丽都。这种杂糅体现了沙蜥族人生命的顽强性，以及印第安文化的独特性，同时也表达了西尔科意在将不同文化融入土著文化中的渴望。批评家埃尔韦拉·普利塔诺（Elvira Pulitano）认为，小樱迪歌在布朗温姨妈（Aunt Bronwyn）的花园中所看到那些蛇和熊的石像，以及在劳拉（Laura）的花园中，她所见到的美杜莎头像和人马像，都是象征着西方的原始文化。在看到它们时，樱迪歌所做出的反应可以被看作是"基督教出现之前的欧洲与美洲的土著民族之间的一种亲密的情感联系，而这种密切关系是海蒂和爱德华所无法感受得到的。"② 樱迪歌的这一次欧洲之行，让她领悟到了很多不同种族或不同宗教之间所存在的关联。小樱迪歌其本身也是文化融合的一种表征。作为沙蜥族的成员之一，她同她的姐姐一样，并非拥有纯种的印第安血统。她的杂糅身份，在某种意义上，正代表了沙蜥族勇于接受外来文化和物种的态度。这一点，除了表现在姐妹俩人的身上之外，萨尔特姐姐与黑人所生的混血男婴"小祖父"也体现了沙蜥族文化的包容性。

当西尔科将小说的主人公樱迪歌设置成一位游猎于不同国家、吸纳不同地区的文化，从而成为一位跨文化主义者的典范时；当西尔科以樱迪歌与她的养母海蒂重逢并幸福地生活在一起作为小说的结局，从而预示着两种不同文化的融合时；当西尔科以花园为意象将不同的文化杂糅时，作者也会遭遇一系列的质疑与批评。其中，最主要的质疑之声是来自民族主义者们对小说的土著性所

---

① Leslie Marmon Silko, *Gardens in the Dunes*, p. 159.

② Elvira Pulitano, *Transatlantic Voices*: *Interpretations of Native North American Literatures*, p. 97.

提出的质问。对于像土著批评家库克琳这样的民族主义者而言，西尔科对这种流散和跨民族身份的热衷，势必会造成在小说文本中土著文化的独特性、唯一性以及地方性的价值缺失。这一质疑的提出也显示出西尔科小说在某种程度上的矛盾性。这种矛盾性的关键不仅存在于民族主义与世界主义之间，同时也缘于西尔科对民族主义的否定，以及对世界主义的不认同。

西尔科认为无论是来自于何种民族的人，在他们身上都会找到一些共性，这些共性可以将他们联合起来，就像是海蒂和樱迪歌一样。在接受访问时，西尔科曾经多次表达她自身即是一名混血的印第安人，她拥有拉古纳、墨西哥和白人的血统。这一点也造成了西尔科的小说早已逾越了狭隘的民族、种族和性别层面，而其笔下的这种文化多样性所表现出的也是种包容性，而非排他性。

第十二章

《沙丘花园》中"鬼舞"的政治转喻现象

在美国土著作家莱斯利·马蒙·西尔科的笔下，印第安文化可谓如影随形，散落在其作品中的每个角落。一方面，作者寄期于用这种独特的文化形式，来承载土著民族的文化传统与文化精髓；另一方面，散见于小说各处的土著文化元素，也映射了后殖民理论学家霍米·巴巴在其《文化定位》中的那句话："我们时代的转喻，就是要把文化的问题定位于之外的领域里。"[①] 由于殖民文化与本土文化处于二元对立的关系，巴巴在这句话中强调的"之外"（beyond）则为本土文化身份构建指出了新的方向。在某种程度上，文化意象在权力话语的社会与历史架构中，可有效地转化为一种政治力量，以进行文化身份建构和历史话语重书。因此，后殖民作家将文本中文化意象转换成某种政治权力话语，使文本中出现了政治转喻现象，以表达作家的政治诉求。恰如巴巴所言："将文本的修饰当作转喻来阅读更好，因为转喻能够表明文本的特征。这样才能读到社会、文化和政治力量穿越其中的文本特色。"[②] 而从转喻的视角来解析殖民文

---

① Homi K. Bhabha, *The Location of Culture*, London and New York: Routledge, 2004, p. 1.
② 比尔·阿希克洛夫特、格瑞斯·格里菲斯：《逆写帝国：后殖民文学的理论与实践》，第48页。

化，这在探究其政治含义上也起到了关键的作用。①

　　深谙此义的西尔科在《沙丘花园》中，将美国土著传统文化表征之一的鬼舞，打造为一种暗含文化抵抗策略的政治转喻。一方面，作者将鬼舞描绘成后殖民经验的产物，在与其他文化的较衡中，凸显土著文化的文化优势，以获取文化认同。另一方面，西尔科不断扩大土著文化与政治意识的关联性，在获取政治权利以构建身份话语的过程中，她将鬼舞书写成一系列的政治转喻，除了可以使其更适应后殖民语境，还将读者视线引至美国殖民历史书写的性质问题，从而引起人们对殖民历史与殖民关系的反思。《沙丘花园》完美地诠释出西尔科旨在挖掘后殖民叙事中文化意象的政治含义之写作目的，使小说中的鬼舞仪式不仅表现出多种文化融合、又不乏矛盾冲突的美学内涵，也成为印第安人对殖民统治的回应与反抗，更是对传统文化的一次革新，是土著文化新的表达方式。

一、鬼舞与文化认同

　　"鬼舞"（Ghost Dance）是土著民族的一种泛部族（pantribal）宗教仪式，

---

① "转喻"（metonymy）作为一种修辞方式，最初为语言学概念，用来指称某个事物的词所代表的事物与这个事物有联系，但却不是该事物的一部分。但早先的语言学家们只是将转喻的语用功能看作隐喻一个分支而进行研究。直至 20 世纪 50 年代，著名语言学家雅各布森（Roman Jakobson）在他的一篇名为《两类语言和两类失语骚动症》（"Two Types of Language and Two Types of Aphasic Disturbances"，1956）的文章中，首次阐释隐喻和转喻之间区别的重要性，借此使转喻研究不再囿于隐喻研究的范畴之内。随之，转喻被逐步引入文学研究领域。其中，霍米·巴巴对后殖民文本中的转喻与隐喻的功能进行了论述，特别聚焦于在后殖民文本书写过程中转喻与隐喻之间语用功能的区别。虽然，巴巴并未系统地提出转喻这一概念，但在其理论建构，转喻的文化功能却从未被忽略。无论是杂糅抑或模仿，巴巴都将其视为一种文化转喻的过程，是探索受殖者思想有效手段。转喻在揭露后殖民话语的问题起到了关键作用，由于它是一种概念映射，可用来描述事物间的相关性，所以巴巴用其比喻"权杖"与"国王"之间这种"部分在场"（partial presence）的关系。这种"相同但又不完全相同"（same but not quite）可以为受殖者的文化与殖民者的文化之间建立等同关系。因此，笔者将鬼舞视作一种转喻来阅读，旨在挖掘其中的政治寓意。参见：Homi K. Bhabha, *The Location of Culture*, London and New York: Routledge, 2004, pp. 94 – 121, 163 – 164.

它融合了美国印第安民族的宗教信仰与价值体系。① 而在西尔科的笔下，鬼舞
更多地成为一种有效进行自我身份界定的文化转喻，以消解在后殖民社会中作
为边缘文化的文化身份认同危机。众所周知，现行西方中心主义文化霸权的思
维定式，导致了权力结构和社会秩序的固定化，这也使得美洲印第安人始终处
于受害者的地位。这种话语传统固化了美洲印第安人落后、愚昧的刻板形象，
否认其文化的存在价值及其身份话语的合理性。因此，少数族裔的文化是否得
到认同，直接反映出殖民者与受殖者之间的文化冲突，而西尔科的创作始终围
绕着文学与文化身份话语书写之间的张力展开，这一点也体现出土著作家在文
学上的政治自觉意识。

　　在西尔科作品中，鬼舞的第一次出现并非在《沙丘花园》中，而是在其第
二部小说《死者年鉴》中。此时的作者并未对鬼舞着以过多笔墨，但却为它的
再次出现埋下了伏笔。《死者年鉴》中这样写道："事实是鬼舞不会结束……它
从没结束，并会一直延续。"② 这句话除了暗示鬼舞会在她的第三部小说中出现
之外，还意指在西尔科的创作过程中，印第安文化一直如影随行、贯穿其中。
如果说在《死者年鉴》中，印第安文化获取认同的过程可被视为土著民族文化
经历了一次血的洗礼，那么《沙丘花园》便是"在《死者年鉴》这片浸满鲜血
的土地上所绽放的一朵兰花。"③ 这朵"兰花"借助鬼舞将印第安文化的独特性
与土著身份建构完美地结合在一起。这也使"从不将宗教与社会活动加以区分"

---

① 在印第安文化中，舞蹈在宗教仪式或是重大庆典中起着十分重要的作用，甚至很多仪
　　式直接以舞蹈命名，如太阳舞（Sun Dance）、水牛舞（Buffalo Dance）、鹿舞（Deer
　　Dance）等，而鬼舞（Ghost Dance）便是其中的一种。虽然，印第安人对舞蹈的这种热
　　衷可以追溯到史前时代，但鬼舞却是产生于19世纪末，最初只是一名叫瓦柏卡（Wo-
　　voka）的派尤特族人（Paiute）所见到的幻象。据瓦柏卡讲，在这个幻象中他看到了未
　　来，未来的美国印第安人将会恢复他们原初的、没有白人殖民者时的生活状态，而那些
　　欧洲殖民者将会被赶走或被消灭。瓦柏卡的这一幻象成为了某种预言，也成为随后发
　　起的弥赛亚宗教中重要仪式的精神向导。随着鬼舞运动的展开，越来越多的印第安人
　　加入其中，并很快地使鬼舞扩散到了整个美国西部。由于规模的不断壮大，鬼舞使越来
　　越多受殖民者军事与政治压迫的被殖民者们联结在一起。因此，鬼舞已不再被简单地
　　定义为美国土著民众的一种宗教仪式活动，而是越来越有政治寓意了。
② Leslie Marmon Silko, *Almanac of the Dead*, p. 724.
③ Laura Coltelli, *Reading Leslie Marmon Silko: Critical Perspectives through Gardens in the Dunes*,
　　p. 92.

的印第安文化，在鬼舞的转喻下，更具有政治抗争意味。①

　　细读西尔科的作品，我们不难发现，作者是在将印第安文化与他种文化不断对照中，获取某种文化认同。在《沙丘花园》中，西尔科先是将目光聚集在土著文化与基督文化的对比上，两者之间的文化冲突也成了作者笔下获得文化认同以及书写身份话语的有效方式。在两种文化的较衡过程中，西尔科重新诠释了基督教文化中的耶稣。她将鬼舞仪式中降临的耶稣刻画成了一个完全属于土著人的弥赛亚："耶稣身着亮红色条纹的大衣、脚踏鹿皮鞋。他的面容呈深色，十分俊朗，他有双黑色的眼睛，闪闪发亮。他没有胡须和腮须，但眉毛却是那样的浓密。"② 这位有着典型土著特征的"耶稣"代表作者对殖民主义的抵抗与颠覆，是种反殖民话语的体现。原本基督文化与土著文化就是两种对立的文化，分别成为"文明"与"落后"的标尺，但西尔科却将"耶稣"描绘成了一位引领"落后的"印第安人的灵魂回归部族的弥赛亚，并以此凸显土著文化中不同于白人文化的独特生死观。印第安人认为"如同基督教中的灵魂（soul）一样，精神（spirit）可以与身体分离并游离于身体之外。"但在精神游离时，印第安人却相信，这时的精神"可以通晓来世，也可以与祖先进行交流"，③ 从而将生与死的界线模糊化。这样，与死亡相对的是"出生"（birth），死亡"与出生一样，只是一个简简单单的仪式，是一种绝对的转化"。④ 死亡与出生构成了一个圆圈，象征着印第安人的生命与文化的无限循环。因此，死亡对于印第安人来说并非是件可怕的事情，因为他们相信："他们死后，精神会重新回到……（生命的）源头"。⑤ 可见，在印第安文化中，精神占有绝对的主导地位。这种异于白人文化的生死论和回归土地的主题，体现出土著文化的优势性。

　　美国土著学者德洛里亚曾说过："印第安人之所以能够坦然面对死亡，是缘于他们对生命的信仰：人是自然不可分割的一部分；人死之后，他们的躯干要回归曾哺育万物的大地。他们视部族和家庭与宇宙合为一体，死亡不过是永恒

---

① Carole A Barrett & Harvey J. Markowitz, *American Indian Culture*, Volume 1. Pasadena: Salem Press, 2004, p. 204.

② Leslie Marmon Silko, *Gardens in the Dunes*, p. 23.

③ Carole A Barrett & Harvey J. Markowitz, *American Indian Culture*, Volume 1, p. 204.

④ Laura Coltelli, *Reading Leslie Marmon Silko: Critical Perspectives through Gardens in the Dunes*, p. 80.

⑤ Carole A Barrett & Harvey J. Markowitz, *American Indian Culture*, Volume 1, p. 272.

生命中的短暂过渡而已"。① 众所周知,土著文化植根于对自然的崇敬,他们天人合一的宇宙观,与白人的人类中心主义恰恰相反。现代思想中人类中心主义下的二元论或机械主义自然观等是造成人与自然关系不断恶化的深层思想根源,这种思维范式也为现代性危机埋下了初始祸根。现代性危机可以说是源自某种文化维度的缺失,这种缺失是由于西方文化思想中的逻各斯中心主义、对技术极度崇尚、对自然的强大征服欲,从而导致了人与自然的关系不断异化与扭曲,始终处于恶性的循环中。而西尔科对鬼舞的刻画正是意在检省这种现代性中缺少崇敬自然的精神维度。她笔下的鬼舞"或是作为一种文化意象;或是作为一种历史范畴,象征着审美价值与思维定式,代表着某种社会阶级,……是人与自然统一"。②

在印第安人的文化中,人们应对自然怀有崇敬之情,人类只是自然界中渺小的一部分。恰如小说中的弗利特奶奶讲述给樱迪歌的那样:人死之后,"一些饥饿的动物会吃掉你的残骸,将你吃光,你会再次消亡,但也是种永生,你已经成为吃掉你的那个动物的一部分了"。③ 所以,鬼舞中的舞者们所召唤的灵魂也已成为自然循环的一部分,从而重新回归了自然,重新回到了大地母亲的怀抱。土著文化与自然是不可分割的,在西尔科看来,鬼舞间接地表达出土著人对待自然的态度。舞者们脚下的这片土地是一片死亡与生命并存的大地,所有身披白色披肩、脸被涂成白色的舞者们都赤着足,他们要与大地母亲进行无阻隔的接触。人们通过鬼舞表达出他们潜在的精神信仰。正如萨尔特姐姐在跳舞的过程中,似乎听到那些已故的亡灵在对她说的那样:"我们是多么美丽,我们会变得很美丽。"这种美丽指的正是在死亡中所孕育的再生,人与自然和谐关系的重建。这让萨尔特姐姐在面对弗利特奶奶死亡的时候变得更加坦然。因为她知道,死亡只是短暂的,在不久的将来,奶奶的灵魂会随着弥赛亚,重新回到这个地方。此时的奶奶,她的身体已经重回大地母亲的怀抱,与自然融为了一体。这样,生与死就形成了一个圆圈,无限的循环,而"万物都置身于神圣的

① Vine Deloria, Jr., *God Is Red: A Native View of Religion*, Golden, CO: North American Press, 1992, p. 171.
② Angelika Köhler, "'Our Human Nature, Our Human Spirit, Wants no Boundaries': Our Human Nature, Our Human Spirit, Wants no Boundaries", p. 241.
③ Leslie Marmon Silko, *Gardens in the Dunes*, p. 51.

圆圈之中，……无论是天空的穹顶上、在四季的轮换中、在圆圆的太阳与月亮中、在鸟巢与蜘蛛网中，它在自然界中重述自身的存在形式"。① 鬼舞成了凝聚土著民族共同体的精神纽带，表达了印第安人以自然宗教信念为核心精神的原始文化之生态价值，也是民族文化得以延续的精神基础，它化解了现代性危机所造成的人与人之间的冷漠和精神的无归属感。这种重精神、轻物质的文化传统，在鬼舞仪式下得以完美地诠释，而这一点也凸显出作者寄期于用土著文化来驳斥西方文化的优势中心性，并强调印第安文化可与主流文化分庭抗礼。

可见，西尔科笔下的鬼舞不仅是印第安文化的表达形式之一，它已然成为作者进行文化比较，从而获得文化认同的有力武器。然而，文化认同的建构无法摆脱与历史话语书写之间的某种内在的关联，所以文化身份问题也应从历史语境下来进一步阐析。

二、虚实结合的历史书写

土著学者埃伦·阿诺德在评论《沙丘花园》时说道：这是一部"出现在20世纪交替、经过严谨考证的历史小说"。② 小说以鬼舞这一真实历史事件与沙蜥族这一虚构印第安族群的结合为切入点，而这种史实与虚构的结合，完美地表现作者具有修正意识及颠覆性的历史观。在一次访谈中，西尔科提及之所以虚构一个印第安族群，是因为：

> 科罗拉多河沿途的文化与族群大多已灭绝，甚至什么痕迹都没留下，而这一切的始作俑者正是那些淘金者与农场主们。……我就是想要（笔下的印第安人）来自这些完全被遗忘的族群中。……我的确读了很多关于科罗拉多河流域、附近的部落以及族人的资料。所以，我想要塑造出这样的一群人，他们身上的特征会让人辨识出他们是不同的。③

的确，西尔科笔下的沙蜥族人具有独特的文化特征与鲜明的土著特性，这

---

① Carole A Barrett& Harvey J. Markowitz, *American Indian Culture*, Volume 1, p. 274.
② Ellen L. Arnold, "Review of Gardens in the Dunes, by Leslie Marmon Silko", *S. A. I. L*, Vol. 11, No. 2, 1999, p. 101.
③ Ellen L. Arnold, *Conversations with Leslie Marmon Silko*, pp. 163–173.

使他们仿佛真实地存在于历史中的某一时刻。不过恰如科罗拉多河沿岸的其他族群一样,作为美国历史进程的殉葬品,他们也永远地消失了。作者这种围绕着小说与史实、虚构与真实之冲突而展开的情节,意在引起读者对美国历史真实性的思考。正如西尔科所言:"我认为《沙丘花园》就是一部探究历史维度的小说。"① 而作者这种强烈的民族历史意识,驱使她在小说中以独特的视角和方式,呈现史书中难以企及的历史画面。

由于受到主流文化的排挤与殖民文化的侵蚀,美国土著民族文化与传统存在断裂现象,这也说明潜藏在西尔科小说中那种深刻的历史感并非偶然。在西尔科的笔下,鬼舞俨然成为一种特殊的历史符码,是作者质问与反拨美国历史的有力介质。一方面,它有助于印第安人重书土著民族身份话语;而另一方面,它不断地反思殖民问题以及所谓的历史进步论背后隐藏的灾难性后果。对许多土著族群而言,与白人政府强势文化之间的冲突和反抗,以及深受白人政府的压迫,一直是他们眼中关于美国历史书写不可或缺的一部分。美国历史亏欠他们的,正是如何审视那些被"刻意忽略,写有镇压、流放、施虐、民族中心主义、暴力等元素"的历史断点、矛盾与偏见。② 因此,如何规避美国官方历史叙述中的权力动因与政治取向,使历史不再是霸权主义者的意识载体,便成了一众弱势文化代言者在其文学作品中致力探寻之处。

在《沙丘花园》中,西尔科锋芒所向的那段关于鬼舞的真实历史事件,发生在 1889 年的内华达州,而小说中将其虚构成 1893 年,地点改为丽都(Needles)。虽然时间、地点略有不同,但两者并没有本质性差别。虚实结合的叙事手法使小说中充满若隐若现的历史痕迹,着实增加了其历史指涉的真实性,并进一步模糊了小说与历史之间的边界。在这场作者虚构的鬼舞仪式中,所有的舞者们都成为了历史的亲历者,也是历史的重述者。在舞者看来,"这个舞蹈是多么平和,派尤特族人并未想对白人造成任何的伤害"。③ 他们只是想通过鬼舞与已逝去的亲人和朋友进行精神上的沟通,并企盼弥赛亚的降临,来拯救他们不再承受战争、饥饿与疾苦的折磨。但大多数的历史学家却忽视了鬼舞的宗教性质,反而着重强调其中蓄含的政治反抗性。他们将鬼舞仪式定义为一种印第

---

① Ellen L. Arnold, *Conversations with Leslie Marmon Silko*, p. 170.

② Calvin Martin, *The American Indian and the Problem of History*, p. 106.

③ Leslie Marmon Silko, *Gardens in the Dunes*, p. 23.

安部族的"复兴运动",旨在重拾土著民族对土地以及文化的掌控权。伴随着鬼舞仪式的阵容不断壮大,美国西部的政府与军队对鬼舞的态度也由不屑逐步变为恐惧,这让"他们每每看见许多印第安人聚集在一处时,便会惶恐不安",①因为统治者惧怕鬼舞仪式会使他们蓄意掩盖的历史陈迹死灰复燃。

从"五月花"号到来的那一刻起,这片土地的历史书写便似乎与土著民族再无关系,印第安人也因此被排斥在美国进步与成功的伦理观之外。对白人政府而言,印第安人的存在只会撼动他们的政权,而他们更是不屑于印第安人的传统文化。在他们看来,诸如鬼舞之类的仪式只不过证明了印第安人的"野蛮"与"落后"。小说中这样描写白人对鬼舞的恐惧与厌恶感:"如果你曾接近这样的舞蹈,你会强烈地感觉到邪恶力量的存在,因为他们就是崇尚恶魔。"② 在这种观念之下,"以基督教一神论为教义的各种政权机构,从他们的自身利益出发来消除'异教'与异己,并用所谓的文明来规定他们(土著人)的生活方式,力求把美洲大陆从'传统'向'现代'社会转变"。③ 但现实却是:

> 在这些外来人最终出现前,沙蜥人听到这类关于那些人的传闻已有数年之久。这些消息的确使人毛骨悚然,沙蜥人难以相信那些陌生人所犯下的杀戮,他们竟然那么残酷。然而,这些消息却是真的。在丰收的季节,那些外来人会来索要,并拿走一切。这种事情在很久、很久以前就已发生过,但是人们永远无法忘却那些侵略者出现的第一个冬天他们受遭受的饥饿与痛苦。那些侵略者真的很肮脏,他们带来了疾病、登革热。④

此外,西尔科还将矛头直指白人对舞者们的血腥镇压与屠杀。这一真实的历史事件便是发生在 1890 年 12 月 29 日的伤膝河大屠杀(The Wounded Knee Massacre of 1890)。作者借助《纽约时报》的报道来转述这场屠杀,从而增加了这场事件在小说中的历史真实性。作者在小说中借用白人女性海蒂之口来描述这一过程:"这是真实的事件。六七年前,报纸曾报道说印第安人声称他们有弥

---

① Leslie Marmon Silko, *Gardens in the Dunes*, p. 24.

② Leslie Marmon Silko, *Gardens in the Dunes*, p. 106.

③ Calvin Martin, *The American Indian and the Problem of History*, p. 52.

④ Leslie Marmon Silko, *Gardens in the Dunes*, p. 15.

赛亚,他们自己的基督,为了这个神他们聚集在一起来跳舞。海蒂接着读《纽约时报》的报道。这次舞蹈却结束得相当惨烈,由于殖民者们害怕印第安人会起义,在南达科塔州,军队屠杀了一百多名舞者"。① 从海蒂口中讲述这段历史,使这段历史的叙述由受压迫者变为白人中的一员,这更加强调这段历史的真实性,强化了西尔科对这段残忍暴行的控诉。

当西尔科在小说中将鬼舞化作整合这些遗失历史碎片的脉络时,作者的手法是将真实的历史事件置于虚构的历史语境或虚构的小说情节中,这使得孤立、单一的历史事件集中为一种完成、连贯的历史指涉,来挖掘深藏于殖民历史话语下的不确定性。而作者在文本中这种对历史事件的处理方式,也由衷地反映出其政治意图。她旨在打破原本静态、僵化的殖民历史话语书写模式,将强势的殖民话语由封闭性逐步变成开放与冲突共存的新局面,从而极力还原一众被压制与被边缘化的弱势群体的历史。在还原历史的背后,西尔科还将鬼舞演进成一种不仅仅属于印第安民族自身的仪式。作者笔下无处不在的弥赛亚,跟随着樱迪歌的步伐,走出了保留地,甚至是走出了美洲大陆,开启了一段拯救世界的旅程,这一点也正映射出西尔科的政治理想:如何在当下发扬土著文化中的融合与包容的特质。

三、鬼舞与西尔科的政治理想

恰如上文所述,西尔科笔下的鬼舞仪式已不单是种印第安文化的传承形式,它更多地表达了美国土著民族对殖民统治的回应与反抗。但作者并未止步于此,西尔科还意在将其引至她对土著身份话语的现实关切,而这又直接映射出了她的政治理想。

在全球化的背景下,土著文化中的传统民族性与现代化进程之间似乎存在着不可调和的矛盾,这也直接导致众多西方学者对印第安文化是否存有现代性这一议题,始终持有怀疑或否定态度。传统与现代之间如何融合、土著文化如何在当下彰显其独特的文化价值,便成为西尔科的创作关切问题。而作者依靠鬼舞这一传统文化的写作策略,从某种程度来讲,不失为打造土著民族文化形象之现代性的有效方式。

---

① Leslie Marmon Silko, *Gardens in the Dunes*, p. 262.

　　美国土著评论家德洛里亚曾说道："传统的美国土著社会是建立在一个复杂的伦理、责任与职责的体系之上"，① 印第安人拥有完整的价值观念与伦理体系。而在他们的文化传统中，这种体系始终贯穿如一，这一点也在西尔科的文学作品中得到了完美诠释。小说不仅描绘出一幅人与自然和谐共处、万物皆有灵性存在的画面，还凸显出土著文化中融合、包容的特质。作者将鬼舞仪式中人与人之间的界线与疆域的区分统统去除。西尔科这样写道：在鬼舞进行的过程中，"弥赛亚与圣母无论何时张口讲话，所有的舞者，无论他们是来自于哪个部族，都可以听得懂。派尤特族人发誓说弥赛亚讲的是派尤特语，但是瓦拉派族的女人笑着摇摇头，多么愚蠢，弥赛亚明明讲的是他们的语言。……而萨尔特姐姐分明听到他讲的是沙蜥族语"。② 不难看出，在鬼舞仪式进行的过程中，语言已不再是人与人之间交流的阻碍，作者笔下的舞者们早已逾越了种族与民族之间的界线。他们寻求文化之间的共同特征，并以此为媒介来构建一种"完美语言"。③

　　西尔科以鬼舞为蓝本，将完美语言谱写成一种"爱的语言"。④ 小说中写道："当萨尔特姐姐兴奋地告诉奶奶与外祖母她所听到的话语时，在旁边的派尤特族人笑着点了点头。当弥赛亚与圣母降临时，这就只有一种语言——爱之语——所有的人都可以听懂，他说道，因为我们都是大地母亲的孩子"。⑤ 西尔科在此处使用了第一人称"我们"，意在将时间与空间上人为设置的界线消除，并将人与人之间的关系平等化。毫无疑问，鬼舞赋予了舞者们一种能量，使他

①　Vine Deloria, Jr. , *American Indian Policy in the Twentieth Century*, p. 213.

②　Leslie Marmon Silko, *Gardens in the Dunes*, p. 31.

③　"完美语言"（the perfect language）一词取自于意大利学者安伯托·艾柯（Umberto Eco）的名作《寻找完美语言》（The Search for the Perfect language, 1995）。在这里"完美语言"可以被理解为是一种"参照语言"（parameter language），即即使话语来自不同的语言，但是接收者却都可以理解成为自己的语言，从而达到交流无障碍。所以，在某种意义上，它与本雅明所提出的"纯语言"（pure language）极为相似。西尔科在小说中所描写的弥赛亚与他的舞者之间所讲的语言正是艾柯这本书中所叙述的，从古至今的学者们想要发现或想要创造的一种语言。

④　Leslie Marmon Silko, *Gardens in the Dunes*, p. 366.

⑤　Leslie Marmon Silko, *Gardens in the Dunes*, p. 32.

们"可以以一种极为癫狂的语言来表达自己,似乎这种语言就是他们自己的母语"。① 在西尔科看来,是"有某种被升华了的能量存在,这必定与那些古老的灵魂有关,他们将会来临。他们并不介意你从哪里来,他们不会(在我们中间)设置界限"。②

这种完美语言除了在不同种族的人们之间实现了无障碍的交流外,也使人与自然重新融合,"舞者们的声音在河面缓缓升起。樱迪歌闭上了眼睛:这数以百人的声音并非是发自人类的,而是来自大山,仿佛这巨大的轰鸣声是来自那大山深处"。③ 同时,这种融合也发生在人与动物之间,如樱迪歌同猴子林奈之间形成了心灵共鸣。在樱迪歌第一次见到林奈,将它从笼子里放出来时,林奈似乎可以听得懂沙蜥族的语言,文中写道:"他出来后,咿咿呀呀地说着,仿佛在表达他的感激之情。当他们两个互相打量时,他将他那条卷曲的长尾巴盘在笼子上,以便站得更稳。他有一双闪闪发亮的金色眼睛,当她同他讲话时,他似乎可以听懂沙蜥族的语言。"④ 小说中多次描写樱迪歌与林奈之间的交流与沟通。他们之间的共存已经不再是简单的跨种族、跨国籍的融合,而是人与自然完美融合的又一范例。

由于"完美语言"的存在,小说中的不同民族和不同种族人们之间,从言语不通、无法交流,逐步变成语言相通、文化共融,可以进行"跨文化、跨地区进行交流"。⑤ 在某种程度上,西尔科的写作是在西方意识形态与拉古纳文化中间生成了一种"融合空间"(syncretic space)。⑥ 在这个空间内,人与人之间不再有国籍与民族的区分,小说将不同人的声音融会起来形成了小说独特的叙事方式。正如巴赫金所言,"一本小说中所要实现的过程,是通过他人的语言来领会自己的语言,从而了解自己的语言"。⑦ 所以,当西尔科在进行故事叙述

---

① Umberto Eco, *The Search for the Perfect Language*, Trans. James Fentress, Oxford: Blackwell, 1995, p. 351.

② Ellen L. Arnold, *Conversations with Leslie Marmon Silko*, p. 166.

③ Leslie Marmon Silko, *Gardens in the Dunes*, p. 30.

④ Leslie Marmon Silko, *Gardens in the Dunes*, p. 104

⑤ Lee Schweninger, "Claiming Europe: Native American Literary Responses to the Old World", *American Indian Culture and Research Journal*, 27.2, 2003, p. 63.

⑥ Brewster E. Fitz, *Silko: Writing Storyteller and Medicine Woman*, p. 50.

⑦ Michael Holquist, *The Dialogic Imagination: Four Essays by M. M. Bakhtin*, Austin: University of Texas Press, 1981, p. 365.

时，小说也必须涉及其他的语言与文化。在这一点上，作者试图在其作品中诠释出，在西方单一语言的霸权主义下，少数族裔的语言与文化如何得以存在。

在此，鬼舞的存在贴切地表达出西尔科的观点："在人与人之间，在不同的民族与种族之间，我们人为地画上了一道界线。但是人与人之间总是有好多的共同点，比如说战争、弥赛亚。如果撇开人们背后的政治因素不谈，欧洲的人们与美洲的土著人们之间的共通之处远远多于他们的不同之处"。① 印第安学者布鲁斯特·费兹认为，西尔科这部小说的创作是秉承"土著蛇形崇拜的母系氏族精神原则"。② 西尔科回应道，虽然小说是印第安传统文化的传承，"但祖先们的世界观的确使他们陷入了麻烦，因为他们欢迎那些陌生人。这就是他们的世界观，但这是正确的"。③ 在此，作者着重强调"土著文化的宽容性与忍让性，她渴望用一种语言描绘文化多元性的全球交集，以土著文化的包容与融合特质来化解全球冲突"。④ 相形之下，西方白人的行为则是在人们之间划出界线，拒绝接受不同的事物。无论是对白人来说，还是对印第安人而言，欧洲人的这些行为已经被内在化了。祖先们那种宽忍、包容的品质是当下人最缺乏的，而在西方文化的侵蚀下，这种美德在印第安的部族间也正在慢慢地消失。西尔科直言道，她写这部小说的目的是为了揭示"这种人种歧视或种族主义是印第安事务委员会将其带进了保留地，但是接下来你知道的，人们却认为这就是印第安的传统。"⑤ 西尔科希望通过小说可以唤起那份古老而质朴的美德。如果人们可以变得包容，对陌生人变得友善，那么世界将会和平与和谐。

《沙丘花园》仍旧延续了西尔科在其作品中对土著民族身份建构的关切主题。但不同于作者先前的两部小说，《沙丘花园》以一种相对巧妙且柔和的方式表达作者的政治意图。在现代化进程中，西尔科深知，文化不仅承载着印第安民族的过去，更关涉到民族文化与身份的当下和未来，这让作者在创作中无时无刻不在审视土著文化的现代性问题，从而使其巧妙地将自身文化传统移植到

---

① Ellen L. Arnold, *Conversations with Leslie Marmon Silko*, p. 170.

② Brewster E. Fitz, *Silko: Writing Storyteller and Medicine Woman*, p. 193.

③ Ellen L. Arnold, *Conversations with Leslie Marmon Silko*, p. 172.

④ 赵丽：《第四世界建构与政治伦理书写——〈死者年鉴〉中的帝国逆写策略》，《东北大学学报（社会科学版）》2016 年第 16 卷第 3 期，第 323 页。

⑤ Ellen L. Arnold, *Conversations with Leslie Marmon Silko*, p. 172.

更为广泛的后殖民语境下,紧扣历史和政治维度,以赋予印第安文化新的意义与生命。这种对民族文化身份新的诉求方式,也为其他少数族裔文化的发展,提供了可借鉴与参考的模式。

第十三章

从属到主宰：《沙丘花园》中女性身份的转变

　　作为一名少数族裔的女性作家，在西尔科的作品中，女权主义或女性话题始终是其写作难以规避的关切问题之一。同其他的少数族裔女性一样，西尔科的成长也伴随着双重权力话语的压迫。一方面，作为美国社会边缘群体的成员之一，种族压迫或白人中心主义无疑是其无法避及的问题；另一方面，作为一名女性，她又无法逃离男权中心主义的宰制。这种双重压迫的经历，促使西尔科的作品始终围绕着女性身份重构这一主题。在西尔科已出版的三部小说中，我们不难发现，女性在小说中的地位和角色正在逐步强化。从《仪典》中的拯救塔尤的策河，到《死者年鉴》中的保卫部族文化的莱卡和泽塔，再到《沙丘花园》中拯救白人女性并与之相融合的樱迪歌，西尔科笔下的女性角色已经不再是受男权话语与殖民思想双重钳制的悲剧角色。尤其在第三部小说中，西尔科将传统印第安文化中的母系氏族思想完美呈现，从而使小说中女性身份的建构完全摆脱了帝国的殖民话语和男权中心话语的框束。

　　作为前两部小说的延续，西尔科在创作《沙丘花园》时，最初的构思只是想将其写成一部讲述花园、植物和印第安文化的小说，以此来回应一些批评家评述前两部小说"太过于政治化"等观点。随着小说情节的深入以及各种女性角色的刻画与发展，西尔科发现这部小说还是难以摆脱再次成为白人批评家口中的"政治小说"的宿命。就连西尔科本人也无法否认这一点：

　　　　实际上，我还是无意中涉及了最为政治化的话题——你是如何种植食物的，你是否要吃，而事实是那些植被的收藏家们都是追随着那些征服者而来的。（在这片大陆上）先出现的是征服者，然后是使者，然后才是那些植被的收藏家们。当我开始读有关兰花贸易的书时，我突然意识到，但是已经太迟了! 我意识到这也将会成为一部真正的政治小说。①

西尔科通过三部小说中对女性的描写,揭露了在西方的社会中,无论是印第安女性抑或是白人女性都受到不同程度的压迫。这种压迫除了来自于男性外,更多地是来自于她们所处的种族、阶级以及其他一些特定的个体和社会因素。在《沙丘花园》的写作过程中,西尔科进一步将各色的花园与个体女性的命运交织于一体,并通过花园——印第安文化和艺术的表征——这一隐喻,将女性主义与土著文化有机地结合在一起,来共同对抗西方男权思想和殖民主义的扩张。小说将西方社会对女性存在的过多约束、排挤以及攻击都描写得淋漓尽致。不同于前两部小说,西尔科在《沙丘花园》中将女性角色不仅仅塑造成为像第一部《仪典》中的策河这样的拯救者的形象,同时,也有像《死者年鉴》中的塞斯一样女性在帝国主义和夫权制的双重压制下,不幸成为男性话语和帝国话语实现其欲望和意义的工具。拯救者与受难者相结合,使小说中的女性人物形象更加饱满。通过描写小说中的这些女性的成长过程,西尔科逐步恢复了印第安传统文化中母系社会的女性地位,从而对帝国话语和男权话语进行双重反击与批判。

一、双重压迫下的性别危机

作为一名知识分子的女性、后殖民主义的女性作家,西尔科的作品中始终围绕着殖民主义和男权思想的双重话语扼制下女性身份建构。她笔下的女性角色大抵是第三世界中受压迫的群体,如《死者年鉴》中的莱卡和泽塔,《沙丘花园》中的樱迪歌和萨尔特姐姐;或是第一世界中受父权制压迫的群体,如《死者年鉴》中的塞斯以及《沙丘花园》中海蒂。由于经济和性别的原因,她们中的许多人物处于被双重边缘化的尴尬局面。正如斯皮瓦克在《底层人能说话吗?》一文中所述:"在底层阶级主体被抹去的行动路线内,性别差异的踪迹被加倍地抹去了……在殖民生产的语境中,如果底层没有历史、不能说话,那么,作为女性的底层阶级就被置于更深的阴影之中了。"从而使"妇女受到双重掩

---

① Ellen L. Arnold, *Conversations with Leslie Marmon Silko*, p. 164.

盖"。① 然而，当文中的女性角色在面对话语失声时，西尔科所采取的态度是完全颠覆（subvert）西方话语体系，使女性身份得以解放和复苏。

西尔科首先将小说聚焦在了一个完全是由女性成员组成的沙蜥族家庭中。这个家庭的成员只有外婆、妈妈以及两个小姐妹。书中并不没有明确说明两个小姐妹的父亲到底是谁，西尔科只是提到了这样一句："妈妈住在了长老会的差会那，在那里，她得知牧师受到了诱惑。当她大着肚子、怀着萨尔特姐姐时，她被牧师的妻子赶了出来。"② 在此，作者以一种极为隐晦的笔法来暗示萨尔特生父的身份，同时，也暗指或许萨尔特的父亲还可能是其他人。这种对父亲身份的模糊指定，使西尔科在小说中完全淡化甚至抹掉男性角色在沙蜥族中的地位。但这并不意味着这部小说完全是由女性角色构成。西尔科自己也提到："当然，在女性的世界里是有男性出现的，就像大坎迪（Big Candy），这也是我比较感兴趣的。"③

与前两部小说中的男性角色有所不同，《沙丘花园》中的男性几乎都成为作者笔下处于小说边缘的"他者"。他们都是具有破坏性、渴望征服自然、极具敛财特性的角色。无论是在人或自然面前，他们俨然统治者一般，追逐利益则是他们的最终目的。对于自然的征服除了表现在爱德华不断地把其他国家的珍稀植物盗运回美国之外，西尔科还在小说中着重描写了所谓的男性统治者是如何通过更改河流的走向，来与自然较衡。为了给洛杉矶提供更丰富的水资源，以便建造更宏伟的花园，那些工程师、工人和商人在帕克峡谷上建起了堤坝，将科罗拉多河的河水拦腰截断，为此他们不惜破坏科罗拉多河和索诺拉州沙漠的生态。受利益驱使，他们砍伐河周围的树木、破坏河床，并将当地的土著居民驱逐到贫瘠的沙漠。对于白人这种过于自我的表现，西尔科则直言道出他们的浅薄之处。尤其是帕克峡谷保留地的主管，其最大的目的就是为了引起华盛顿的长官们的注意。在小说中，西尔科这样写道，"整个冬天，他都不停地在接待那些身穿西服的重要访客，那些人用手拍着他的背，并和他握手。"④ 这一项目在小说中成为一个导火索。从这一时刻起，为了谋取更多的利益，以男权思想

---

① 佳亚特里·斯皮瓦克：《从解构到全球化批判：斯皮瓦克读本》，第 107 - 108 页。
② Leslie Marmon Silko，*Gardens in the Dunes*，p. 16.
③ Ellen L. Arnold，*Conversations with Leslie Marmon Silko*，p. 169.
④ Leslie Marmon Silko，*Gardens in the Dunes*，p. 205.

为指导的西方社会开始对这片土地进行了无情的掠夺与侵占。

与男权主义对自然这种自以为是的态度相反的是,在工地做洗衣女的萨尔特姐姐,当目睹那些白人男性对科罗拉多河所做的一切时,她感到十分的悲伤。在萨尔特姐姐看来,这高耸在河堤上的人工河坝就如"一座预示着灾难的圆丘一般"。① 随着工程的进展,萨尔特姐姐发觉,在白人男性不断地对土地和河床进行挖掘与重建时,这一过程仿似"越来越像怪兽故事……(最后)怪兽吃掉了那贫瘠的河水中所有的生物。"② 她为那些因此正在消失的水田芥、苔藓以及河水中的其他植物感到悲伤,并悼念道:"可怜的树啊,我真的很难过。可怜的河流,他们到底对你做了些什么?"西尔科把被砍伐后、裸露在地面上那些根茎形象地描述为"一双双巨大的骷髅手掌。"③ 萨尔特姐姐认为,这些男人们的做法与印第安文化完全是背道而驰的,也违背了大自然的生存法则。她预感到这河水不会那么简单地受白人男性的控制,它会聚集力量,使淤泥在河床中不断地堆积,直至河水冲破这座人工堤坝,再次重回自然、重获自由。在此,萨尔特姐姐所预感到的恰恰与《死者年鉴》中的预言相呼应——男性意识形态和西方霸权意识形态迟早会瓦解。

小说中,西尔科在将男性性格统一化后,并未一味地追求女性身份的普遍性,进而忽略了不同文化背景和不同社会群体而产生的女性身份差异。作者在描写女性所遭受压迫,并没有将土著女性面临的问题普遍适用于所有女性身上。西尔科明显表示,印第安部族自身是女性家长制,这一点有别于白人社会的男性家长制。所以当建构女性身份时,印第安人所要面对的压迫主要来自于主流社会,相较之下,白人女性则会面临更多的问题。

海蒂独立的过程可以被视作西方社会女性对男权社会进行反抗的典型范例。出生自白人中产阶级家庭中的海蒂,自孩提时代便受父亲所做研究的熏陶,对基督教产生了浓厚的兴趣。作为一名中产阶级的女性,海蒂接受了良好的教育,并在父亲的鼓励和支持下,海蒂的思考方式早已逾越了当下那些女权主义者的狭隘关切点。"她开始着眼于哲学中那些有关自由意志与神的意志这种更深层次的问题。……她发现其他的女性天主教徒或是懦弱或是愚钝,但是她也不喜欢

---

① Leslie Marmon Silko, *Gardens in the Dunes*, p. 339.

② Leslie Marmon Silko, *Gardens in the Dunes*, p. 364.

③ Leslie Marmon Silko, *Gardens in the Dunes*, p. 216.

那些妇女政权论者。"① 在苦读三年取得学士学位后，她继续进入哈佛三一学院攻读硕士学位。在读书期间，海蒂一直热衷于研究非主流的西方宗教和思想。此时，对男权话语体系下的西方社会，海蒂的心中已埋下深表怀疑的种子。在不断地对前基督教的史料进行研读的过程中，海蒂对男权思想为中心的基督教义提出了质疑，认为这种男权思想正是当下社会中"一种更大的意识形态的限制"。② 因此，海蒂大胆地肯定了被正统基督教认定是异教的诺斯替主义的正确性，以及重新评判女性在正统基督教中的地位。在当时西方的父权社会中，海蒂这种的异质声音是绝不允许存在的。海蒂的毕业论文因此受到了否定，她的学术生涯也随之被画上句号。学术生涯的结束，意味着海蒂的第一次反抗以失败告终。

在遭遇了学术失败之后，此时的"海蒂想要有一个男人来陪伴，这个人要尊重她的学术兴趣和她的抱负，要视其论文已经完成。她需要一个男人来在意她的幸福。同样，爱德华想要一个生活伴侣，这个人要理解他的研究兴趣，理解他必须到那些遥远、偏僻的地方，……"③ 此时的海蒂还是"相信爱，……上帝只会给他的子民们带来幸福，而不会有伤害。"④ 然而，最终海蒂还是意识到了，她只是被爱德华物化了的一件商品。在爱人那里，海蒂仍然是一位没有自己话语权或无法表达自身的、一位深受社会和家庭双重压制的女性。而海蒂对于爱德华的价值也并非来自爱情，只是爱德华在走私植物的过程中需要海蒂来掩盖其违法的这一事实。此时的海蒂已被西方社会和自己的家庭无情地边缘化和非人化。当她终于无法忍受这种物质的婚姻时，她却发现爱德华不仅摧毁了她的爱情与婚姻，也使她蒙受了巨大的经济损失。在男权社会中经历了一次又一次失意后，海蒂所需要的不仅仅是简单的救赎，而是如何在救赎中再次肯定自己的价值。

小说中，西尔科将海蒂塑造成了玛格丽特·福勒（Margaret Fuller）与爱丽

---

① Leslie Marmon Silko, *Gardens in the Dunes*, p. 93.
② 斯皮瓦克：《三个女性文本和一种帝国主义批评》，选自罗钢，刘象愚编撰：《后殖民主义文化理论》，北京：中国社会科学出版社，1999 年，第 152 页。
③ Leslie Marmon Silko, *Gardens in the Dunes*, p. 175.
④ Leslie Marmon Silko, *Gardens in the Dunes*, p. 94.

丝·詹姆斯（Alice James）两者的结合。① 一方面，海蒂有着与玛格丽特相似的教育背景，以及随之产生的女权思想，当面对权威时，勇于挑战；另一方面，由于受到了父权思想的压制，海蒂身上又表现出了爱丽丝在遇到挫折后歇斯底里的一面，尽管这是海蒂想要极力避免的。两个女性的特征融会在海蒂的身上，凸显了19世纪美国女性知识分子的精神和思想困惑。西尔科在构思海蒂这一角色时，她所期望的是将玛格丽特对自由、对平等那种无畏的追求与热忱注入海蒂的身上。现实却是海蒂难以摆脱男权社会对她的打击与排挤，从而造成身心俱伤。在一次访谈中，西尔科曾说，"海蒂身上有部分爱丽丝·詹姆斯的特质。"② 的确，遭遇学术失败后，海蒂曾一度接受精神治疗，这也直接地反映出19世纪西方女性的普遍生存状态。由于在男权社会中的集体失语，导致了她们内心的压力和无助，癔症成为她们的通病。在西尔科看来，海蒂与爱丽丝一样，虽然话语权的缺失导致她精神几近崩溃，但她却从来没有放弃对女性权利的追

---

① 玛格丽特·福勒（Margaret Fuller）与爱丽丝·詹姆斯（Alice James）是19世纪美国两种不同命运的女性典范。玛格丽特·福勒（1810年5月23日－1850年7月19日）美国作家、评论家、社会改革家、早期女权运动领袖。美国历史上第一位女权主义理论家，也是美国妇女写作的先驱。同时，她亦是新英格兰先验论派的著名成员，提出了"女性气质"和"姐妹情谊"等女权理论观念。她出生在马萨诸塞州的坎布里奇港，从小受父亲的教育影响。在以男性为中心的现实世界和象征秩序中为自己争得了一席之地，获得了同男人平等的权利和机会，也为妇女争取平等的写作和研究权力做出了可贵的尝试。1850年于意大利溺水身亡。爱丽丝·詹姆斯（Alice James）（1848年8月7日－1892年3月6日）是美国的一位日记作家。也许熟识爱丽丝的人并不会很多，但当提到她的家人时，却在19世纪的美国个个地位与声名显赫。她是老亨利·詹姆斯的唯一的女儿，是心理学家、哲学家威廉·詹姆斯以及小说家亨利·詹姆斯的妹妹，而她为人所知的是在她逝后出版的一本记载她晚年生活的日记。爱丽丝的一生都不断地承受着心理和身体疾病的困扰，并于1892年死于乳腺癌。在维多利亚时代，癔症是女性普遍易患的一种心理疾病，而爱丽丝则是众多的癔症患者之一。由于病症的折磨，爱丽丝不仅有自杀的倾向，还有杀害其他人的冲动，包括他的父亲。在深受癔症折磨长达20多年之后，爱丽丝于1889年开始用文字记录她的生活与她所生活的社会，并对英国的生活方式与社会问题进行评论。她的评论诙谐、尖锐、富有洞察力。然而，由于日记中涉及许多对身份显赫人士的尖刻批评，所以直到爱丽丝去世的32年后，这本日记才得以出版。这本日记也使得爱丽丝成为女性主义的标志：在不断与病魔的斗争中，爱丽丝仍然坚持不懈地寻找着女性的话语权。将这两种性格与命运迥然的女性特质注入海蒂的身上，一方面，表现了西尔科的对自由与平等热切向往；另一方面，也表露了作者在面对社会现实时，所流露出的种种无奈。

② Ellen L. Arnold, *Conversations with Leslie Marmon Silko*, p. 179.

求。在收养了小樱迪歌后，通过与她不断的沟通和交流并达成某种共鸣，海蒂开始真正地抵抗与反击男权社会的话语权。在这一点上，西尔科认为海蒂像玛格丽特·福勒更多一些。福勒的果敢以及对女性独立、自主的不懈追求，成为像海蒂一样的女性共同奋斗的目标。

在海蒂遇见樱迪歌前，周遭的环境和社会中对女性的压制，逐步将她向传统女性的角色驱赶。当樱迪歌最初与殖民话语相遇时，正如斯皮瓦克所说，"在父权制与帝国主义之间、主体构成与客体形成之间，妇女的形象消失了，不是消失在原始的虚无之中，而是消失在一种疯狂的往返穿梭之中，这就是限于传统与现代化之间的'第三世界妇女'被位移的形象。"[1] 在白人眼中，作为"他者"的樱迪歌，需要在白人文明的感召下走出"蒙昧"。这样，海蒂便责无旁贷地担当起了引导人的角色。收养了樱迪歌后，海蒂不断地教授小姑娘写字、读书，教她白人的餐桌礼仪，教她白人的着装打扮，从而海蒂也向着白人传统女性的方向发展。

表面上看，为了在西方社会中得以生存，海蒂携同樱迪歌走进男权中心主义的话语体系中。但在这种表面和谐的氛围下，却是无法压制住的两颗向往新生活的心灵。海蒂向往着女性的崛起，希望打破西方社会传统女性自亚里士多德起即把女性看作是生育后代的媒介的这一观念，成为一位有思想、有头脑的独立个体而存在。而对樱迪歌而言，她则渴望重返部族，摆脱帝国主义对其身份的恶意篡改。海蒂与樱迪歌的相遇注定是要否定男权中心主义。西尔科通过海蒂与樱迪歌之间的感情建构，完成了女性在社会中的复苏与治愈。难怪连西尔科自己都会认定，如果没有樱迪歌的出现，海蒂"将会一直信任着帕尔默先生。"[2]

二、宗教压抑下的女性身份

纵观历史，无论是在政治还是在宗教领域，女性大抵都是处于被压制、被忽视以及被边缘化的位置。男性的霸权地位稳若磐石，这种思想在西方文化传统中长期占据支配地位，即使是基督教中的第一位女性——夏娃——也未能逃

---

[1]　佳亚特里·斯皮瓦克：《从解构到全球化批判：斯皮瓦克读本》，第126页。

[2]　Leslie Marmon Silko, *Gardens in the Dunes*, p. 77.

脱受压制的命运。在《圣经·旧约》中记载,世界上第一个女性夏娃是上帝取亚当的一根肋骨制成的,并称,"这是我骨中的骨、肉中的肉、可以称他为女人、因为他是从男人身上取出来的。"① 这无形中奠定了女性的从属地位。由于夏娃受到了撒旦(Satan)的诱惑而吞食了智慧之果,从而她与亚当被上帝赶出了人类最完美的花园——伊甸园。作为一种惩罚,在《圣经·创世记》中,耶和华对夏娃说道,"我必须多加增你怀胎的苦楚、你生产儿女必多受苦楚。你必恋慕你丈夫、你丈夫必管辖你。"② 自此,女性开始承受诞育子孙的痛苦,并要受制于男性统治,完全囿于男性中心主义话语体系之中。男人也开始体会耕作的劳苦,自此便打开了人类种种苦难和不幸的大门,夏娃也因此成为被人鄙视的对象。从中我们不难看出,《圣经》中的所有信条法规、典章律例基本都是以父权制观念为基础,这便意味着,传统基督教教义是受父权制社会意识形态控制的机器,它维持和延续了父权制社会中占支配地位的价值观念,是男性中心意识的有力表征,更是约束和压制女性身份的有效工具。因此,西方女性社会地位的低下与圣经中对女性带有偏见和歧视的描写有着无法摆脱的关系。

　　然而,西尔科却并不认同基督教中对夏娃的描述。西尔科将夏娃重新定位成一位生命之神,是智慧之神苏菲娅(Sophia)的女儿。她不再是由亚当的一条肋骨幻化而成,这也将基督教中的第一位女性角色,从被边缘化的宿命中解脱出来。西尔科还肯定了夏娃对于拯救这个世界的重要性。小说中这样描写亚当被逐出伊甸园后的场景:

　　　　在休息了一天后,智慧女神苏菲娅派遣她的女儿,生命之神夏娃作为指示者来帮助亚当重燃希望。……当夏娃看到亚当被放逐时,她顿生怜意,并说道,"亚当,振作! 要在尘世间重生!"她的话马上起了作用。因为当亚当缓缓地坐起,他立即睁开了眼睛。当他看到她时,亚当说,"你将会被称作万物之母,因为是你给予了我生命……"正是她,她是一名医生、是一个女人,她孕育了生命……女性的精神本质化为蛇身,成为指示者,教疏着人类。这时,夏娃说道,"你们不会死的,因为这里没有上帝告知你们

_____

① 《圣经·创世记》,2:23。
② 《圣经·创世记》,3:16。

的那些妒忌。你的眼睛应该睁开，你会像神一样，可以认清恶与善。"就这样，那个自大的统治者便开始诅咒女人与蛇。①

　　在此，不同于《旧约》中那对女性不遗余力的贬低，西尔科向正统基督教的话语权发起了挑战，她借用亚当之口来肯定了夏娃的地位——不再是依附男性的存附属品，而是"万物之母"，进而否定了上帝那无限的权威。

　　除此之外，小说中的女主人公海蒂对于基督教异教历史的痴迷，使她对传统基督教宣扬的被耶稣拯救的妓女抹大拉的马利亚（Mary Magdalene）这一段的描述也一直心存质疑。在传统的督教教义中，抹大拉的马利亚被诠释成为一个"罪孽深重的女人"，她身上有"鬼"，所以"使她出卖自己的身体"。被"鬼"附体的抹大拉的马利亚在正统的基督教中被描述成一位堕落的"神女"。② 抹大拉的马利亚被早期基督教称为"使徒们的使徒"，从耶稣受难起，她就坚决地追随着耶稣，直到耶稣被钉在十字架上，并被埋入坟墓。据记载她是第一位见证耶稣基督复活的信徒。然而，作为一名弱势女性，她在基督教中的历史地位终于被男性的光环所掩盖，使她的形象逐渐被人遗忘，甚至被扭曲、被诋毁。在《约翰福音》中，抹大拉的马利亚被误认为是那个"行淫时被拿的妇人"，③ 她形象等同于"妓女"。但《圣经》中却没有任何明确的记载来阐述原因，也看不出她有任何不轨的行为，只是借由抹大拉的马利亚，引出了耶稣的那句名言："你们中间谁是没有罪的，谁就可以先拿石头打她。"④ 这句名言也恰好成为圣经中带有男性性别歧视的依据。

　　海蒂深感自己肩负了一份责任。她要去证明，男性对圣经故事的解释充满歧视，这不仅是由于这种诠释损害了女性名誉，更重要的是，这种诠释是为了证明男性统治谱系的合理性。借助海蒂之口，西尔科挑战了基督教话语的权威性。于1943年出土的《拿哈马地文献》不仅仅重新开启了诺斯替主义的研究之门，更重新定义了一直被传统基督教认为是赎罪者的抹大拉的马利亚的这一身

---

① Leslie Marmon Silko, *Gardens in the Dunes*, p. 100.
② 杨慧林:《"大众阅读"的诠释学结果——以抹大拉的马利亚为例》,《圣经文学研究·第一辑》2007年第1期, 第322页。
③ 《圣经·约翰福音》, 8:1-1。
④ 《圣经·约翰福音》, 8:7。

份。小说中这样写道："抹大拉的马利亚是第一位目睹复活的耶稣，但是对徒彼得（Peter）却拒绝相信她。为什么（复活）的耶稣会首先出现在一个像抹大拉的马利亚这样的女人面前？"① 在海蒂看来，抹大拉的马利亚一直被边缘化，这是因为"其他的门徒们不喜欢抹大拉的马利亚，由于耶稣十分尊重她，他们妒忌她。"这种对性别的不公正态度与歧视，"海蒂感到十分的愤然。"海蒂继续说道："或许耶稣首先出现在她的面前是因为他想去教一下他的门徒们什么是谦逊。"② 通过对抹大拉的马利亚这一人物的重新评述，使其见证耶稣的复活，西尔科进一步肯定了女性在历史中的地位与角色，并以此凸显圣经中的女性主题。

对抹大拉的马利亚的肯定，从另一层面来讲，也重释了耶稣之死，从而将基督教教义中所宣扬的耶稣是替众生而受难的伟大形象完全地磨灭掉了。小说中是这样描述的：十字架上的耶稣看起来"更加放松一些，没有那么痛苦，他脸上的表情是那么的平静，甚至有些许的满足。难道说实际上这是古利奈人西门，因为他设法让耶稣免于受难，而感到平静与释然？"③ 除此之外，小说的文本对耶稣之死做了另一种诠释：

> 研究马吉安（Marcion）成为海蒂的另一个喜好。在他与他的跟随者被从教会逐出之后，马吉安建立了他自己的教会，这样又为异教加了一条分裂教会罪。……马吉安他们信仰至高的上帝所拥有的真正的慈爱，但这在《旧约》中却并没有发现；《旧约》中那公正的上帝（Just God）是一位充满着创造力的神，但却是易怒、嫉妒心强、有处罚别人的冲动的神；而《新约》中却是一位仁慈的上帝（Kind God），他派他的儿子来拯救人类。那些公正上帝的忠实信徒，在上帝的启示下用十字架钉死了耶稣，但是这一做法却同时也击毁了他们的上帝，而上帝的过错就在于出于无知杀害了耶稣。这样，公正的上帝所遭受的惩罚就是失去他的追随者的灵魂，因为这些追随者都拥护仁慈的上帝。这样，由于耶稣的受难人类得救了，而受拯救唯一所需要的就是相信上帝的爱。④

---

① Leslie Marmon Silko, *Gardens in the Dunes*, p. 95.
② Leslie Marmon Silko, *Gardens in the Dunes*, p. 95.
③ Leslie Marmon Silko, *Gardens in the Dunes*, p. 100.
④ Leslie Marmon Silko, *Gardens in the Dunes*, p. 99.

西尔科通过重新诠释耶稣之死，彻底击毁了《圣经》中在男性话语权下的基督普世救赎学说，打破了男性是这个世界的救世主的这一概说，否定了男性绝对权利的存在。虽然，西尔科在小说中对耶稣之死以及上帝的仁慈做了重新阐述，但西尔科自知，单凭她一己之力是无法改变基督教中的男权主义思想。所以西尔科无奈地接受了抹大拉的马利亚被基督教的正史所忽视和厌弃的这一事实，进而把海蒂的命运比作了抹大拉的马利亚。小说中这样写道，"……海蒂注定要与抹大拉的马利亚——这位臭名昭著的自由性爱的鼓吹者联系到一起，"原因只是因为海蒂对西方社会男权话语体系做出了挑战。① 这无疑深刻地揭露了西方社会对女性的打压，西尔科进而将抹大拉的马利亚与海蒂在男权社会中所处的困境归结为：也许她们不应该过于追随自己的信仰，也许她们不该在众人面前公然挑衅男性的权威，也许她们不应该过于执着历史与事实的真相，也许她们最不应该生为女人。这恰恰也表示出，作为一名女性作家的西尔科，在西方社会面前流露出的种种无奈。

三、女性身份话语的交汇

在抨击和解构帝国与男性的双重权力话语之后，如何建构适应女性文本的新型理论范式与阐释策略，即在反霸权话语之后如何建立自己的身份话语，成为西尔科在小说文本中所探究的另一问题。通过对海蒂与樱迪歌之间关系的描写，西尔科笔下的女性显然已逾越第一世界与第三世界的界线。通过不同女性话语的再现，西尔科将海蒂与樱迪歌的命运紧紧相连。这对原本属于不同种族、不同社会阶层的女性，却为了共同的目标——女性的独立与自由——而相互依靠。

为了躲避政府的殖民同化政策，樱迪歌误闯进了爱德华和海蒂家中的温室。在被发现后，海蒂说服了爱德华没有将其送回寄宿学校，并收养了樱迪歌这位印第安的小姑娘。表面上看来，这一场景十分符合 19 世纪的维多利亚小说诸多元素——孤儿、绅士、中产阶级知识分子家庭。但西尔科却未想只是真实地反映当时的时代精神与社会现实。在樱迪歌与海蒂经历了种种磨难后，两人之间

---

① Leslie Marmon Silko, *Gardens in the Dunes*, p. 101.

的感情不断地升华并交融一起，从而完美地实现了西尔科的融合观。

西尔科通过海蒂与樱迪歌彼此的命运交错，试图在第一世界的女性与第三世界的女性之间找到某种共识。海蒂努力摆脱父权思想的束缚与樱迪歌姐妹试图逃离主流社会的殖民，海蒂遭遇被男性主宰的学术界的排斥与樱迪歌在白人社会体会到的种族隔阂，都在两人之间形成了某种共鸣，这也让两者之间达成了一种无法言说的默契和理解。在接受阿诺德的访问时，西尔科坦言写这部小说的目的在于：

> 《沙丘花园》是描写当下的（小说）。……它为你提供一种精神与心灵的方式来活在当下。……它为你提供一种方式，但是这种方式是更加祥和、更加人性化、更加关注人与人之间的关系。……我想，通过它人们可以以另一种方式来看待事情，人们从中也可以找到一种将事物以精神方式联结再去抗争的可行之法。……它是关于人们怎么可以团结一心，使那些看似没有权力的人们可以将事情完成。人们彼此之间是多么的重要，在最为简单的人与人之间的层面上，人类是如何做到相互扶持的。那些严阵以待的动物、植物与人们之间是如何相互帮助来继续生存下去的。①

在呵护和养育樱迪歌的过程中，海蒂所面临的问题，不仅是关于怎样使不同种族与文化可以交融，更多的是如何面对白人社会所带来的质疑之声。在主流文化的眼中，樱迪歌是一个不折不扣的他者，是需要他们进行同化改造的他者。在海蒂看来，樱迪歌却是她精神上的向导，"（她）意识到了自己思想上的逐步改变，她不再那么惧怕生孩子了，她开始明白疼痛与危险是诞育新生命所做的必要牺牲。"② 在海蒂与樱迪歌的旅行过程中，在到达英国的布朗温姨妈以及她在意大利的好朋友劳拉那里时，她们领悟到了"所有祖先的神灵都在那里，就像是他们在一起创造着什么……（在不同的民族之间）存在着一种介质、一个区域是可以进行积极、真诚的交流的。"③ 这是因为"……我有德国的祖先。在这个领域内我可以感觉到，那些祖先们不像人类一样，会彼此区分，我的德

---

① Ellen L. Arnold, *Conversations with Leslie Marmon Silko*, pp. 183-185.

② Leslie Marmon Silko, *Gardens in the Dunes*, p. 175.

③ Ellen L. Arnold, *Conversations with Leslie Marmon Silko*, p. 165.

国祖先就在那里。我真的没想到。我想，当你敞开心扉的时候，当你不再刻意去想着某件事情的时候。那么这些祖先就会出现。"①

　　虽然，樱迪歌对于海蒂而言，如同精神支柱一般，海蒂也将樱迪歌视为女儿一样地对待，但却从未抹去小姑娘对家乡、对亲人的思念。海蒂并未因此而感到沮丧与不安，也从未产生将樱迪歌强行留下的自私想法，而是全力地帮助樱迪歌回到她的家人身边。正像小说中描写的一般，"她突然地意识到，他们必须帮助这个印第安小姑娘回到她姐姐和妈妈的身边！（把樱迪歌留在身边）是大错特错的！她过去怎么那么愚蠢啊！"② 西尔科对海蒂的描写体现了人性的爱与包容是没有种族界线的。

　　小说中对海蒂这一人物的塑造，从某种意义上说，是西尔科理想主义的体现，而将海蒂的命运最终定格在与樱迪歌姐妹相聚在贫瘠的保留地，在这一点上可以看出，作为一名印第安女性，作者创作视域还是会受到其民族价值取向的影响，无法完全逾越其社会身份，从而无法做到绝对客观地对当今社会中的女权主义进行梳理。倡导和尊重多元与差异，其最终的目的是为了人类社会的和谐共融。无论现实状况如何，但都无法掩蔽西尔科在小说中将这个美好愿望实现。

---

① Ellen L. Arnold, *Conversations with Leslie Marmon Silko*, p. 165.

② Leslie Marmon Silko, *Gardens in the Dunes*, p. 249.

第十四章

《沙丘花园》中的诺斯替主义与融合观

《沙丘花园》这部小说最具争议之处莫过于重新诠释了基督教传统思想，并重新肯定了诺斯替主义。借以拯救受拜金主义思想侵蚀的灵魂，并在肯定印第安文化价值的同时，实现其世界融合观的构想。诺斯替主义（Gnostism），或称为灵知主义，产生于古希腊晚期。"诺斯替"一词来源于希腊语"gnosis"，其字面含义是"'知识'，主要强调知识与拯救的关系，把知识当作获得拯救的手段。"① 诺斯替主义认为，拯救不是缘于原罪或罪责，而坚持通过知识的传递可以使"'灵魂'或'精神'从物质或质料的囚笼中获得解放。"② 此拯救观起初只涉及传统意义上的宗教与信仰，随着中世纪后期开展的"基督教诺斯替主义运动"，诺斯替主义被传承并发展至今，已逐步潜入现代思想体系中。它对于当下的宗教、文化、文学等研究均有着深远的影响。西尔科独具慧眼地认识到，诺斯替主义与美国土著文化传统之间有着千丝万缕的联系，诸如对传统基督教教义的质疑、将"拯救"视为己任、强调文化的包容与融合等等。小说《沙丘花园》生动地展示出了两者的契合之处，并指向一种世界融合观，为拯救当下拜金主义等社会弊病提供一些思考。

一、印第安文化与诺斯替主义

西尔科曾提到，《沙丘花园》的创作在一定程度上受到了畅销书《诺斯替福

---

① 汉斯·约纳斯：《诺斯替宗教》，张新樟译，上海：上海三联书店，2006 年，第 26 页。
② 汉斯·约纳斯：《灵知主义与现代性》，张新樟译，上海：华东师范大学出版社，2005 年，第 7 页。

音书》（Gnostic Gospel）的影响。① 《诺斯替福音书》不仅开启了诺斯替主义的
复苏之门，也使她从中找到了创作的灵感与主题。作者将土著文化中的"灵"
（spirituality）与诺斯替主义中的"诺斯"（gnosis）相连，使灵上升为一种知识，
以解放为物质所锢的精神。同时，在从诺斯替主义汲取灵感的过程中，西尔科
将土著文化的灵具体化为印第安文化的独特表征之一——鬼舞，以此拯救自己
乃至其他民族，也深化了诺斯替主义与印第安文化两者的契合度。

　　强调精神与物质的二元对立，是诺斯替主义与印第安文化的首要共通点，
二者均认为物质是导致精神堕落的根源。诺斯替主义自产生于古希腊晚期起即
被视为一场精神运动，旨在为处于精神困境中的人们提供一种独特的回应与处
理方式。著名的诺斯替主义研究者汉斯·约纳斯（Hans Jonas）指出，诺斯替主
义把世界视为"物质的、凝固了的'非智'，即堕落了的智慧，"只有通过知识
使灵魂升华才能救赎已堕落的世人。② 同样，由于西方"文明"的到来，"印第
安人发现……白人社会充满弊病，"人与神分离、无法沟通，导致人的灵魂腐
化。③ 诺斯替主义与印第安文化异曲同工，均致力于探求如何使人们从被造的
存在之束缚中解脱出来，"使'灵魂'或'精神'从物质的囚笼中获得解
放。"④ 印第安文化对精神世界推崇备至，小说中，西尔科以"花园"为喻，比
拟人物的精神世界，每个人物的出现与发展或多或少都与花园相关联。西尔科
将花园引申为人物内心世界的一道风景，被视为他们精神世界的展现。不同的
花园体现出不同的价值观：主人公樱迪歌与姐姐、外婆耕作的花园虽简陋，却
是印第安文化的传承、土著精神的依托，而在苏珊及爱德华这些主流社会的贵

---

① 《诺斯替福音书》（Gnostic Gospels）的作者为伊莱恩·帕格尔斯（Elaine Pagels）。1945
年在埃及出土的拿哈玛地经库，其中一部《托马斯福音》（Gospel of Thomas）在史料的
重要性上等同于四大福音书。这部书的出土引起了新一轮的诺斯替主义研究热。帕格
尔斯通过翻译、整理这些史料创作了《诺斯替福音书》，并于 1989 年出版。作者指出，
如果诺斯替被列入基督教的教义中，今日基督教就会大为不同。书中对早期基督教会
的宗教形象表示质疑，因为当时在正统基督教的发展中，政治因素已起到了决定性的
作用。同时，"女性"在早期基督教中具有显著的统治地位，但随着基督教的等级制度
发展，女性最终被驱逐出了权力的宫殿。这本书为那些研究基督教早期发展的人们提
供了更为广阔的视野，也开启了诺斯替主义的复兴之门。
② 汉斯·约纳斯：《灵知主义与现代性》，第 139 页。
③ 李剑鸣：《文化的边疆》，第 28 页。
④ 汉斯·约纳斯：《灵知主义与现代性》，第 7 页。

族阶层看来，花园则是身份与权利的象征，以及谋利的工具。虽然在传统基督教中，"花园"的意象常与幸福、快乐相联，例如伊甸园在《旧约》中意为"乐园"，但在西尔科笔下，上层社会中的花园却不再具备乐园的含义，而成了一个"痛苦、丑陋的地方"。① 通过对不同花园的比较，西尔科着重强调：在印第安人的文化中，精神尤为重要，因为它是被启示、被恩赐的，可以通过仪式的能量与神进行沟通，以回到原初、非堕落的时代。对精神层面的推崇可以让人在认识世界的进程中，摆脱商品拜物教的毒害，保持精神世界的纯净。

在印第安文化与诺斯替主义中，"蛇"所呈现的形象同《圣经》中万恶之首"撒旦"的化身截然不同。《圣经》中这样描述撒旦化为的蛇："……惟有蛇比田野一切的活物更狡猾。"② 人类的堕落缘于蛇的引诱，蛇是人类一切不幸的根源，因此，基督教中的蛇成了被诅咒、被唾骂的对象。然而，蛇在诺斯替主义中被喻为"夏娃智慧的道"，是引领人们接受知识、远离蒙昧的指路者。③ 根据《约翰密传》，创世记故事中的"'生命树'其前景其实是死亡，"④ 而创世的神"被回溯到从属性的、不完整的、甚至是心怀恶意的造物神，这个世界在起源上就被打上恶的烙印，"人类的命运也因此变得不幸。⑤ "由于亚当是用这腐朽世界中的材料所造，即便是他，也只能身属低级生物圈中的易堕落一员。"⑥ 人类的无知是真正引起不幸的根源，唯一的拯救办法就是要通过知识的传递使人们远离无知。在此，"蛇违抗造物主，成了'知识'的第一位传递者……并唤醒囚禁在这个世界中的人们的灵性能量。"⑦ 蛇在印第安文化中被视为神的使者，庇护着印第安人，因此蛇是神圣、不可侵犯的。无论是在《死者年鉴》，还是在《沙丘花园》中，西尔科都把蛇或蛇神的形象描述为人类的保护神、拯救人类的灵。这与《圣经》中万恶之源的蛇形成了鲜明的对比，从而彰显出印第安文化与诺斯替主义的切合之处——以蛇化身为先知来拯救人类。在

---

① 张新樟：《"诺斯"与拯救》，北京：生活·读书·新知三联书店，2005 年，第 297 页。

② 圣经（和合译本），上海：中国基督三自爱国运动委员会和中国基督教协会，2007 年，第 4 页。

③ 张新樟：《"诺斯"与拯救》，第 299 页。

④ 张新樟：《"诺斯"与拯救》，第 297 页。

⑤ 汉斯·约纳斯：《灵知主义与现代性》，第 6 页。

⑥ J. Zandee, "Gnostic Ideas on the Fall and Salvation", *Numen*, Vol. 11, No. 1, 1964, p. 17.

⑦ 汉斯·约纳斯：《诺斯替宗教》，第 70 页。

《死者年鉴》中，由于巨石蛇像被白人偷盗，使得印第安人的神灵遭受亵渎，导致印第安文化的沦落，而"蛇成了破译其余年鉴的关键。"① 正是由于巨石蛇像的引导，莱卡（Lecha）才得以破解年鉴，寻回印第安文化的真谛，从而使土著文化得以传承。在《沙丘花园》中，西尔科进一步把蛇视为整个世界膜拜的神灵，引导人们走出蒙昧。在印第安文化中，"蛇是一位神灵，承载着保卫他们、他们的畜群与家园的使命。"②

当论及部分与整体的关系时，诺斯替主义与土著文化所持观点再次不约而同。印第安文化崇尚集体主义，认为个人与部族不可分割，个人要依靠群体生存，脱离整体的个人等待着他们的只有精神的消殒、身份的丢失，例如《仪典》中的塔尤、《死者年鉴》中的斯特林。在《沙丘花园》中，西尔科塑造了另一例印第安文化整一性的代表，小主人公樱迪歌在抵制了主流社会的种种诱惑后，毅然决然重返物质贫乏、生活困苦的印第安部落，因为她所追求的是一种印第安文化的承袭——个人从属整体，整体也会为个人提供精神的归属。诺斯替主义则认为"按照这个古典的本体论教义，整体先于部分，比部分优越，部分是为了整体而存在的，在整体之中才能找到自身存在的意义。"③ 由于诺斯替主义发轫于古希腊末期，古希腊的城邦制度可以清晰地诠释出其整体与个人的关系，"它的公民分有这个整体，由于意识到自己是这个整体的一个部分而能够承认它的优先地位，尽管他们是易逝的、变化的，但他们不仅依赖整体而存在，而且也以他们的存在而维持整体的存在；正如整体的状态会影响部分的存在及其完美那样，他的行为也会影响整体的存在及其完美。"④ 同样，女人作为整体中不可或缺的部分，无论是在印第安文化中还是诺斯替主义中都占据重要地位。不同于基督教，诺斯替主义并不排斥女性在教会中居统治地位，而在印第安文化中，女性更是承载着拯救整个种族的重要使命。西尔科小说中的女主人公们，从《仪典》中的策河到《死者年鉴》中的莱卡，再到《沙丘花园》中的樱迪歌，无疑都肩负着传承文化与解救族人的重任。所以，无论是在部族还是宗教中，印第安的女性所处的重要地位恰与诺斯替主义的教义相符。诺斯替主义与

① Leslie Marmon Silko, *Almanac of the Dead*, p. 134.
② Leslie Marmon Silko, *Gardens in the Dunes*, p. 298.
③ 汉斯·约纳斯：《诺斯替宗教》，第45页。
④ 汉斯·约纳斯：《诺斯替宗教》，第45页。

土著文化同样寻求整体的不可分割性，强调个人是整体不可或缺的一部分。

诚如上述，印第安文化中的诸多元素与诺斯替主义相融通。这些契合点使西尔科在创作过程中，寻得精神动力来支撑其文化的拯救观，并使西尔科的视阈不再局限于印第安文化本身，而是越来越多地关注其他族裔与国家的生存问题。

二、诺斯替主义：文化拯救的精神动力

坚持物质与精神的二元对立、主张世人的堕落缘于物质对精神的腐蚀、相信人类通过重返精神世界可获救赎，这三种观点使诺斯替主义与印第安文化均视"拯救团体"为己任，也成为了西尔科小说创作一以贯之的核心思想。从《仪典》起，西尔科强调印第安灵的重要性，希望借助"灵"使世人超脱物欲束缚，从而使受商业文化侵蚀的精神得以拯救。毋庸置疑，西尔科从诺斯替主义寻得了启示，以"拯救"作为贯穿《沙丘花园》的中心思想。诺斯替主义宣扬把知识当作获得拯救的手段，并相信人通过自身努力，可以拯救自己。它不认为拯救缘于原罪或罪责，人类堕落是由于无知，而获得拯救是因为得到知识，从而使精神从物质的禁锢中得以释放。印第安文化提倡将人的灵魂从资本主义生产方式下的商品拜物教中解放出来。虽然二者拯救的途径存有差异，但是拯救的初衷及对精神的强调却十分相近。

在《沙丘花园》中，西尔科首先描写了拜金主义下人类精神的荒芜。男主人公爱德华与黑人助手坎迪（Candy）沦为资本主义商品膜拜的牺牲品。在商品拜物教的支配下，他们视亲情、爱情为微不足道的一丝温存，而这点温存随时都可以葬送在物欲的贪求中。为了一己私利，爱德华铤而走险，从世界各地盗运橡枝回美国，以图巨额利润。为此他不仅葬送了妻子海蒂对他的信任与爱，还搭上了自己的性命。对物质的过度贪婪使爱德华式的人物沦为物质的奴隶，他们把金钱近乎膜拜为神话，坚信"人，无论是白人还是有色人种，如果没有钱便一无是处。"① 这样一来，对金钱的顶礼膜拜使"货币拜物教的谜就是商品拜物教的谜，只不过变得明显了，耀眼了。"② 西尔科自己也感叹道，"钱这个

---

① Leslie Marmon Silko, *Gardens in the Dunes*, p. 387.
② 《马克思恩格斯全集》第 23 卷，北京：人民出版社，1975 年，第 111 页。

东西！人们既不能吃它，也不能喝它，但却都为其疯狂。"① 在金钱的掩盖下，原本人与人的社会关系变成了物与物的社会关系。本应受人支配的货币或物质却反客为主支配起了人，并使人对其奉若神明，从而使人逐渐遗忘精神世界的可贵。脱离了精神世界的人，如物欲横流的行尸走兽一般，这种人与物的颠倒、人性的缺失正是拜金主义带来的毒害。由此，因为对精神重要性的"无知"，那些拜金主义者们的"灵魂堕入物质的痛苦羁绊中。"② 其后果是使他们无意识地从自身的灵中异化，并接受此异化为一种"自然状态"。如何可以让他们的灵魂得以拯救并重新上升到神圣的起源，是诺斯替主义与印第安文化共同探究之处。

　　西尔科在描述金钱拜物者的精神贫瘠后，又将之与印第安人的拜物教做了一番鲜明对比。例如，"沙蜥人告诫她的孩子们要学会分享，不要贪婪，"③ 这与资本主义拜物教形成比较。印第安人的拜物教是"其文化的载体和表征，与土著物质文化、仪式、典礼、拜祭物、原始宗教相联系。"④ 印第安人对精神世界无比崇拜，认为任何物体的精神都不会因为死亡而从宇宙中消失，因为精神构成了宇宙的全部。死亡只是永生的一种形式，其精神会永存，印第安人的精神因此得以延续与传承。在印第安文化中，物质"……是没有用的。最后只剩下大地本身，他们都将化身为尘，重归大地……日子、岁月与世纪是一群在宇宙中游徊的神灵，永世轮回。夜与日的神灵将会永远保佑他的人民。"⑤ 西尔科通过印第安文化中对精神的崇拜，来改变人们对物质的过度追求，从而达到小说救赎的主旨。小说中，她所拯救的第一人便是海蒂。表面上她失去了富足的物质享受，但她的内心却在种种精神的洗礼后变得无比坚强。精神世界的恢复使海蒂领悟到，人类的物质文明所带来的不全是正面、积极的能量，也会诱使人类物欲的不断膨胀，最终导致毁灭。小说令读者动容之处的不仅是被拯救者的心灵转变，主人公小樱迪歌被设计成了一位拯救者，一位传递印第安灵的使者，更释放出美的光辉。正是在她的感召下，原本困顿不已、对人生已无眷顾

---

① Leslie Marmon Silko, *Gardens in the Dunes*, p. 398.
② 汉斯·约纳斯：《灵知主义与现代性》，第 104 页。
③ Leslie Marmon Silko, *Gardens in the Dunes*, p. 15.
④ 王建平：《死者年鉴：印第安文学中的拜物教话语》，《外国文学评论》2007 年第 2 期，第 45 页。
⑤ Leslie Marmon Silko, *Almanac of the Dead*, p. 523.

的海蒂找回人生的真谛，从而获得拯救。同时，作者将樱迪歌的一次旅行作为不同文化的碰撞，即土著文化的拜物教与西方社会的商品拜物教进行交锋的一次文本体验。作者最后安排爱德华与坎迪葬身于商品拜物教下，而海蒂在印第安灵的感召下得到拯救、重获新生，这个结局是对作者拯救观的隐喻。

小说中，除了塑造樱迪歌这一土著文化的传承者外，作者的拯救观还表现在对鬼舞的重新阐释，并借以肯定土著传统文化。知识在诺斯替主义中是获得精神的媒介，二者的关系对西尔科产生深刻影响。在印第安文化中，鬼舞是"灵"的一种表现，作者发现鬼舞与诺斯替主义的契合之处，并将其视为一种"诺斯"、一种"神性知识"，是弥赛亚与耶稣的化身。在诺斯替主义的启示下，鬼舞旨在使人远离喧嚣繁杂的物质社会，它帮助印第安人及其他族群与大地、动物、植物建立一种良性的互惠关系，使人类得以健康地生存、繁衍下去。然而，对于大多数的美国人来说，鬼舞往往与历史教科书中暴乱运动或宗教叛乱部分相联系。一些美国历史学家常常以一种轻蔑、诋毁的口吻，将鬼舞视为"'奇怪的''病态的'运动，并指责此舞会给美国带来一种类萨满效应（sha-manistic influence）。"① 甚至"美国政府惧怕弥赛亚之舞，"② 因为他们认为土著民企图通过鬼舞来聚众反抗，撼动他们窃取来的主权。然而，西尔科笔下的鬼舞，所强调的已不再是政治反抗的重要性，而是精神拯救的意义，她希望通过鬼舞来重新唤醒人的内部神性意识。西尔科从诺斯替主义中了解到，"世界上有很多种耶稣基督，化身为鬼舞中弥赛亚的耶稣……与耶稣的其他化身、显圣一样神圣、强大。"③ 通过对鬼舞中弥赛亚的塑造，西尔科试图解放受物欲束缚的灵魂。由于"当今世界正是由堕落的造物神所掌控，"西尔科希望通过对精神世界的重新肯定来唤回人们失落已久的良知，这是一场精神上反抗当下的运动。彻底摆脱物欲世界是诺斯替主义与印第安文化进行的"革命性反抗"。④

① Joel W. Martin, "Before and Beyond the Sioux Ghost Dance: Native American Prophetic Move-ments and the Study of Religion", *Journal of the American Academy of Religion*, Vol. 59, No. 4, 1991, p. 678.
② Leslie Marmon Silko, *Gardens in the Dunes*, p. 14.
③ Ellen L. Arnold, *Conversations with Leslie Marmon Silko*, p. 164.
④ 汉斯·约纳斯：《灵知主义与现代性》，第14页。

三、融合观：狭隘民族主义的超越

如果说在创作《仪典》时，西尔科尚未越过单一、狭隘的民族主义思想藩篱，那么从《死者年鉴》起，作为少数族裔作家的西尔科，其视域已扩展为对其他种族或国家生存危机的深切关注，并开始审视、思考、找寻解决人类精神危机的"普世"方法。在《沙丘花园》中，作者这种普世的救赎观已经极为清晰。小说几乎涵盖了整个西半球的文明与文化，在多种文明与文化的冲撞下，西尔科没有单纯采取庇护自己本民族文化的方法，而是通过文化的比较，彰显出印第安文化的可贵性，并为救赎物质化的西方世界道出一己之见，这也清楚地表明了她的世界融合观倾向。

现今，文化全球化的趋势在经济全球化的推动下已波及到世界的每个角落，印第安传统与文化在西方社会主流文化的冲击下处境岌岌可危。土著作家在创作过程中已无法只聚焦于本民族，而无视印第安人与白人之间在领土、主权与文化保留等诸方面的问题与冲突。土著学者伊丽莎白·库克琳（Elizabeth Cook – Lynn）指出："只有在文学作品中所表现出的民族文化思想不被看作为是接受或拒绝殖民文化的体现，也不被视为对美国权威文化的挑战、威胁或拥护，而被视为是这个民族凝聚力的一种展现时，这种弥漫在美国土著文学研究中旷日持久的政治问题才能不被关注。"① 的确，一如库克琳所言，在完成了前两部被视为政治小说的《仪典》与《死者年鉴》后，西尔科本人也承认，"一些人抱怨道……美国土著文学或美国黑人文学不应该是政治性的。……这些白人说来容易。因为他们已经拥有了全部，所以他们的作品可以与政治无关。"② 历经数百年军事、经济、政治与文化侵袭的印第安人却无法在他们的声音中完全的去政治化（depoliticization），因为寻找一种力量来为自己的民族身份定位是其未竟之业。一如福柯所述，取得"这种力量必须首先要把其视为内在于一定权力范围内的多种力量关系。在这个权力范围内，多种力量关系开始运作并构成它们

---

① Cook – Lynn Elizabeth, "Literary and Political Questions of Transformation: American Indian Fiction Writer," p. 47.

② Ellen L. Arnold, *Conversations with Leslie Marmon Silko*, p. 163.

自己的组织。"① 换言之，在西方话语权的势力范围内，进行身份定位时，要逾越狭隘的民族情结，不要拘泥于单一的民族拯救，集合并利用多种内部或外部力量关系来拯救物质堕落的世界，进而为自己的种族寻求存在的合理性。西尔科运用多种民族与文化的集合力量来拯救这个世界，借以肯定印第安文化的价值。

西尔科早期作品的故事线索与主题主要集中在她的家乡——拉古纳（Laguna）。围绕着拉古纳文化圈所发生的故事、族人之间的关系与部族的传统为其早期作品提供了源源不断的素材。然而，在她的后期作品中，除了对拉古纳的描写外，西尔科更多地强调印第安文学与西方世界、其他文化间的关系。这种关系体现为一种包容、大同的世界观，并成为《死者年鉴》《沙丘花园》等作品的核心思想之一。她坚信，虽然殖民主义与资本主义对自然界无度的消耗是人类世界即将被摧毁的根源。但不可置否，这种摧毁世界的力量不应只归咎于某个民族或国家，而是全世界人都应共同承担的责任。拯救全人类与修缮这个满目疮痍的世界不单单仰赖于几个部族、几个民族或几种文化，更多要依靠个体将自己归属为整体中的一部分，并恢复个人与人类、世界的关系。西尔科说道，"我更愿意以一种比较古老的方式……思考自己。那就是，首先，你是一个人；其次，你源自某个地方、某个家族、某种文化。但最关键的是，你是（属于这个世界的）一个人。"② 在《死者年鉴》与《沙丘花园》这两部小说中，作者试图阐述一种观点：我们的人性，我们的灵魂不需要边界。"我的小说是写给全世界的，我关注德国人、关注欧洲人。我相信，普韦布洛人——我们美洲大陆上的印第安人，不仅仅是印第安人，有独立主权的民族与人民，我们同时也是世界的公民，"③ 这可视为西尔科的融合观的宣言。在构思《沙丘花园》之前，西尔科找到了一条将融合观与西方文化、印第安文化相调和之路——诺斯替主义。在诺斯替主义感召下，西尔科理解到应从精神层面来了解世界。同时，诺斯替主义为西尔科提供其融合观的具体表现形式——鬼舞。西尔科试图通过鬼舞描述一种无所不容的精神，从而将不同民族的文化相融。通过这种融合，作

---

① Michel Foucault, *The History of Sexuality*: *An Introduction*, Trans. Hurley R, New York: Vintage, 1978, p. 92.

② Ellen L. Arnold, *Conversations with Leslie Marmon Silko*, p. xi.

③ Ellen L. Arnold, *Conversations with Leslie Marmon Silko*, p. 165.

者希望人类可以进行一次无国度、无民族、无身份障碍的心灵沟通。鬼舞将所有人的精神传统联结，形成一种综合、包容的信仰，旨在扩大人与人间相互依存、相互帮助的关系。同时，鬼舞把人类与自然合二为一，让人与大地、万物之间生成一种积极、互惠的关系，从而唤起宇宙中的多种弥赛亚，来拯救堕落的人类。西尔科认为，无论是《死者年鉴》还是《沙丘花园》中的弥赛亚并不只是属于某个特定族群或团体，它是一种全世界人都可以共同拥有的精神历程，可以拯救被物化了的人们。在此，作者通过鬼舞表达了印第安精神的实质，它是一种包容、同化的融合精神。同时，借助鬼舞普世救赎的实质，西尔科进一步深化了她的融合观。

纵观西尔科小说的创作历程，我们不难发现她的思想在逐步深化。从最初被定位成一位不折不扣的民族主义者，到后期的作品中开始接受并吸纳其他文化元素，作者清楚地意识到印第安文化的改变是不可避免的。对融合观的肯定，不仅仅是西尔科笔下探寻的一种文化生存策略，更体现出她在小说创作进程中对土著身份的强烈诉求。西尔科所坚持的融合观并非简单的杂糅，而是在主流文化中寻求自身存在的尊严，使之成为一种独立的、有价值的文化，而不再从属或依附于其他文化。

结　论

　　1977 年，年仅 29 岁的西尔科凭借小说《仪典》跻身美国文学界，成为美国土著文学的代表性作家之一，与司哥特·莫马戴、詹姆斯·韦尔奇等人一起被视为美国土著文艺复兴的领军者。《死者年鉴》出版后不久，其德文译本的问世让西尔科笔下的美国印第安文化走进欧洲读者的视野。随着散文诗集《圣水》（1993）、短片散文集《黄女人与美丽心灵》（1996）和历史小说《沙丘花园》的相继出版，西尔科在西方文坛的地位得以确立。美国土著文学的兴盛，西尔科创作日益完善，围绕西尔科作品的评论文章和研究专注逐年增多，研究范围不断走向纵深，可算是美国文学批评界的一个热点。

　　纵观西尔科的创作历程，她的小说植根于美国土著民族的历史和印第安人生活的现实，尽管所触及的历史和政治维度有所不同，但土著身份话语的建构始终是作者思考的核心。西尔科在创作中，一直试图寻找可能的途径，以弥补横亘在民族主义和世界主义之间的裂缝。因为她清楚地意识到，两种立场最终都有可能引发土著文化身份的新一轮危机。倘若像民族主义那样，一味坚持文化的差异，过分强调不同文化之间不可融合，那么不止于印第安文学，乃至印第安人对主权、自治和对传统的维护都会陷入僵局。同时，西尔科认为世界主义显然也不是解围之神，放弃对文化主权诉求的身份寻根，只会在对白人世界的谄媚中彻底丢失印第安的文化身份。

　　深入印第安身份话语演进的历史向度，在过去的数百年间，美国主流社会隐秘地消解、不断地蚕食古老的土著文化，取而代之的是对印第安人植入一套完整的西方知识文化体系。其结果就是印第安人的语言和习俗被无情解构，使他们只能口耳相传的语言符号所承载的文化变得越来越模糊不清，不止于此，更危险的是以口述为介质的印第安文化势必会因土著语言的消亡而泯灭踪迹。于是以英语写作的印第安作家,渴望真正回归到传统却不得不面对永远回不去的尴尬而感伤的现实。加之整体性在印第安文化中的重要性,决定了以英语为书写符号的土著文学和传统文化的不可分割,直接导致西方现代语言与印第安传统文化之间的悖论,可见民族主义者的立论矛盾重重。西尔科在《仪典》中,以传统文化为武器,坚决抵制西方文化的侵袭,却不得不将传统文化与西方文化杂糅,将印第安社会与白人世界并置,正是对部落现代性困惑的影射。然而西尔科亦不认同世界主义者的观点。尽管文化杂交态势不可避免,但这并不意味着印第安文学应当放弃对文化主权的诉求。在西尔科看来,作为世界主义的代表人物克鲁帕特对主权存在持否定态度,却认可边界的存在,是世界主义者盲目将文化"大同"误以为是土著文化的生存之道,其实质是在无意识地拜白人文化为"自我"或"主体"的文化,将印第安文化屈尊为"他者",降格为二等的文化。西尔科认为土著文学首先应当属于印第安民族,其次才属于美国文学的范畴,世界主义者未免有本末倒置之嫌疑。

基于对民族主义和世界主义的深刻反思,西尔科求同存异,将融合观作为二者的折中点。在西尔科看来,印第安文化的功用应当直指印第安文化生存与文化主权的诉求,因此她的小说仍然无法摆脱文本政治性的使命。也正因如此,西尔科的小说创作历程就像织网,编织一张印第安身份话语的网。从《仪典》充满了民族主义情结,到《死者年鉴》展现多元文化,再到《沙丘花园》融合观的完美体现,西尔科以小说画了一个圆、织出一张网,而这恰恰又隐喻了土著文化的复杂性和整一性的特点。在全球化的今天,西尔科通过创作一系列令人印象深刻的作品,紧紧扣住美国土著民族生存的时代脉搏,不断探究印第安人的身份问题,并探索出一条属于自己的身份话语建构之路。

诚然,西尔科笔下的融合观也并非尽善尽美,我们从作者的作品中仍可窥见融合观的局限性。所谓过犹不及,如何在民族主义与世界主义之间把握一个合适的度,也许也是西尔科在作品中一直探寻的问题。事实上,作品中融合观的建构,主要寄托于理想主义或曰乌托邦精神。例如在《沙丘花园》中,白人女性海蒂放弃上层优越的物质生活,选择留在贫瘠的保留地,融入了印第安文化,以此作为达到对她的拯救。不难看出,这样的拯救缺乏现实根基,是作者一厢情愿的理想。作为一名少数族裔作家,西尔科的创作视域深受自己民族的价值取向之影响，无法彻底逾越其社会身份，因此如何做到"客观地"包容与融合又是一个新的难题。不可否认的是，在倡导与尊重多元与差异的同时，在全球化背景下，西尔科的最终目的是为了人类社会的和谐共融，这也是作者在小说中描绘了一个"融合"的文本世界的最大意义和价值。

参考文献

一、英文书目

(一) 西尔科英文作品

Silko, L. M. . *Ceremony.* New York: Penguin Books, 1977.

——. *Storyteller.* New York: Arcarde Pub. , 1981.

——. *Almanac of the Dead.* New York: Penguin Books, 1992.

——. *Sacred Water: Narratives and Pictures.* Tucson: Flood Plain Press, 1993.

——. *Yellow Woman and a Beauty of the Spirit.* New York: Simon and Schuster, 1996.

——. *Gardens in the Dunes.* New York: Simon and Schuster, 1999.

——. *The Turquoise Ledge: A Memoir.* New York: Viking, 2010.

Silko, L. M. and James Wright. *The Delicacy and Strength of Lace.* Saint Paul: Graywolf Press, 1986.

(二) 西尔科英文研究专著

Barnett, Louise K. and James L. Thorson. *Leslie Marmon Silko: A Collection of Critical Essays.* Albuquerque: University of New Mexico Press, 2001.

Chavkin, Allan, ed. . *Leslie Marmon Silko's Ceremony: A Casebook.* New York: Ocford University Press, 2002.

Coltelli, Laura. *Reading Leslie Marmon Silko: Critical Perspectives through Gardens in the Dunes.* Pisa: Pisa University Press, 2008.

Fitz, Brewster E. . *Silko: Writing Storyteller and Medicine Woman.* Norman: University of Oklahoma Press, 2004.

Nelson, Robert M. . *Leslie Marmon Silko's Ceremony: The Recovery of Tradition.* Bern: Peter Lang Publishing, 2008.

Seyersted, Per. *Leslie Marmon Silko*. Boise: Boise State University Press, 1980.

Snodgrass, M. E. . *Leslie Marmon Silko: A Literary Companion*. Jefferson: McFarland, 2011.

（三）西尔科英文访谈集

Arnold, Ellen L. . *Conversations with Leslie Marmon Silko*. Jackson: University Press of Mississippi, 2000.

Coltelli, Laura. *Winged Words: American Indian Writers Speak*. Lincoln: University of Nebraska Press, 1990.

（四）西尔科英文博士论文

Lew, SeungGu. *Going Paranoid from the Cold War to the Post – cold War: Conspiracy Fiction of DeLillo, Didion, and Silko*. College Station: Texas AandM University, 2009.

（五）英文理论书籍

Adams, David Wallace. *Education for Extinction: American Indians and the Boarding School Experience*, 1875 – 1928. Lawrence: University Press of Kansas, 1995.

Allen, Paula Gunn. *Studies in American Indian Literature: Critical Essays and Course Designs*. New York: Modern Language Association of America, 1983.

——. *The Sacred Hoop: Recovering the Feminine in American Indian Traditions*. Boston: Beacon Press, 1986.

——. *American Indian Literatures*. Albuquerque: University of New Mexico Press, 1989.

——. *Off the Reservation: Reflections on Boundary – Busting Border – Crossing Loose Canons*. Boston: Beacon Press, 1998.

Alexie, Sherman. *Reservation Blues*. New York: Grove Press, 1995.

Ammons, Elizabethand Annette White – Parks, eds. . *Tricksterism in Turn – of – the – Century American Literature*. Hanover, NH: University Press of New England, 1994.

Anderson, Eric Gary. *American Indian Literature and the Southwest: Contexts and Dispositions*. Austin: University of Texas Press, 1999.

Anzaldúa, Gloria. *Borderlands: The New Mestiza/La Frontera*. 1st ed. San Francisco: Spinsters/Aunt Lute, 1987.

Ashcroft, Bill, Gareth Griffiths andHelen Tiffin. *Postcolonial Studies: The Key Concepts*. Abingdon: Routledge, 2013.

Axtell, James. *After Columbus: Essays in the Ethnohistory of Colonial North America*. New

York: Oxford University Press, 1985.

Baker, Houston A Jr.. *Blues, Ideology, and Afro – American Literature: A Vernacular Theory.* Chicago: University of Chicago Press, 1984.

Barrett, C. A. and H. J. Markowitz. *American Indian Culture* (Volume 1). Pasadena: Salem Press, 2004.

Bataille, Gretchen, ed.. *Native American Women: A Biographical Dictionary.* New York: Garland Publishing, 1993.

Baudrillard, Jean, ed.. *The Transparency of Evil: Essays on Extreme Phenomena.* Trans. James Benedict. London: Verso, 1993.

Bellin, Joshua. *The Demon of the Continent: Indians and the Shaping of American Literature.* Philadelphia: University of Pennsylvania Press, 2000.

Berglund, Jeff. *Cannibal Fictions: American Explorations of Colonialism, Race, Gender, and Sexuality.* Madison: University of Wisconsin Press, 2006.

Berkhofer, Robert F.. *The White Man's Indian: Images of the American Indian from Columbus to the Present.* New York: Vintage, 1979.

Bhabha, HomiK.. *The Location of Culture.* New York: London and New York, 1994.

———. *Nation and Narration.* New York: Routledge, 1990.

Blaeser, Kimberly M.. *Gerald Vizenor: Writing in the Oral Tradition.* Norman: University of Oklahoma Press, 1996.

Blazek, William and M. K. Glenday. *American Mythologies: Essays on Contemporary Literature.* Liverpool: Liverpool University Press, 2005.

Boyarin, Jonathan. *Remapping Memory: The Politics of TimeSpace.* Minneaplois: University of Minnesota Press, 1994.

Brant, Beth. *A Gathering of Spirit: A Collection by North American Indian Women.* Ithaca: Firebrand Books, 1988.

Brumble, David H. III. *American Indian Autobiography.* Berkeley: University of California Press, 1988.

Calloway, Colin G.. *New Worlds for All: Indians, Europeans, and the Remaking of Early America.* Baltimore: Johns Hopkins University Press, 1997.

Campbell, Joseph. *The Inner Reaches of Outer Space: Metaphor as Myth and as Religion.* New York: Harper and Row, 1986.

Carothers, Thomas. *In the Name of Democracy: U. S. Policy Toward Latin America in the Reagan Years.* Berkeley: U of California P, 1991.

Carr, Helen. *Inventing the American Primitive*: *Politics*, *Gender*, *and the Representation of N-ative American Literary Traditions*, 1789 – 1936. New York: New York University Press, 1996.

Champagne, Duane and Jay Stauss, eds.. *Native American Studies in Higher Education*: *Models for Collaboration between Universities and Indigenous Nations*. Wanlut Creek, CA: AltaMira Press, 2002.

Cheyfitz, Eric. *The Columbia Guide to American Indian Literatures of the United States Since 1945*. New York: Columbia University Press, 2004.

Clifford, James. *The Predicament of Culture*: *Twentieth – Century Ethnography*, *Literature*, *and Art*. Cambridge: Harvard University Press, 1988.

Child, Brenda J.. *Boarding School Seasons*: *American Indian Families*, 1900 – 1940. Lincoln: University of Nebraska Press, 1998.

Cohen, F. S.. *Handbook of Federal Indian Law*. Washington: United States Government Printing Office, 1945.

Coltelli, Laura. *WingedWords*: *AmericanIndian Writers Speak*. Lincoln: Universityof NebraskaPress, 1990.

Cook – Lynn, Elizabeth. *Why ICan' t Read Wallace Stegner andOther Essays*. Madison: University of Wisconsin Press, 1996.

——. *Anti – Indianism in Modern America*: *A Voice from Tatekeya's Earth*. Urbana: University of Illinois Press, 2001

——. *New Indians*, *Old Wars*. Urbana and Chicago: University of Illinois Press, 2007.

Cramer, Renée Ann. *Cash*, *Color*, *and Colonialism*: *The Politics of Tribal Acknowledgment*. Norman: University of Oklahoma Press, 2005.

Cuero, Delfina andFlorence Connolly Shipek. *Delfina Cuero*: *Her Autobiography*, *an Account ofHer Last Years*, *and Her Ethnobotanic Contributions*. Menlo Park, CA: Ballena Press Anthropological Papers, 1991.

Dearborn, Mary V.. *Pocahontas's Daughters*: *Gender and Ethnicity in American Culture*. New York: Oxford University Press, 1986.

Deloria, Philip. *Playing Indian*. New Haven: Yale University Press, 1999.

——. *Indians in Unexpected Places* (*Culture America*) . Lawrence: University of KansasPress, 2004.

Deloria, VineJr.. *Custer Died for Your Sins*: *An Indian Manifesto*. Norman: University of Oklahoma Press, 1988.

——. *American Indian Policy in the Twentieth Century*. Norman ; University of Oklahoma

Press, 1985.

Deloria, VineJr. and Clifford M. Lytle. *The Nations Within: The Past and Future of American Indian Sovereignty*. New York: Pantheon Books, 1984.

Dennis, Helen May. *Native American Literature: Towards a Spatialized Reading*. New York: Taylor and Francis, 2007.

Derounian – Stodola, Kathryn Zabelle and James Arthur Levernier. *The Indian Captivity Narrative: 1550 – 1900*. New York: Twayne, 1993.

Derrida, Jacques. *Monolingualism of the Other or, the Prosthesis of Origin*. Trans. by Patrick Mensah. Stanford: Stanford University Press, 1998.

Dippie, Brian W.. *The Vanishing American: White Attitudes and U. S. Indian Policy*. Lawrence: University Press of Kansas, 1982.

Dorris, Michael and Louise Erdich. *The Crown of Columbus*. New York: HarperCollins Publishers, 1991.

Drinno, Richard. *Facing West: The Metaphysics of Indian – Hating and Empire – Building*. Norman: University of Oklahoma Press, 1997.

DSouza, Dinesh. *Illiberal Education: The Politics of Race and Sex on Campus*. New York: TheFree Press, 1991.

Dunn, Carolyn and Carol Comfort. *Through the Eye of the Deer: An Anthology of Native AmericanWomen Writers*. 1st ed. San Francisco: Aunt Lute Books, 1999.

Eagleton, Terry. *EagletonCriticism and Ideology: A Study in Marxist Literary Theory*. London: Verso, 1985.

Eco, Umberto. *The Search for the Perfect Language*. Trans. James Fentress. Oxford: Blackwell, 1995.

Erdrich, Heid E. , and Laura Tohe. *Sister Nations: Native American Women Writers on Community*. St Paul, MN: Minnesota Historical Society Press, 2002.

Forbes, Jack D. . *Africans and Native Americans: The Language of Race and the Evolution of Red – Black Peoples*. Urbana: University of Illinois Press, 1993.

Foucault, Michel. *The History of Sexuality: An Introduction*. Trans. Robert Hurley. New York: Vintage, 1978.

——. *Power/Knowledge: Selected Interviews and Other Writings*, 1972 – 1977. Ed. Colin Gordon. Trans. Colin Gordon and others. New York: Pantheon, 1980.

Grande, Sandy. *Red Pedagogy: Native American Social and Political Thought*. Lanham: Rowmanand Littlefield, 2004.

Garroutte, Eva Marie. *Real Indians: Identity and the Survival of Native America*. Berkeley: U-
niversity of California Press, 2003.

Gibson, Arrell Morgan. *The American Indian: Prehistory to the Present*. Kentucky: Wad-
sworth Publishing, 1979.

Hall, Anthony J.. *The American Empire and the Fourth World: The Bowl with One Spoon*.
Montreal and Kingston: McGill – Queen's University Press, 2005.

Harjo, Joy andGloria Bird, eds.. *Reinventing the Enemy's Language: Contemporary Native
Women's Writing of North America*. New York: W. W. Norton and Company, 1997.

Hernandez – Avila, Ines. *Reading Native American Women: Critical/creative Representations*.
Lanham, MD: Altamira Press, 2005.

Hertzberg, H. W.. *The Search for an American Indian Identity: Modern Pan – Indian Move-
ments*. New York: Syracuse University Press, 1982.

Hogan, Linda. *The Woman Who Watches over the World: A Native Memoir*. New York:
W. W. Norton, 2001.

Hofstadter, Richard. *The Paranoid Style in American Politics: And Other Essays*. Boston:
Harvard University Press, 1996.

Holquist, Michael. *The Dialogic Imagination: Four Essays by M. M. Bakhtin*. Austin: Uni-
versity of Texas Press, 1981.

Hopkins, Sarah Winnemucca, and Mary Tyler Peabody Mann. *Life among the Piutes Their
Wrongs and Claims*. Boston: Cupples, Upham and Co, 1883.

Howe, LeAnne. *Evidence of Red : Poems and Prose (Earthworks Series)* . Great Wilbraham,
Cambridge: Salt Publishing, 2005.

Huhndorf, Shari M.. *Going Native: Indians in the American Cultural Imagination*. Ithaca:
Cornell U P, 2001.

Jakoski, Helen, ed.. *Early Native American Writing: New Critical Essays*. New York: Cam-
bridge University Press, 1996.

Jara, Rene, and Nicholas Spadaccini, eds.. *Amerindian Images and the Legacy of Columbus*.
Minneapolis: University of Minnesota Press, 1992.

Jehlen, Myra. *American Incarnation: The Individual, The Nation, and The Continent*. Cam-
bridge, MA: Harvard University Press, 1986.

Jennings, Francis. *The Invasion of America: Indians, Colonialism, and the Cant of Conquest*.
Chapel Hill: The University of North Carolina Press, 1976.

Kidwell, Clara Sue and Velie Alan. *Native American Studies*. Edinburgh: University of Nebraska Press, 2005.

Krupat, Arnold. *Red Matters: Native American Studies*. Philadelphia: University of Pennsylvania Press, 2002.

Krupat, Arnold. *Ethnocriticism: Ethnography, History, Literature*. Berkeley: University of California Press, 1992.

———. ed. . *New Voices in Native American Literary Criticism*. Washington, DC: Smithsonian Institution Press, 1993.

———. *For Those Who Come After: A Study of Native AmericanAutobiography*. Berkeley: University of California Press, 1985.

———. *The Turn to the Native: Studies in Criticism and Culture*. Lincoln: University of Nebraska Press, 1996.

———. *The Voice in the Margin: Native American Literature and the Canon*. Berkeley: University of California Press, 1989.

Laclau, Ernesto and Chantal Mouffe. *Hegemony and Socialist Strategy*, London: Verso, 1985.

———. *Indi'n Humor: Bicultural Play in Native America*. New York: Oxford University Press, 1993.

Larson, Charles R. . *American Indian Fiction*. Albuquerque: University of New Mexico Press, 1978.

Lincoln, Kenneth. *Native American Renaissance*. London: University of California Press, 1985.

Littlefield, Daniel. *A Bio – bibliography of Native American Writers*, 1772 – 1924. Metuchen: Scarecrow, 1981.

Maddox, Lucy. *Removals: Nineteenth – Century American Literature and the Politics of Indian Affairs*. New York: Oxford University Press, 1991.

Maitino, John R. and David R. Peck, eds. . *Teaching American Ethnic Literatures*. Albuquerque: University of New Mexico Press, 1996.

Manuel, George and Michael Posluns. *The Fourth World: an Indian Reality*. Cambridge: Collier – Macmillan Canada, 1974.

Martin, Calvin. *The American Indian and the Problem of History*. New York: Oxford University Press, 1987.

McCaffery, Larry. *Some Other Frequency: Interviews with Innovative American Authors*. Philadelphia: University of Pennsylvania Press, 1996.

McClure, John A.. *Partial Faiths: Postsecular Fiction in the Age of Pynchon and Morrison.* Athens: University of Georgia Press, 2007.

Merriam, Clinton Hart. *Indian Names for Plants and Animals among Californian and Other Western North American Tribes.* Menlo Park, CA: Ballena Press, 1979.

Mihesuah, Devon A., ed.. *Natives and Americans: Researching and Writing about American Indians.* Lincoln, NE: University of Nebraska Press, 1998.

Mihesuah, Devon A.. *American Indians: Stereotypes and Realities.* Atlanta, GA: Clarity, 1996.

——. *Indigenous American Women: Decolonization, Empowerment, Activism. Contemporary Indigenous Issues.* Lincoln: University of Nebraska Press, 2003.

Miller, Mark Edwin. *Forgotten Tribes: Unrecognized Indians and the Federal Acknowledgment Process.* Lincoln, NE: University of Nebraska Press, 2004.

Modesto, Ruby and Guy Mount. *Not for Innocent Ears : Spiritual Traditions of a Desert Cahuilla Medicine Woman.* Angelus Oaks, CA: Sweetlight Books, 1980.

Moore, MariJo. *Genocide of the Mind: New Native American Writing.* New York: Nation Books, 2003.

Moquin, Wayne and Charles Van Doren. *Great Documents in American Indian History.* New York: Da Capo Press, 1995.

Morison, Samuel Eliot. *Admiral of the Ocean Sea: A Life of Christopher Columbus.* Boston, Little Brown and Co., 1942.

Moses, Cathy. *Dissenting Fictions: Identity and Resistance in the Contemporary American Novel.* London and New York: Routledge, 2000.

Murray, David. *Forked Tongues: Speech, Writing, and Representation in North American Indian Texts.* Bloomington: Indiana University Press, 1991.

Muthyala, John. *Reworlding America: Myth, History, and Narrative.* Athens: Ohio University Press, 2006.

Nabokov, Peter. *Native American Testimony: An Anthology of Indian and White Relations.* New York: Harper and Row, Publishers, 1978.

Nauta, Laura. *Native Americans: a Resource Guide.* Beltsville: The United States Department of Agriculture, 1992.

O'Nell, Theresa DeLeane. *Disciplined Hearts: History, Identity, and Depression in an American Indian Community.* Berkeley: University of California Press, 1996.

Owens, Louis. *The Other Destinies.* Norman and London: University of Oklahoma

Press, 1992.

——. *Mixedblood Messages: Literature, Film, Family, Place. Norman*, Norman: University of Oklahoma Press, 1998.

——. *Erdrich and Dorris's Mixed – bloods and Multiple Narratives.* New York: Oxford University Press, 2000.

Peck, David. *American Ethnic Literatures; An Annotated Bibliography.* Pasadena: Salem, 1992.

Prucha, Francis P. . *Documents of United States Indian Policy.* Nebraska: University of Nebraska Press, 1990,

Pulitano, Elvira. *Toward a Native American Critical Theory.* Lincoln, NE: University of Nebraska Press, 2003.

——. *Transatlantic Voices: Interpretations of Native North American Literatures.* Lincoln: University of Nebraska Press, 2007.

Rawls, John. *A Theory of Justice.* Cambridge: the Belknap Press of Harvard University Press, 1971.

Rock, Roger. *The Native American in American Literature: A Selectively Annotated Bibliography.* Westport, CT: Greenwood Press, 1985.

Rose, Wendy. *Bone Dance : New and Selected Poems*, 1965 – 1993. Sun Tracks: Universityof Arizona Press, 1994.

Rosen, Kenneth. *Voices of the Rainbow: Contemporary Poetry by American Indians.* New York: Viking Press, 1975.

Ruffo, Armand Garnet and Greg Young – In. (*Ad*) *dressing Our Words: Aboriginal Perspectives on Aboriginal Literature.* Penticton: Theytus Books, 2001.

Ruoff, A. LaVonne Brown. *American Indian Literatures: An Introduction, Bibliographic Review, and Selected Bibliography.* New York: Modern Language Association, 1990.

——. *Literatures of the American Indian.* New York: Chelsea House Publishers, 1991.

Ruoff, A. LaVonne Brown and Jerry W. Ward, Jr. , eds. . *Redefining American Literary History.* New York: Modern Language Association, 1990.

Ruppert, James. *Mediation in Contemporary Native American Fiction.* Norman: University of Oklahoma Press, 1995.

Sadowski – Smith, Claudia. *Border Fictions: Globalization, Empire, and Writing at the Boundaries of the United States.* Charlottesville: University of Virginia Press, 2008.

Sale, Kirkpatrick. *The Conquest of Paradise: Christopher Columbus and the Columbian Legacy.*

New York: Knopf, 1990.

Sarris, Greg. *Keeping Slug Woman Alive*: *A Holistic Approach to American Indian Texts*. Berkeley: University of California Press, 1993.

Sayre, Gordon M.. *Les SauvagesAmericains*: *Representations of Native Americans in French and English Colonial Literature*. Chapel Hill: University of North Carolina Press, 1997.

Scheckel, Susan. *The Insistence of the Indian*: *Race and Nationalism in Nineteenth – Century American Culture*. Princeton: Princeton UniversityPress, 1998.

Schneider, Mary Jane. *North Dakota Indians*: *An Introduction*. Dubuque , IA: Kendall Hunt Publishing Co, 1986.

Sheehan, Bernard. *Seeds of Extinction*: *Jeffersonian Philanthropy and the American Indian*. New York: W. W. Norton, 1974.

Shukla, Sandhya and Heidi Tinsman. *Imagining Our Americas*: *Toward a Transnational Frame*. Durham, NC: Duke University Press Books, 2007.

Siemerling, Winifried. *The New North American Studies*: *Culture, Writing, and the Politics of Re/Cognition*. New York and London: Routledge, 2005.

Silverman, Kenneth. *A Cultural History of the American Revolution*. New York: Thomas Y. Crowell, 1976.

Smith, Andrea. *Conquest*: *Sexual Violence and American Indian Genocide*. Cambridge, MA: South End Press, 2005.

Sollors, Werner. *The Invention of Ethnicity*. New York: Oxford University Press, 1989.

——. *Beyond Ethnicity*: *Consent and Descent in American Culture*. New York: Oxford University Press, 1987.

Spivak, Gayatri. *The Post – Colonial Critic*: *Interviews, Strategies, Dialogues*. New York: Routledge, 1990.

Spurgeon, Sara L.. *Exploding the Western*: *Myths of Empire on the Postmodern Frontier*. Texas: Texas AandM University Press, 2005.

Stensland, Anna Lee. *Literature By and About the American Indian*: *An Annotated Bibliography Junior and Senior High School Students*. Urbana, IL: National Council of Teachers of English, 1973.

Stromberg, Ernest. *American Indian Rhetorics of Survivance*: *Word Medicine, Word Magic*. Pittsburgh: University of Pittsburgh Press, 2006..

Sturtevant, William C.. *Handbook of North American Indians*. Vols. 4, 7 – 10, 11, 15. Washington, DC: Smithsonian Institution, 1978 – 1981.

Sugg, Katherine. *Gender and Allegory in Transamerican Fiction and Performance*. New York:

Palgrave Macmillan, 2008.

Swann, Brian, and Arnold Krupat, eds.. *Recovering the World: Essays on Native American Literature*. Berkeley: University of California Press, 1987.

Swann, Brian, ed.. *Smoothing the Ground: Essays on Native American Oral Literature*. Berkeley: University of California Press, 1983.

Takaki, Ronald. *A Different Mirror: A History of Multicultural America*. Boston: Little, Brown and Company, 1993.

——. *Iron Cages: Race and Culture in 19th Century America*. New York: Oxford University Press, 1979.

Tocqueville, Alexis de and Isaac Kramnick. *Democracy in America*. Trans. Gerald Bevan. Cambridge: Sever and Francis, 1862.

Todorov, Tzvetan. *The Conquest of America: The Question of the Other*. Trans. Richard Howard. New York: Harper Perennial, 1984.

Treuer, David. *Native American Fiction: A Use's Manual*. Minneapolis: Graywolf Press, 2006.

Turner, Frederick Jackson. *The Significance of the Frontier in American History*. Eastford, CT: Martino Fine Books, 2014.

Vecsey, Christopher. *Imagine Ourselves Richly: Mythic Narratives of North American Indians*. New York: Harper San Francisco, 1991.

Velie, Alan R.. *American Indian Literature: An Anthology*. Norman: University of Oklahoma Press, 1979.

——. *Four Indian Literary Masters: N. Scott Momaday, James Welch, Leslie Marmon Silko, and Gerald Vizenor*. Norman: University of Oklahoma Press, 1982.

——. *Native American Perspectives on Literature and History*. Norman: University of Oklahoma Press, 1994.

Vizenor, Gerald Robert. *Wordarrows: Indians and Whites in the New Fur Trade*. Minneapolis: University of Minnesota Press, 1978.

——. *Narrative Chance: Postmodern Discourse on Native American Indian Literatures*. Norman: University of Oklahoma Press, 1989.

——. *Crossbloods: Bone Courts, Bingo, and Other Reports*. Minneapolis: University of Minnesota Press, 1990.

——. *Interior Landscapes: Autobiographical Myths and Metaphors*. Minneapolis: University of Minnesota Press, 1990.

——. *The Heirs of Columbus*. Middletown, CT: Wesleyan University Press, 1991.

——. *Native – American Literature: A Brief Introduction and Anthology*. New York: Long-man, 1997.

——. *Fugitive Poses: Native American Indian Scenes of Absence and Presence*. Lincoln, NE: University of Nebraska Press, 1998.

——. *Manifest Manners: Narratives on PostindianSurvivance*. Lincoln, NE: University of Nebraska Press, 1999.

——. *The Trickster of Liberty: Native Heirs to a Wild Baronage*. Norman: University of Oklahoma Press, 2005.

Walker, Cheryl. *Indian Nation: Native American Literature and Nineteenth – Century Nationalisms*. Durham: Duke University Press, 1997.

Warrior, Robert Allen. *Tribal Secrets: Recovering American Indian Intellectual Traditions*. Minneapolis: University of Minnesota Press, 1995.

Washburn, Wilcomb. *The Indian in America*. New York: Harper and Row Publishers, 1975.

Weaver, Jace, Craig S. Womack and Robert Warrior. *American Indian Literary Nationalism*. Albuquerque: University of New Mexico Press, 2006.

——. ed. . *Critical Essays on Native American Literature*. Boston: G. K. Hall, 1985.

——. ed. . *Dictionary of native American literature*. New York: Garland Publishing, 1994.

Weeks, Philip. *Farewell, My Nation: The American Indian and the United States in the Nineteenth Century*. Wheeling: Harlan Davidson, Inc. , 2001.

Wiget, Andrew. *Native American Literature (Twayne's United States Authors Series)* . Boston: Twayne Publishers, 1985.

——. *That the People Might Live: Native American Literatures and Native American Community*. New York: Oxford University Press, 1997.

——. *Native American Religious Identity: Unforgotten Gods*. New York: Orbis Books, 1998.

——. *Other Words: American Indian Literature, Law, and Culture*. Norman: University of Oklahoma Press, 2001.

Williams, Raymond. *Marxism and Literature*. · Oxford and New York: Oxford UP, 1977.

Wolfe, Alan. *Does American Democracy Still Work*. New Haven: Yale University Press, 2007.

Woody, Elizabeth. *Seven Hands, Seven Hearts*. 1st ed. Portland, OR: Eighth Mountain Press, 1994.

Womack, Craig S. . *Red on Red: Native American Literary Separatism*. Minneapolis, MN : University of Minnesota Press, 1999.

Wong, Hertha Dawn. *Sending My Heart Back Across the Years: Tradition and Innovation in N-ative American Autobiography.* New York: Oxford University Press, 1992.

Zitkala, Sa and Susan Rose Dominguez. *American Indian Stories.* Lincoln: University ofNebraska Press, 2003

Zolbrod, Paul G.. *Reading the Voice: Native American Oral Poetry on the Page.* Salt Lake City: University of Utah Press, 1995.

（六）英文期刊杂志

Adamson, Joni. "'? TodosSomosIndios!' Revolutionary Imagination, AlternativeModernity, and TransnationalOrganizing in the Work of Silko, Tamez, and Anzaldúa." *Journal of Transnational American Studies*, Vol. 4, No. 1, 2012, pp. 1 – 26.

Aldama, Frederick Luis. "Conversations with Leslie Marmon Silko." *World Literature Today*, Vol. 75, Iss. 3/4, 2001, pp. 227 – 229.

Alien, Paula Gunn. "Special Problems in Teaching Leslie Marmon Silko's*Ceremony*." *American Indian Quarterly*, Vol. 14, No. 4, 1990, pp. 379 – 386.

Archuleta, Elizabeth. "Securing Our Nation's Roads and Borders or Re – Circling the Wagons? Leslie Marmon Silko's Destabilization of 'Borders'." *WicazoSa Review*, Vol. 20, No. 1, 2005, pp. 113 – 137.

Avila, Monica. "Leslie Marmon Silko's*Ceremony*: Witchery and Sacrifice of Self." *The Explicator*, Vol. 67, No. 1, 2008, pp. 53 – 55.

Bell, Virginia E.. "Counter – Chronicling and Alternative Mapping in *Memoria del fuego* and *Almanac of the Dead.*" *MELUS*, Vol. 25, 2000, pp. 5 – 30.

Bernadin, Susan. "The Authenticity Game: 'Getting Real' in Contemporary American Indian Literature." *True West: Authenticity and the American West*, eds. William R. Handley and Nathaniel Lewis. Lincoln, NE: University of Nebraska Press, 2004, pp. 155 – 175.

——. "The Lessons of a Sentimental Education: Zitkala – sa's Autobiographical Narratives." *Western American Literature*, Vol. 32, No. 3, 1997, pp. 212 – 238.

Beverley, John. "The Margin at the Center onTestimonio (Testimonial Narrative)." *De/Colonizing the Subject: The Politics of Gender in Women's Autobiography*, eds. SidonieSmith and Julia Watson, Minneapolis: University of Minnesota Press, 1992, pp. 91 – 114.

Bissell, Richard E.. "The 'Fourth World' at the United Nations." *The World Today*, Vol. 31, No. 9, 1975, pp. 376 – 382.

Burlingame, Lori. "Empowerment through 'Retroactive Prophecy' in D' Arcy McNickle's 'Runner in the Sun: A Story of Indian Maize,' James Welch's 'Fools Crow,' and Leslie Marmon Silko's 'Ceremony'." *American Indian Quarterly*, Vol. 24, No. 1, 2000, pp. 1 – 18.

Castillo, Susan Perez. "Postmodernism, Native American Literature and the Real: The Silko – Erdrich Controversy." *The Massachusetts Review: A Quarterly of Literature, the Arts and Public Affairs*, Vol. 32, 1991, pp. 285 – 294.

Cheyfitz, Eric. "The (Post) Colonial Predicament of Native American Studies." *Interventions*, Vol. 3, 2002, pp. 405 – 427.

Collier, John. "The Indian in a Wartime Nation." *The ANNALS of the American Academy of Political and Social Science*, Vol. 223, 1942, pp. 29 – 35.

Cook – Lynn, Elizabeth. "The American Indian Fiction Writer: 'Cosmopolitanism, Nationalism, the Third World, and First Nation Sovereignty'." *WicazoSa Review*, Vol. 9, No. 2, 1993, pp. 26 – 36.

——. "Literary and Political Questions of Transformation: American Indian Fiction Writer." *WicazoSa Review*, Vol. 11, No. 1, 1995, pp. 46 – 51.

——. "Who Stole Native American Studies?" *WicazoSa Review*, Vol. 12, No. 1, 1997, pp. 9 – 28

——. "How Scholarship Defames the Native Voice . . . and Why." *WicazoSa Review*, Vol. 15, No. 2, 2000, pp. 79 – 92.

DeRosier, Arthur H. Jr.. "The Fourth World: An Indian Reality by George Manuel; Michael Posluns." *Annals of the American Academy of Political and Social Science*, Vol. 418, 1975, pp. 220 – 221.

Leon Dion. "Natural Law and Manifest Destiny in the Era of the American Revolution." *The Canadian Journal of Economics and Political Science*, Vol. 23, No. 2, 1957, pp. 227 – 247.

Evers, Lawrence andDennis Carr. "A Conversation with Leslie Marmon Silko." *Sun Tracks*, Vol. 3, 1976, pp. 28 – 33.

Eyerman, Ron. "The Past in the Present: Culture and the Transmission of Memory." *ActaSociologica*, Vol. 47, 2004, pp. 159 – 169.

Forbes, Jack. "Colonialism and Native American Literature: Analysis." *WicazoSa Review*, Vol. 3, No. 2, 1987, pp. 17 – 23.

Ghere, David L.. "Indian Removal: Manifest Destiny or Hypocrisy." *OAH Magazine of History*, Vol. 9, No. 4, Native Americans, 1995, p. 36.

Gohrisch, Jana. "Cultural Exchange and the Representation of History in Postcolonial Literature. " *European Journal of English Studies*, Vol. 10, Iss. 3, 2006, pp. 231 – 247.

Goldstein, Susan Coleman. " Silko's CEREMONY. " *Explicator*, Vol. 61, Iss. 4, 2003, p. 245.

Hafen, P. Jane. "A Cultural Duet: ZitkalaSa and the Sun Dance Opera. " *Great Plains Quarterly*, Vol. 18, No. 2, 1998, pp. 102 – 111.

——. "Indigenous Peoples and Place. " *A Companion to the Regional Literatures of America*, ed. Charles L. Crow, Blackwell Companions to Literature and Culture No. 21, Malden, MA: Blackwell, 2003, pp. 154 – 170.

——. "Rock and Roll, Redskins, and Blues in Sherman Alexie's Work. " *Studies in American Indian Literatures: The Journal of the Association for the Study of American Indian Literatures*, Vol. 9, No. 4, 1997, pp. 71 – 78.

Hagan, W. T. . "Full Blood, Mixed Blood, Generic, and Ersatz: The Problem of Indian Identity. " *Arizona and the West*, Vol. 27, No. 4, 1985, pp. 309 – 326.

Holm, Sharon. "The 'Lie' of the Land: Native Sovereignty, Indian Literary Nationalism, and Early Indigenism in Leslie Marmon Silko's *Ceremony*. " *The American Indian Quarterly*, Vol. 32, No. 3, 2008, pp. 243 – 274.

Huhndorf, Shari M. "Literature and the Politics of Native American Studies. " *Pmla*, Vol. 120, No. 5, 2005, pp. 1618 – 1627.

Huffstetler, Edward. "Spirit Armies and Ghost Dancers: The Dialogic Nature of American Indian Resistance. " *Studies in American Indian Literatures*, Vol. 14, Series 2, 2002, pp. 1 – 18.

Jahner, Elaine. "A Critical Approach to American Indian Literature. " *Studies in American Indian Literature: Critical Essays and Course Designs*, ed. Paula Gunn Allen, NY: MLA, 1983, pp. 211 – 224.

Karenga, Ron. "Black Cultural Nationalism. " *Negro Digest*, Vol. 13, No. 3, 1968, pp. 5 – 9.

Kidwell, Clara Sue. "American Indian Studies: Intellectual Navel Gazing or Academic Discipline?" *The American Indian Quarterly*, Vol. 33, No. 1, 2009, pp. 1 – 17.

——. "American Indian Studies as an Academic Discipline. " *American Indian Culture and Research Journal*, Vol. 35, No. 1, 2011, pp. 27 – 31.

K? hler, Angelika. " 'Our Human Nature, Our Human Spirit, Wants no Boundaries' : Our Human Nature, Our Human Spirit, Wants no Boundaries. " *American Studies*, Vol. 47, No. 2, 2002, pp. 237 – 244.

Krupat, Arnold. "Native American Literature and the Canon. " *Critical Inquiry*, Vol. 10, No. 1, 1983, pp. 145 – 171.

———. "Review: Red Matters. " *College English*, Vol. 63, No. 5, 2001, pp. 655 – 661.

———. "An Approach to Native American Texts. " *Critical Inquiry*, Vol. 9, No. 2, 1982, pp. 323 – 338.

Linda G. Niemann. "Narratives of Survival: Linda Niemann Interviews Leslie Marmon Silko. " *The Women's Review of Books*, Vol. 9, No. 10/11, 1992, p. 10.

MacShane, Frank. " 'American Indians, Peruvian Jews. ' Rev. of *Ceremony*, by Leslie Marmon Silko. " *New York Times Book Review*, Vol. 12, 1977, p. 15.

Marc Priewe. "Negotiating the Global and the Local: Leslie Marmon Silko's 'Almanac of the Dead' as 'Glocal Fiction' . " *American Studies*, Vol. 47, No. 2, Global Fictions, 2002, pp. 223 – 235.

Moya, Paula M. L. . "Postmodernism, 'Realism' , and the Politics of Identity: Cherríe Moraga and Chicana Feminism. "? *Feminist Genealogies, Colonial Legacies, Democratic Futures*,? eds. M. Jacqui Alexander and Chandra TalpadeMohanty, New York: Routledge, 1997, pp. 125 – 150. ?

Niemann, Linda. "New World Disorder. " *The Women's Review of Books*, Vol. 9, No. 6, 1992, pp. 1 + 3 – 4.

Okker, Patricia. "Native American Literatures and the Canon: The Case of Zitkala – Sa. " *American Realism and the Canon*, eds. Tom Quirk and Gary Scharnhorst, Newark: University of Delaware Press, 1994, pp. 87 – 101.

Ortiz, Simon J. . "Towards a National Indian Literature: Cultural Authenticity in Nationalism. " *MELUS*, Vol. 8, No. 2, 1981, pp. 7 – 12.

Owens, Louis. "As If an Indian Were Really an Indian: Native American Voices and Postcolonial Theory. " *Native American Representations: First Encounters, Distorted Images, and Literary Appropriations*, ed. Gretchen M. Bataille, Lincoln: University of Oklahoma Press, 2001, pp. 11 – 25.

Romero, Channette. "Envisioning a 'Network of Tribal Coalitions' : Leslie Marmon Silko's*Almanac of the Dead*. " *American Indian Quarterly*, Vol. 26, No. 4, 2002, pp. 623 – 640.

Ruoff, A. LaVonne Brown. "Three Nineteeth – Century American Indian Autobiographers," *Redefining American Literary History*, *The Modern Language Association of America*, 1990, pp. 251 – 269.

Ryan , Alan. "An Inept *Almanacof the Dead*. " *USA Today*, 21st *January*, 1992, p. 6.

Ryan, Terre. "The Nineteenth – Century Garden: Imperialism, Subsistence, and Subversion in Leslie Marmon Silko's*Gardens in the Dunes*. " *Studies in American Indian Literatures*, Vol. 19, No. 3, 2007, pp. 115 – 132.

Silko, L. M.. "Here's an Odd Artifact for the Fairy – Tale Shelf. " *Impact Magazine Review of Books*, *Albuquerque Journal*, Vol. 7, 1986, pp. 179 – 184.

Spack, Ruth. "Re – visioning Sioux Women: Zitkala – Sa's Revolutionary American Indian Stories. " *Legacy*, Vol. 14, No. 1, 1997, pp. 25 – 42.

St. Clair, Janet. "Uneasy Ethnocentrism: Recent Works of Allen, Silko, and Hogan. " *Studies in American Indian Literatures*, Series 2, Vol. 6, No. 1, 1994, pp. 83 – 98.

——. "Death of love/love of dead: Leslie Marmon Silko's *Almanac of the Dead*. " *MELUS*, 1996, Vol. 21, Iss. 2, pp. 141 – 157.

Schweninger, Lee. "Claiming Europe: Native American Literary Responses to the Old World. " *American Indian Culture and Research Journal*, Vol. 27, No. 2, 2003, pp. 61 – 76.

Thornton, Russell. "American Indian Studies as an Academic Discipline. " *American Indian Culture and Research Journal*, Vol. 02, No. 3 – 4, 1978, pp. 20 – 23.

Totten, Gary. "Zitkala – Sa and the Problem of Regionalism: Nations, Narratives, and Critical Traditions. " *American Indian Quarterly*, Vol. 29, No. 1 – 2, 2005, pp. 84 – 123.

Velie, Alan R. "American Indian Literature in the Nineties: The Emergence of the Middle – Class Protagonist. " *World Literature Today*, Vol. 66, No. 2, This World: Contemporary American Indian Literature, 1992, pp. 264 – 268.

——. "Gerald Vizenor's Indian Gothic. " *MELUS*, Vol. 17, No. 1, Native American Fiction: Myth and Criticism, 1991 – 1992, pp. 75 – 85.

Vizenor, Gerald. "Native American Indian Literature: Critical Metaphors of the Ghost Dance. " *World Literature Today*, Vol. 66, No. 2, This World: Contemporary American Indian Literature, 1992, pp. 223 – 227.

——. "Native American Indian Identities: Autoinscriptions and the Cultures of Names. " *Genre: Forms of Discourse and Culture*, Vol. 25, No. 4, 1992, pp. 431 – 440.

——. "Christopher Columbus: Lost Havens in the Ruins of Representation. " *American Indian Quarterly*, Vol. 16, No. 4, 1992, pp. 521 – 532.

——. "The Ruins of Representation: Shadow Survivance and the Literature of Dominance. " *American Indian Quarterly*, Vol. 17, No. 1, 1993, pp. 7 – 30.

——. "PostIndianAutoinscriptions: The Origins of Essentialism and Pluralism in Descriptive Tribal Names. " *Cultural Difference and the Literary Text: Pluralism and the Limits of Authenticity in North American Literatures*, eds. Winfried Siemerling and KatrinSchwenk, Iowa City: University of Iowa Press, 1996, pp. 29 – 39.

Warrior, R. A. Jr.. "New Voices in Native American Literary Criticism by Arnold

226

Krupat." *World Literature Today*, Vol. 69, No. 1, 1995, pp. 201 – 202.

Wilson, Michael. "Speaking of Home: The Idea of the Center in Some Contemporary American Indian Writing." *WicazoSa Review*, Vol. 12, No. 1, 1997, pp. 129 – 147.

二、中文书目

(一) 中文期刊

姜德顺:《当今世界的土著民族运动初窥》,《世界民族》2004 年第 6 期,第 7 – 16 页。

李剑鸣:《美国土著部落地位的演变与印第安人的公民权问题》,《美国研究》1994 年第 2 期,第 30 – 49 页。

李剑鸣:《美国印第安人保留地制度的形成与作用》,《历史研究》1993 年第 2 期,第 159 – 174 页。

王建平:《死者年鉴:印第安文学中的拜物教话语》,《外国文学评论》2007 年第 2 期,第 45 – 54 页。

王建平:《美国印第安人研究的现状》,《美国研究》2010 年第 3 期,第 127 –141 页。

王建平:《世界主义还是民族主义——美国印第安文学批评中的派系化问题》,《外国文学》第 2010 年第 5 期,第 49 – 58 页。

王建平:《美国印第安文学的性质与功用:从克鲁帕特与沃里亚之争说起》,《外国文学评论》2011 年第 4 期,第 25 – 39 页。

王宁:《全球化理论与文学研究》,《外国文学》2003 年第 3 期,第 39 – 45 页。

王宁:《"后理论时代"西方理论思潮的走向》,《外国文学》2005 年第 3 期,第 30 – 39 页。

杨慧林:《"大众阅读"的诠释学经典——以抹大拉的马利亚为例》,《圣经文学研究》(第一辑) 2007 年第 1 期,第 335 – 343 页。

杨恕、曾向红:《美国印第安人保留地制度现状研究》,《美国研究》2007 年第 3 期,第 50 – 69 页。

詹姆逊:《论全球化的影响》,王逢振译,《马克思主义与现实》2001 年第 5 期,第 71 – 78 页。

赵丽:《第四世界建构与政治伦理书写——＜死者年鉴＞中的帝国逆写策略》,《东北大学学报》(社会科学版) 2016 年第 18 卷第 3 期,第 319 – 324 页。

赵丽:《论诺斯替主义与西尔科的世界融合观——以＜沙丘花园＞为例》,《东北大学学报》(社会科学版) 2014 年第 3 期,第 215 – 220 页。

朱伦:《西方的"族体"概念系统》,《中国社会科学》2005 年第 4 期,第 83 –

100 页。

邹惠玲：《19 世纪美国白人文学经典中的印第安形象》，《外国文学研究》2006 年第 5 期，第 45－51 页。

邹惠玲：《当代美国印第安小说的归家范式》，《英美文学研究论丛》2009 年第 2 期，第 22－28 页。

（二）中译本理论著作

[美] 阿里夫·德里克：《跨国资本时代的后殖民批评》，王宁等译，北京：北京大学出版社，2004 年。

[美] 爱德华·萨义德：《文化与帝国主义》，李琨译，北京：生活·读书·新知三联书店，2007 年。

[英] 恩斯特·拉克劳、查特尔·墨菲：《领导权与社会主义策略：走向激进民主政治》，尹树广、鉴长今译，哈尔滨：黑龙江人民出版社，2003 年。

[法] 米歇尔·福柯：《知识考古学》，谢强、马月译，北京：生活·读书·新知三联书店，2007 年。

[德] 卡尔·马克思，《资本论》（第 1 卷），中央编译局编著，北京：人民出版社，1975 年。

[美] 佳亚特里·斯皮瓦克：《从解构到全球化批判：斯皮瓦克读本》，陈永国、赖立里、郭英剑主编，北京：北京大学出版社，2007 年。

[法] 列维－斯特劳斯：《结构人类学》，陆晓禾、黄锡光译，北京：文化艺术出版社，1989 年。

[美] 罗德里克·弗雷泽·纳什：《大自然的权利》，杨通进译，青岛：青岛出版社，2005 年。

[英] 罗兰·罗伯森：《全球化：社会理论和全球文化》，梁光言译，上海：上海人民出版社，2000 年。

[德] 马克思和恩格斯，《共产党宣言》，北京：人民出版社，1997 年。

[德] 马克思和恩格斯，《马克思恩格斯全集》（第 1 卷），北京：人民出版社，1979 年。

[法] 让·波德里亚：《消费社会》，刘成富、全志刚译，南京：南京大学出版社，2000 年。

[法] 让－弗朗索瓦·利奥塔：《后现代状态：关于知识的报告》，车槿山译，南京：南京大学出版社，2011 年。

[美] 萨克文·伯科维奇：《剑桥美国文学史》（第 7 卷），北京：中央编译出版社，

2008 年。

　　［美］威尔科姆·E. 沃什拍恩：《美国印第安人》，陆毅译，北京：商务印书馆，1997 年。

（三）中文理论著作

　　丁则民，《十九世纪后期美国对印第安人政策的改变》，梁茂信主编，《探究美国：纪念丁则民先生论文集》，长春：东北师范大学出版社，2002 年。

　　何怀宏编：《生态伦理：精神资源与哲学基础》，石家庄：河北大学出版社，2002 年。

　　李剑鸣，《文化的边疆》，天津：天津人民出版社，1994 年。

　　梁工编：《圣经文学研究》（第一辑），北京：人民文学出版社，2007 年。

　　罗钢，刘象愚编：《后殖民主义文化理论》，北京：中国社会科学出版社，1999 年。

　　刘玉：《文化对抗：后殖民氛围中的三位美国当代印第安女作家》，厦门：厦门大学出版，2008 年。

　　鲁枢元：《生态文艺学》，西安：陕西人民出版社，2000 年。

　　彭兆荣：《文学与仪式：文学人类学的一个文化视野》，北京：北京大学出版社，2004 年。

　　王建平：《美国印第安文学与现代性研究》，北京：人民大学出版社，2014 年。

（四）引用网站

　　http：//digicoll. library. wisc. edu/cgi − bin/History/History − idx？type = headerandid = History. AnnRep93andisize = M.

　　http：//www. ldoce − online. cn/dictionary/almanac.

　　http：//www. factmonster. com/ipka/A0192524. html.

　　http：//www. english. illinois. edu/maps/poets/a_ f/erdrich/interviews. htm.

　　http：//sspress. cass. cn/news/20124. htm.

　　http：//en. wikipedia. org/wiki/Hesperides.

　　http：//qnck. cyol. com/html/2013 − 01/09/nw. D110000qnck_ 20130109_ 1 − 22. htm.

　　http：//history. people. com. cn/n/2013/0827/c198452 − 22713097. html.

　　http：//orvillejenkins. com/orality/storyoralityojtr. html.

　　http：//www. monticello. org/site/jefferson/american − indians.

　　http：//www. culstudies. com/rendanews/displaynews. asp？id = 3709.

　　http：//usforeignpolicy. about. com/od/introtoforeignpolicy/a/American − Manifest − Destiny. htm.